英米文学にみる

検閲と発禁

英米文化学会 編

彩流社

まえがき

『発禁書――紀元前三八七年から西暦一九七八年まで』（一九七八）という書籍がある。ここには紀元前四世紀にプラトンによって読むべからずとされた紀元前九世紀のホメロスの『オデュッセイア』や、秦の始皇帝による焚書坑儒の標的となった孔子の書き物を始めとして、この書が出版された一九七八年までの主として欧米の発禁書が一〇〇頁あまりにわたってあげられている。プラトンの場合はいわゆる権力による発禁というわけではない。その著『国家』の中でホメロスをいくたびか引き合いに出して批判したことについてはよく指摘されるところである。たとえば第二巻にあるように、『オデュッセイア』を念頭に置きながら、善きものの原因である神がさまざまなものに姿を変えて偽ることはあり得ず、そのようなことを詩人に語らせてはならないとしている。とりわけ、間違った神々の姿を未熟な若者に見せることは教育上好ましくないというのであった。始皇帝の焚書坑儒は、その四つの文字の熟語が示す通り、孔子の儒教思想に含まれる覇権に対する批判精神を封じ込めるためであった。これもやはり危険思想をできるだけ人々から遠ざけようということからであった。始皇帝の場合には孔子の思想を記した書物を焚書しただけではない。その書物から孔子の思想を学ぼうとする弟子たちを生き埋めにしたとも言われている。さらによく知られているのはソクラテスが「国家の信じる神を否定し、青少年を堕落させた」ということで死刑を宣告され、自ら毒杯をあおって死んでいったという話である。したがって広い意味での検閲と発禁は、すでに太古の時代から始まっていたといえる。そして思想や表現の自由が認められてきている現代においては、厳しく抑圧されることの少ないと思われる国でさえ、先の書物の「西暦一九七八年まで」という副題が示す通り、まったく自由にあらゆることが表現できるとは限らないのだ。また我が国においても徹底的な検閲のもとに、大がかりな思想統制が行われた時代があったことを、歴史が雄弁に語っている。

このように発禁と検閲の問題を考察することは人類史そのものをたどることにほかならず、あまりにも巨大なテーマである。したがってわれわれの本書での試みは、その長大な流れの中のほんのわずかな一部をのぞき見る作業にすぎないし、テーマとして据えたものもまた、英米の文学を中心としたごくわずかな一部でしかないということを十分自覚しつつ、あえてその端緒をつかむ、というよりは触れてみようという作業を試みた次第である。

そこで本書では、発禁と検閲の問題を大きく四部に分けて論じることとした。各部ごとの狙いは次の通りである。

第一部ではイギリスにおける検閲と発禁の歴史の流れを中心として、まず第一章でウィリアム・キャクストンによって出版業が営まれ始めた一五世紀後半から、いわゆる活字によるポルノ全盛のヴィクトリア時代までのイギリスにおける検閲と発禁について、鳥瞰図的にその歴史をたどるとともに、第二章では、近代的な検閲が形を取って出現し、またそこからイギリスに初めて成立した猥褻取締りの法律であり、かつアメリカのコムストック法の基礎ともなったキャンベル法の成立過程を詳細にたどってみた。そして、これに続いて第二部以降は検閲と発禁についてその具体例を検証するという形を取った。

第二部では政治的側面、ないしは思想統制的な側面から検閲と発禁の問題をとらえ、まず一六、一七世紀を中心にエリザベス朝・ジェイムズ朝における演劇上演の一般民衆への影響を恐れる政治的な動きを中心に検証し、続いて一八、一九世紀に移り、そのなかでも識字率の上昇を背景に急進的ジャーナルの成長を阻む要因となった新聞税（知識税）の導入から撤廃までの時期に特に注目して、保守層と急進層の出版をめぐる攻防を追っている。

さらに第三部では、二〇世紀における小説の猥褻性と検閲・発禁という側面から、よく知られているD・H・ロレンスの『チャタレー夫人の恋人』とジェイムズ・ジョイスの『ユリシーズ』をとり上げている。周知の通り、ロレンスもジョイスも当時清教徒的な社会浄化運動に真正面からぶつかっていった作家であった。ロレンスについては、問題となった『チャタレー』の削除箇所をとり上げ、その猥褻性と芸術性について検証している。また、めげることなく人間のありのままの姿を書き続けたジョイスについても、作品の出版経緯をたどりつつ、猥褻と芸術という問題を検証した。

最後に第四部では、まずアメリカにおける検閲と発禁の問題をとり上げ、「金ぴか時代」で崩壊した道徳の回復と青少年保護の目的から生まれたＹＭＣＡや新興悪徳撲滅協会の過剰な「性の社会的管理」の過程、すなわち社会浄化という名目で行われた徹底した不道徳排斥運動の歴史とその二重基準（ダブル・スタンダード）の欺瞞性をコムストック法を中心に追い、続いてチャーリー・チャップリンをとり上げることで、戦時におけるアメリカの思想統制いわゆるレッド・パージの歴史を追ってみた。

このように本書は全四部八章から構成されており、すでに述べた通り、本書はあくまでも巨大な検閲と発禁の歴史のごく一部を論じたものに過ぎない。また、各章で取り扱っている問題を論じた研究書や参考書の類も数多く出版されている。本書についてもそれらの研究書や参考書に負うところ大であり、これを端緒にさらなる研究を重ねてゆくことがわれわれに課せられた今後の課題と受け止めてもいる。今後のわれわれの研究のためにも、読者諸氏のご意見、ご叱正などいただければ幸いである。

二〇一六年六月

執筆者代表　市川　仁

目次／英米文学にみる検閲と発禁

第二部　政治・宗教・思想統制と発禁

第三部　猥褻と発禁

第四部　アメリカにおける検閲と発禁

◉凡例

一　書名、作品名などはすべて日本語で表記し、原表記は索引内で示した。
二　人名は初出でフル・ネームを日本語で表記して、主な人名のみ生没年を付し、原表記は索引内で示した。
三　法律、組織名などについては各項の最後に註として原表記を付した。
四　引証資料等は巻末に「各章の引証資料・参考文献」としてまとめて掲載した。
五　引用文については、断りのない限り筆者による翻訳とし、原書のページ数を記載した。また翻訳書を使用している場合は訳者名を併記し、翻訳書のページ数を記載した。
六　引用文中、執筆者の補足は〔　〕で括り、執筆者による省略は〔……〕とした。

第一部　イギリスにおける検閲と発禁

第一章　検閲と発禁の歴史

市川　仁

『バウドラーの遺産』（一九六九）の中でノエル・ペリンは、中世においては、キリスト教文学の繁栄を見たが、ウィリアム・ラングランド（一三三〇？―一四〇〇？）の『農夫ピアズ』やジョン・マンデヴィル（？―一三七二）の『旅』、ウィリアム・ダンバー（一四六〇？―一五二〇？）の詩などは、一九世紀の人たちにとっては下品なところがあって作品を台無しにしているように思われるのではないかと言っている。あるいはさらに八世紀に遡ってアングロ・サクソン時代のカンタベリー大司教タトウィン（六七〇？―七三四）の四四のなぞなぞを例にあげ、ヴィクトリア朝の道楽者でさえそれを読めば顔を赤らめ、現代の学者でさえ知らぬふりを決め込む、と述べている（一八）。たしかに、たとえばダンバーの詩「結婚した二人の女性と未亡人の話」では、性的比喩を盛んに使って、若妻や未亡人に性体験を語らせているが、そこには宗教的モラルにとらわれた息苦しさや堅苦しさはなく、チョーサー（一三四〇？―一四〇〇）の「バースの女房の話」に語られる性遍歴とも共通する、きわめて開放的でおおらかな性の姿が見られる。

ここから、いわゆる猥褻という概念がこの時代には生まれていなかったということが推測される。詩人たちが描く人間の姿は、人の営みの一つとしてそのまま受け止められていたように思われる。したがって、少なくともチョーサーやダンバーの作品のいわゆる猥褻な箇所が問題となって、検閲とか発禁といった形で取りざたされるには至らなかった。もとより為政者たちの関心の的は猥褻性といったようなものではなくて、もっぱら政治であった。

ウィリアム・キャクストン（一四二二？―九一）は、ドイツのヨハネス・グーテンベルク（一四〇〇？―六八？）が発明した活版印刷技術および印刷機をイングランドに初めて輸入し、ウェストミンスターで印刷業を始めた。これを境に、イングランドにおける出版事業は急速に拡大することとなる。当局もこの新技術には大いに関心を示して積極的に導入し、その普及を図ろうとした。そのため、イングランドに入国してくる大陸の印刷技術者や製本・書籍関連業者たちに優先的待遇を与えるようになった。入国制限の厳しい一般技術者にくらべると異例の措置であった。だが外国人の印刷業者が次第に数を増してゆき、一種のギルドのような形を取り始めるに至って、それがイギリス人の印刷業者育成と発展にとって障害となることを恐れ、一五二三年には入国の優先的待遇は撤回される（『エリザベス朝演劇と検閲』四）。

さらには大陸で起こり始めていた宗教改革の波にのまれることを恐れて、翌年にはルター派関係の書籍の輸入が禁止されるようになる。この流れはさらに強化され、一五三〇年には宗教関係の書籍について出版前の検閲が義務化されるに至る。これにより、宗教書を出版する場合には、各教区の司教による出版許可を取らなければならないようになる(『エリザベス朝演劇と検閲』九、フェザー『イギリス出版史』箕輪成男訳、三五)。

この事前検閲はさらに範囲を広げていって、宗教書のみならずあらゆる出版物が対象となっていった。当時はルネサンスの国イタリアからの翻訳本が多く、それらを含め、当局にとって都合の悪いものは排斥されるようになり、実質的な出版統制が始まった。

◉書籍出版業組合のギルド化と星室裁判所[1]の廃止

一五五七年に、ロンドンの書籍出版業組合が初めてギルドとして認可されるが、これは組合に自律的な出版の自由を与えたということではない。出版量が増えていたため、事前検閲の業務を行わせる見返りとして、ギルドとしての活動許可を与えたのである。検閲の代行業といってもいいものだった。そして、エリザベス朝に入ると、女王は一五八六年に星室裁判所印刷条例[2]を発布してすべての書籍を許可制にした。そして、書籍出版業組合に対しては専売特許を与える一方で、当局にとって都合の悪い書籍を探すという役割を担わせたのである。以後、宗教・政治を扱った演劇が禁止されたり、カトリック教会による最初の禁書目録が作成されたりしてゆく。なお演劇の禁止は、当時流行した疫病の蔓延を防ぐためという衛生上の理由もあった。

ロンドンの書籍出版業組合にはその後も星室裁判所からさまざまな権限が与えられてゆき、当局のエージェント的な色合いをさらに濃くしてゆく。当局の意向に沿わない書籍を取り締まるために、出版予定の書物の事前検閲と出版許可、出版物の没収権、あるいは印刷所の家宅捜査権などの権限が与えられていった。

一七世紀に入ると、星室裁判所は印刷・出版に関わる法令をさらに詳細化・厳格化する。たとえば書籍の輸入に関しては、カンタベリー大主教のウィリアム・ロード（一五七三―一六四五）に検閲の任が委託された。彼はピューリタンの弾圧者でもあることから、ピューリタン関係の宗教書に関して厳しく臨んだであろうことは想像に難くない。当時は書籍を輸入する場合には、まずカンタベリー大主教やロンドン主教にカタログを提出し、書籍の積み荷を解く際には主教自らが立ち会った。もちろんこの場合の検閲は宗教的・政治的なものであった。

このような歴史的な流れの中で、チャールズ一世（一六〇〇―四九）が招集した長期議会が星室裁判所を廃止するという事態が起こる。

国王チャールズはそれまで星室裁判所を利用して国王の専政の強化を図ろうとしていた。その中で星室裁判所に対して星室裁判所印刷条令の改定を命じ[3]、「専政の一一年」と呼ばれる親政時代の一六二八年から四〇年までの間、自分の意に沿わない報道の規制を行った。これに対する反動の形で星室裁判所の権限に異を唱える声が強くなってゆく。その結果、一六四一年、長期議会によって星室裁判所の廃止が決議されるに至る。国王はこれによって専政のよりどころとしてきた太い柱を失うことになり、以降一六四三年までのわずか三年にも満たない間だが、イングランドは出版の自由を謳歌するのである。だが一六四三年には特許検閲法[4]が施行されて、出版の事前許可、出版物とその著者・印刷者・出版者の登録、当局に不都合な書籍の捜索・押収・破棄、さらに著者たちの逮捕・

監禁が行われるようになった。よく知られているように、これに敢然と対抗したのが、詩人のジョン・ミルトン（一六〇八―七四）であった。彼は政治パンフレット『アレオパジティカ』（一六四四）を出して、「書物は死んだものではなくて、それを生み出す魂のように生き生きとした生命力を秘めており、書物を生み出す生きた知性の純粋な力とエキスを蓄えた壜のようなものである」として「あらゆる自由の中でもとりわけ、良心のままに自由に知り、語り、論じる自由」を求めて、出版の自由を強く主張した。

◉事前許可制法の失効とイングランドにおける検閲

一六六三年には、その前年に施行された事前許可一六六二年法[5]に従ってロジャー・レストランジ（一六一六―一七〇四）が出版許可官として任命された。治安攪乱を目的とする無許可の書物や政治パンフレットを勝手に印刷することを取り締まるための法律であった。これによって、印刷機を導入する場合には必ず書籍出版業組合に通知しなければならないことになった。そして王のお墨付きを得た官憲が違反者を取り締まり、違反者に対しては厳しい罰が与えられた。

当初これは二年間に限るという予定であったが、改定が行われながら一六七九年まで続いた。この年にいったん失効したこの法律は、一六八五年に再び事前許可制法として復活し、七年間にわたって効力を持った。最終的には一六九五年に下院により改定が拒否され、この法律は失効することとなる。だが事前許可制法の失効にもかかわらず、国務省は誹毀文書を書いた本人を捜索したり逮捕したりする権限を持ち続けた。

この法律の失効以来、イングランドでは、戦時を除いて現在に至るまで、検閲を目的とした法律が施行されたことはないという（クレイグ『イギリスと諸外国の発禁本』二二）。もちろんこの場合の検閲とは、「事前許可制法」に規定されたように、本や雑誌の内容について出版前に事前検閲をするという意味におけるものであり、またこの意味において本や雑誌が検閲を受けることはないのである。後に詳しく説明される猥褻図画取締り（とが）の急先鋒「キャンベル法」も、出版された書籍についての取締りを対象にしているのであって、事前許可を求めるまでは規定していない。この意味での「出版の自由」はイギリスの遺産の一つであり、この自由は「法律による事前の許可なしに印刷することにある」（『イギリスと諸外国の発禁本』二二）とされている。

◉一七・一八世紀の猥褻の概念

事前検閲については、政治や宗教に関わる内容が中心だったが、いわゆる猥褻という点ではどのように考えられていたのであろうか。『イギリスと諸外国の発禁本』の中に興味深い例が取り上げられている。それは一七世紀中庸と一八世紀初頭のことで、チャールズ・セドリーという男の悪ふざけとジェイムズ・リードという男が出した書物の話である。

一人目のセドリーは準男爵で詩人でもあったが、悪ふざけでも有名だった。サミュエル・ピープス（一六三三―一七〇三）の日記にも登場する事件で、諸説はあるがその内容はこのようなものである。悪仲間と居酒屋で酒を飲み、酔っ払ったあげく店のバルコニーに出て卑猥な格好をしたり、仲間と一緒にズボンを下ろして通行人の前で糞をしたりしたという。あげくに彼は裸になり、人々に向かって神を冒涜するような演説を行ったために、たいへんな騒ぎを引き起こすこととなった。二人目のリードについては、エンジェル・カーターという男と一緒に出版した著者不詳の『乙女の一五の不幸』という怪しげな本で起訴された問題である。この二つの件について、ある判事は次のような考え方を示したという。

これは、猥褻なものを印刷したということであって、誰かの名誉を傷つけているわけではない。名誉毀損はある特定の人ないしは人たち、あるいは政府に対してなされるものであるはずだ。それは公然と述べられるのに相応しからぬものである。教会裁判所でどうしようもできないとすれば、当然この法廷でも方策はないということになる。それを罰する法律はない。あればいいのだが、法律を作ることはできない。それは良き礼節を堕落したものにさせかねないが、だからといってそれを罰してもいいというわけではない。チャールズ・セドリー卿に関しては、あの場合には、バルコニーで裸を見せたというだけのことではなかったのだ。(『イギリスと諸外国の発禁本』二五)

興味深いことに、判事たちは、セドリーが裸を見せたということではなく、バルコニーから通りに糞をしたということに罪を認めている。つまり、それが人々に対する脅迫行為だとしたのである。ここで判事たちが裸自体を問題とはしていないことに注目すべきである。その一方、リードが出版した猥褻本については、道徳的・倫理的に悪い影響を及ぼす可能性はあるとしても、猥褻なものを印刷しただけであって、それによって誰かを直接に傷つける、あるいはある人の名誉を汚すというわけではないという論法を取っている。これが当時の猥褻についての考え方であった。したがってこれが、他人を誹謗・中傷することによる誹毀ということにはならず、罰すべきものではないと考えるのである。またここから当時は猥褻などというものよりも個人の名誉に対する意識が強かったことも推測されるのである。また主席判事のジョン・ホールトが「どんなにおぞましい本であるとしても、それを起訴することのできるコモン・ローや法律がない」（ソーヴァ『性的理由で発禁となった文学』七一）ということを認め、法律がない以上は罰することもできないということを認めていたことにも注目すべきであろう。

◉エドマンド・カールと一八世紀の猥褻

この時代の有名な人物のひとりにエドマンド・カール（一六七五―一七四七）という男がいる。彼は貧しい中から身を起こして、印刷業者となった。また抜かりのない策士家でもあったようである。彼は、アレグザンダー・ポープ（一六八八―一七四四）らの詩を勝手に集めた詩集や、ジョナサン・スウィフト（一六六七―一七四五）の作品の解説書のようなもの、あるいは当時流行っていた性病治療法の本とその薬の販売、勝手に作った他人の伝記など、金になりそうなものは片っ端から出版するような人間であった。当時はまだ著作権もはっきりとは確立しておらず、名誉毀損についての意識もまだまだ発達していなかった。改ざんや盗作、無断複製は日常茶飯事であった。政治的な内容を除けばほとんどどんなことでも許されるような、かなり乱暴な時代であった。なお、著

作権法が成立したのは一七一〇年である。(6)

このようないい加減な印刷業者のカールに自分の詩を好き放題に扱われたポープは、彼にひと泡吹かせようと、ワインと偽って嘔吐剤を飲ませ、その顛末をパンフレットに書いた。筆による仕返しだった。またスウィフトも、カールのような人間は諷刺でやっつけるにうってつけの標的という旨をポープに書いて援護をしたという。ポープはまた自分の手紙を勝手に出版されてもいる。再びポープはこの仕返しとして『愚人列伝』(一七二八—四三)を書いてカールをやっつけた。またダニエル・デフォー(一六六〇?—一七三一)は「カーリシズム」という言葉を作って、『ウィークリー・ジャーナル』でカールの出した猥褻な本を道徳的に許されないものであるとして非難し、どうして国で差し止めしないのかと主張した。ところがカールは逆にこの非難の言葉を利用して『カーリシズムご披露』(一七一八)を書いて自分を弁護するほどの人物だった(『イギリスと諸外国の発禁本』、『イギリス人名辞典』)。

カールの罪状は、たとえばヘンリー・カーウェンの『書籍販売人の歴史——過去と今』(一八七三)に詳しい。一七二八年二月一二日の裁判では罰金二五マルクを払い、以後一年間はおとなしくしているということを誓約し、その保証金として一〇〇ポンド払ったという。

だがカールの出版した本とそれに対する当局の対応を追ってゆくと、当時の猥褻本についての考え方がよく分かる。

たとえばカールは一七二三年に翻訳本『性交における鞭の使い方』という本を出している。これはポルノグラフィの例として現在よく知られているものであるが、その前書きで、非難を受けることは分かっているが、ある高名な医師であり文献学者である人物が書いた医学書だとして、巧みに言い逃れをはかっている。さらに翌年には『回廊のヴィーナス』というフランスの出版社から出された本の翻訳本を出す。何ものかが当局に対してこれらの本が猥褻であると申し立てをした。カールはあわてて『カールの慎ましやかな陳述書』を出しその弁明につとめた。しかし、カールはその年の三月に逮捕され、七月まで勾留された。その年の一一月三〇日、カールはウェストミンスターの王座裁判所で裁判を受ける。法務長官は王の臣民のモラルを堕落させることは王国の平和を乱すことであり、コモン・ローに違反すると主張した。すぐに判決がおりるだろうという予想に反して、判事たちの間ではかなりの議論が行われた。弁護側はこの件は教会裁判所で裁かれるべきものであるとして判決阻止に持ち込もうとした。首席判事はこの事件が教会裁判所にはなじまないと考えていたようであるが、非常に重要な問題であるため、さらなる議論を尽くす必要があるとの判断を示した。最終的には猥褻な本や不道徳な本を出版した廉で有罪とはなったが、判決阻止の主張が認められ、刑の宣告を受けることはなかった（『イギリスと諸外国の発禁本』三〇―三一）。

したがって、この時点でも猥褻という概念が明確な形で生まれていたわけではなく、法律で取り締まるものとなっていなかったことが理解できるのである。しかしカールはその後も投獄され、また一七二八年の裁判では『回廊のヴィーナス』と『性交における鞭の使い方』で罰金刑を課され、反政府的な本である『カーズランドのジョン・カーの回想録』を出版した廉でさらし台にかけられたりしている。このカールの裁判で「扇動罪（治安妨害文書）、不敬罪（冒涜罪）、猥褻罪の三つの罪の形が派生的に生まれた」（『法制史ジャーナル』三六）とあるように、カールの事件が引き金となって、猥褻本を取り締まるという考えが具体的な形をとり始めたのも確かである。ただしコモン・ローでは軽罪とされ、国会の制定法ではなく判事の裁量権の範囲で判断されるものであった。

◉悪徳取締り――市民社会の誕生と福音主義、メソジスト主義

スティーヴン・マーカスは『もう一つのヴィクトリア時代』の中で次のように述べている。

〔……〕ポルノグラフィそのものは一つの歴史的現象である。一七世紀に起源を持ち、一八世紀後半になって十分に意味を持つものになったと言ってよいであろう。そして、一九世紀に入っても消えることなく、発展して栄えていき、現代にいたっても命脈を保っている。なぜこのような現象が起こったのか尋ねようとすることは、途方もない質問を発することである。というのも、その原因が現代社会を築き上げてきた巨大な社会的プロセスと切り離せないように思われるからである。(二一八二)

ここに述べられているように、ポルノグラフィとはまちがいなく一つの歴史的現象であり、それを問うてゆくことは、人間の文明の歴史をその根本からたどってゆく途方もない作業になることは明らかである。

イギリスの社会経済が産業革命を機に大きな発展を遂げ、それにともなう人口の集中による都市化、資本主義社会と中産階級の誕生などによって、社会の構造は大きな変化を起こした。その変化

の速度や変化の内容はおそらく前世紀とは比べられないほどのものであった。それまで比較的下層にあった階級の人々も産業革命による富の恩恵にあずかるようになり、自分たちの社会的立場について意識し始めるようになる。ところで

> 一八世紀には、イギリスの上流階級はヨーロッパ中の同じ階級の中でも最も粗野で下卑ていると思われていた。食べるときはむさぼり食い、飲むときはがぶ飲みし、スポーツや勝負は血なまぐさく野蛮であった。このような傾向はその一部が一九世紀になっても消えることはなかったが、イギリス人の振るまいが一般的に穏やかで洗練されていったことは間違いないのだ。（『もう一つのヴィクトリア時代』二六四）

とあるように、一八世紀のイギリスの上流階級が粗野で下品であったとすれば、そのような階級の支配下にあった一般民衆（の一部の人たち）が、抑圧されているがゆえにそれを冷ややかな目で見ていたであろうことは推測できるし、アイデンティティを宗教に求めていったことも考えられる。また上流階級の人たち自身もより洗練された生活を送ろうとする方向に向かい始めた時代でもあったようである。

一八世紀から一九世紀への歴史のこの急激な変化の中で、人々の生活に大きな影響を与えたものの一つは、ジョン・ウェスレー、チャールズ・ウェスレーらによって始められた福音主義運動とそこから派生していったメソジスト主義だと言われている。福音主義はもともとは英国国教会内部で

起こった信仰覚醒運動であり、社会的には比較的裕福な人たちの間に広まっていた。一方、そこから派生したメソジスト派は外部の非国教と結びつき、さらに積極的な宗教改革運動を展開していった。社会福祉や貧民救済に力を入れていたために、下層の人たちの間にも信者が増えていった。そして一七九五年には国教会から分離して一教派として独立するに至る。だが福音主義者とメソジスト派が対立していたわけではない。儀式や形にとらわれるのではなく、聖書を読むことが信仰であるとする考え方は同じであったし、罪と贖罪を経て天国へ向かうという考え方も共通していた。人間は罪深いものであり、聖書を通して清らかな生活を送ることで救われるという考え方は、人々の生活を特に強く規制するようになっていった。特にメソジスト派は「メソジスト」（原理）というその語が示すように、厳格に規則正しい生活を送ることを重んじていた。「一八世紀末には「非国教徒」つまり非国教徒の教会と宗派の数や信奉者が大きく増えた。そのため、一九世紀は非国教主義の黄金時代のように見られている。一番大きな非国教徒の宗教はメソジズムであった。そして非国教主義者の総数のおよそ半分は主として労働者階級の人たちであった」（ブラウン『イギリスの小説と社会事情』四九）ということから、この流れが福音主義運動と相まって一八世紀と一九世紀のイギリス人の道徳観に大きな影響を与えたとしても不思議はないであろう。それはクレイグの以下の言葉にいみじくも言い表されている。

産業革命によってさまざまな形で富や力を得た下層階級の人たちの多くは、自分たちの文化的出自を記す必要があった。福音主義信仰運動によって勢いを得て、彼らは中産階級の影響力として働くようになり、「水を含んで人を窒息させるブランケット」のようにイングランド中をおおった。産業革命が進み、国が豊かになればなるほど、それがひどいものになっていった。国民が余裕を持つとしたら、あまり派手にするのではなく単調な生活を送ることをよしとすべきだと考えた。(『イギリスと諸外国の発禁本』三六)

◉感受性の時代と道徳

ペリンは『バウドラーの遺産』で悪名高いバウドラリズムを生んだ主な理由として一八世紀の感受性の時代、福音主義、産業革命、読者層の拡大の四つをあげている。そしてこれらの社会的事象が相まって極端な検閲・削除が行われるようになっていったという。ペリンがあげるその四つの要因の中の、たとえばヘンリー・マッケンジー(一七四五—一八三一)の小説『感情の人』(一七七一)に代表されるように、一八世紀には感受性が特に強調され、繊細な感受性こそが道徳や倫理基準となり得ると考えられていた。感受性を持っていればエチケットの本もいらないとまで言われ、繊細さが本能的に善悪を判断するすばらしい力を持っているというようにも考えられていた。したがってこの考え方・見方が徳と結びついてゆくことは自然の流れであった。これは、福音主義的な罪の自覚と、徳を積むことによる贖罪という考え方がその根底にあるように思われる。このような時代の流れの中で、ますます多くの人が、繊細な感受性を身につけたいと考えるようになっていった。そして、感受性を身につけるための広告すらあったというし、女性たちは小説を読んで、ちゃんと涙を流せるかどうか真剣に心配していたという(『バウドラーの遺産』一一—一二)。

その一方で、ポルノ的な文学作品も出回っていた。その代表的なものがジョン・クレランド（一七〇九―八九）の『ファニー・ヒル』（一七四九）である。分冊で発行されたが、裏社会では人気を呼んでいて、海賊版が盛んに出版されるほどのものだった。当然ながら、やがて当局の目にとまることになり、裁判にかけられた。彼は王の臣民を堕落させた罪に問われた。だが、判決内容はそれほど厳しいものではなく、二度と繰り返さないことを条件に罰金刑ですんだという。この時代には猥褻図画の販売よりも政治的な犯罪のほうが依然として重要だったのである。

だが一七八七年六月一日、国王ジョージ三世が社会純化布告を出すにいたって、事情が変わってくる。悪徳取締りの対象の中に猥褻図画も含まれることとなった。この布告を実施するために、政治家で博愛主義者であり奴隷廃止論者でもあったウィリアム・ウィルバーフォース（一七五九―一八三三）は「社会浄化協会」を設立した。彼はこれによって猥褻出版物を取り締まり、出版者や販売者の告発をした。この後一八〇〇年にこの協会は活動を停止し、一八〇二年に設立された悪徳撲滅協会に吸収されることになる。

感受性に重点をおく時代の影響もあったのであろうか、この時代には、若い娘は繊細さを失ってはならず、頬を赤らめるようなこと、純粋な心を汚すようなものは見たり聞いたりしてはならない、との考えが一般化し始めてきた。女性は繊細でなければならず、女性は傷つきやすく弱いものであるとされるようになったのである。

ヴィクトリア時代に入ると、興味深いことに、政治家ランドルフ・チャーチル夫人、生物学者トマス・ヘンリー・ハクスリー夫人、詩人マシュー・アーノルド夫人、小説家ハンフリー・ウォード夫人、アーノルド・トインビー夫人などの時代の先駆的存在とも思われる女性たちが、女性に参政権を与えないように請願書を出していたという。その理由は女性が政治の世界に入ると女性としての感受性、倫理性を失うからということであった（『バウドラーの遺産』一六―一七）。

しかしそのような上流階級の女性たち、すなわち

洗練された上流社会に育ち、自分たちの繊細な感受性を自慢し、指の切り傷をみて気を失い、生まれたての子犬たちがおぼれてしまった話を耳にすればヒステリーの発作を起こすような女性たち――そんな女性たちが血も涙もない殺人事件の詳細に耳を傾けて何時間も座っていられるのだ。（オールティック『ヴィクトリア朝の緋色の研究』四二）

という。とすれば、上流階級の女性たちの感受性の正体がいかに欺瞞に満ちたものであるかが分かろうというものである。言い換えればファッションとしての感受性へとすっかり形を変えていたというのである。

この時代の道徳・倫理観の変化の一面を伝え、よく取り上げられる興味深いエピソードがある。これはスコットランドの作家ウォルター・スコット（一七七一―一八三二）が二一歳になる一七九〇年代の話である。彼の大叔母の一人がとても本好きで、晩年になっても読書を楽しむような女性だった。その大叔母がイギリスで最初の女性職業作家とも言われるアフラ・ベーン（一六四〇―八九）の小説を送ってほしいと言ってきた。以前読んだことがあり読み直してみたいということ

であった。スコットは読まないほうがいいと言ったが、大叔母がどうしても送ってほしいというので、当時セックス・マニュアルを送るときにそうしたように「親展」と書いて送ったという。しかし、ほどなくして大叔母はその本を焼き捨てるようにと言って返してきた。「六〇年前はロンドンでも最も立派な人々が集まるような社交の場で朗読されて楽しまれていた本が、今では八〇過ぎの老婆が一人で座って読むことさえ恥ずかしいと思う」ような本になってしまったというのがその理由であった。ここに当時の上流階級の人たちの意識変化の様子がはっきりと読み取れるのである（『バウドラーの遺産』九）。

また別の例では、詩人のリー・ハント（一七八四―一八五九）が、二一歳の時、一八〇五年のことである。立派な農家で行われたパーティに集まった男性や女性が平然と語る言葉を耳にして驚いたという。さらにとてもすてきな上品な若い女性が、顔を赤らめて部屋を飛び出してしまいそうな言葉を耳にしても、涼しい顔をしてその場にいるということだったという（『バウドラーの遺産』八―九）。だが結局は彼が聞いた言葉は、その昔、上流階級の中で語られていた言葉であり、それが地方の小地主の間に相変わらず残っていたにすぎないという。以前はご婦人方が平気でつばを吐いていた（『バウドラーの遺産』八―九）ということであれば、不思議はないであろう。あるいはまたペリンが引用しているようにイェーガーは『ヴィクトリア以前』の中で、両親以上に抑圧され型どおり厳格に育てられた一九世紀の新しい世代の息子たちが、父親の野放図な性について論じ、また娘たちが母親のだらしない性行動に気をもんでいると述べているが、これもまた時代の価値観の変化を如実に表していると言えよう。

一方カーンは『肉体の文化史』の中で、一九世紀初頭のヴィクトリア朝の厳しい道徳観念が出来上がった大きな理由としてフランス革命の影響をあげている。一七八九年にフランスの専制君主制は崩壊したが、その原因こそ、それまで貴族階級が享受していた賭博、飲酒、パーティ、決闘、娼婦買いなどをはじめとする道徳的弛緩状態であったとして、それを自覚した貴族たちが道徳的腐敗を怖れたという。ルイ一六世とマリー・アントワネットの処刑がヨーロッパ貴族たちを震撼させ、イギリスの支配階級もその態度を改めなければ権力の座を追われるであろうという恐れを感じたというのである。ジョン・バウドラー（一七四六―一八二三）のパンフレット「改革か破滅か」に如実に示されているように、聖職者や議員たちの中にも道徳や宗教をないがしろにしているものがいたのである。このような状況から、当時権力を持ち始めた中産階級は、革命とその結果による自分たちの破滅を避けようとする貴族たちと同じように、自分たちの権力を守ろうとしていた。中産階級を疲弊させたと彼らが信じていた道徳的腐敗を回避できるような生活様式を打ち立てることに懸命であった。それで一九世紀の初めの数十年間にブルジョア階級のさまざまな礼儀やたしなみに関するエチケットの本が多数現れた。また下層階級と自分たちを区別するために、下品さと乱れた男女関係とは無縁の存在となろうと努めた。一八世紀の革命的ブルジョアジーは教会の性道徳に反対する運動を行ったが、自分が支配階級としての地位を確立するや、その大きな脅威であるプロレタリアートを抑制するために教会と手を組んだ。一般大衆もブルジョア階級の道徳観から強い影響を受けるようになった（『肉体の文化史』喜多迅鷹・喜多元子訳、一九―二〇）。

◉社会浄化運動とバウドラリズム

クレイグは一八世紀から一九世紀にかけてのイギリス文学の変化について『イギリスと諸外国の発禁本』の中で「一八世紀の終わりにイギリス文学に驚くべき変化が起こった。率直に語られていたはずのものが、歴史的に珍奇と言えるほどに非常に堅苦しいものになった」と言って、民俗学者であり詩人でもあるアンドリュー・ラング（一八四四―一九一二）の次のような言葉を引用している。

チョーサーから〔トバイアス・〕スモレット（一七二一―七一）の時代までは、イギリス文学には少なくともほかのものと同じように自由があった。それからせいぜい二〇年ぐらいの間にイギリス文学は世界でも類を見ないような上品なものになってしまった。（三五）

一八世紀末にジョージ三世の「社会純化布告」が出されて以来、王のお墨付きを得て上品さを求める傾向はさらに強くなる。この上品さはもちろん書物にも要求されるようになる。あの「社会浄化協会」を設立したウィルバーフォースの基本的な考え方はこうであった。つまり、外側から抑制しても人間の本性を変えられるものではないが、外見を変えることは可能である。したがって、今育ちつつある少年・少女の次の世代が、起こり得るある事態について見聞きしなければ、結局はそのことについて考えなくなる、というのである（『ヴィクトリア以前』一一二）。臭いものに蓋をしておけば、それについては知らないも同じになるという発想である。これが書物の検閲や削除を正当化してゆく根拠ともなっていった。

ヴィクトリア朝以前は書籍の値段は高かったし、本を読む層もごく一部に限られていたため、たとえ猥褻図画が出版されたとしてもそれが一般家庭へと流れ込んでゆく危険性はなかった。だがヴィクトリア時代に入って一般読者層が厚みを増すようになると、その数は一八一二年には上流階級の二万人に対して、一般庶民は推定二〇万人であったが、一八四四年にはその数は三万人に対して三〇万人となったという（『バウドラーの遺産』一〇）。ここに初めて本の大衆市場化が始まったのである。読者層が拡大すれば当然出版数も増え書物の値段も下がってゆく。廉価版が出回り、それによってますます読者が増えてゆくのはことの道理であった。メルトンの『ヨーロッパ啓蒙大衆の勃興』（二〇〇一）によれば、一八世紀中葉の識字率は一六四〇年代のそれと比べると倍近く上がって、約六〇パーセントだったという。読者層が飛躍的に拡大していった理由も理解できるのである。ただ、女性の識字率はわずか三五―四〇パーセントにすぎなかったという（八一）。

だが本がそのままの形で一般読者に提供されたわけではない。出版者は高貴なる者の義務として、一般読者を誘惑から守らなければならないと考えた。そのため一般読者には不都合な部分を削除した削除版、教育もあり判断力を有している上流階級向けには無削除版を提供していたのである（『バウドラーの遺産』一三）。危険と判断された部分は時にギリシャ語やラテン語で表現されることもあった。したがって当時は削除がごく普通のことで、むしろ必要なことであるとさえ考えられていたのである。また作家自身も一般受けするような内容で書くようになり、自己検閲的な面もあった。

このように書物は、ヴィクトリア朝の時代に入るとなおいっそう厳しい上品さという視点から見られるようになった。その最たるものが、その名前から bowdlerize という動詞も作り出されたトマス・バウドラー（一七五四―一八二五）である。彼はスコットランドの医師であり、福音主義者であった。当時の家庭には父親が家族に対して声を出して本を読む習慣があった。そのため家庭で安心して読める本が求められていた。またすでに見たように、上流階級の集まりでも詩や小説などの文学作品を朗読することは普通に行われていた。このような文化的な事情を背景に、バウドラーはまずシェイクスピア全集の削除版の作成に取りかかったのである。

早くも一八〇四年には削除版が出版され、それ以降一八九六年にいたるまで絶えず新しい版が出版され続けた。このような動きの中で、一八二〇年の『エディンバラ・レヴュー』誌はバウドラーの削除版を積極的に認めている（『ヴィクトリア以前』一二一）ことからすれば、当時の社会全体がいかに上品さや清純さを求めていたかということが納得できるのである。だがこの一方で、次のような現実が厳然としてあった。

一九世紀中・後期の何十年かの間に事態は頂点に達した。この時期、先例のないほどの量のポルノ文書が書かれて出版された――それは実際、ちょっとした産業にまでなったのである。サブカルチャーとしてのポルノグラフィに描かれているような人間の性についての見方と、公の文化が考える性についての見方が反転し、鏡像となり、互いを否定し合う相似形となった。表向きの文化の声によってマスターベーションへの警告が繰り返し発されている一方で、ポルノ作品が出版され、また医者たちが過度のセックスについて悪影響を与えるとして繰り返し戒める一方で、ポルノグラフィはこれでもかというほどに性交を描き、終わることのない性の饗宴を、はてしなくどこまでも続く尽きることのない乱交を描いた。また表向きの文化によって作られた、繊細で性とは無縁の上品な女性像を声高に主張する一方で、ポルノグラフィは性に狂乱する女性や、性に胸をときめかせる女性を途方もない量で描いた。表向きの文化が何とかして性の重要性を最小限にしようとする一方で、ポルノグラフィは声を大にして、あるいはささやくように――性こそどんなものよりも、唯一この世で一番重要なものだと言うのだった。
(『もう一つのヴィクトリア時代』二八三)

ヴィクトリア時代の取締りは、最初は小売店などによる度量衡の不正、動物虐待、売春教唆などを防ぐことを目的としていたが、最終的に、猥褻ならびに涜神出版物、安息日破り、労働者階級の娯楽全般の取締りから構成されることとなった。主目的は猥褻出版業者の取締りであった。当時いかに大量の猥褻書籍が氾濫していたかについては、本書、次章で詳しく述べられているのでここでは言及を避ける。

ところで当時の裁判には依然として中世時代の習慣が色濃く残っていたという。たとえば猥褻図画に関する裁判で出廷しても、訴状の一部が声を出して読まれることがなく、問題となっている書物が当事者に示されることなく判事に手渡されるだけであるために、自分が出版したどの書物が裁判の対象になっているのかも分からない状態であった。場合によっては書物について裁判官から激しい叱責を受けるが、あとになってやっと問題の書物を知るというありさまであった。裁判が正当か否かも判断することができず、まさに暗闇の中での裁判であった。

このような背景の中で、猥褻図画の取締りはいろいろな形で行われてゆく。一八二四年には浮浪者取締法[10]が施行され、公共の場で猥褻な出版物やその他のみだらなものを閲覧に供することが略式起訴の対象となった。さらに一八三八年の「修正法」では、店のウィンドウへの展示を対象とする文言が条文に付け加えられた。翌年の一八三九年のロンドン警視庁法[11]では猥褻書籍・図絵ならびにそれらに準ずる印刷物等の販売を罰する条項が入れられ、後に一八四七年の町警察条項法[12]に組み入れられた。

以上のような法律上の動きがあるにもかかわらず、この段階ではいわゆる文学と呼ばれ得るものに対しては、法律が適用されることは決してなかった。だが「ヴィクトリア女王の即位とともに、ジョージ三世の摂政時代の特徴となっていた性的なおおらかさが上流階級からついに消えてしまった」(『イギリスと諸外国の発禁本』三八)というわけである。こうして悪徳追放社会の枠組みが作られていった。

極度の品の良さを求める傾向にあったヴィクトリア女王の治世に、抑圧された力が悪徳の地下世界に向かったことは当然の成り行きであった。だが、これによって富裕層のモラルにまで影響することはなかったという。悪徳抑圧の対象となる階層は年収五〇〇ポンド以下の人たちであった。ロンドンのハリウェル・ストリートを中心にポルノ本の取引は盛んに行われていた。装丁も愛書家用に技巧を凝らした豪華なものから、年端もいかぬ若者のポケットをねらう紙くず程度のものまでさまざまだった。オックスフォードやケンブリッジの学生たちをはじめとして買い手を見つけるのは容易だった。それだけではなく、書斎に秘密の書棚を持つ紳士も少なくはなかったのである。

悪徳追放社会が熱心な撲滅運動を続けていたにもかかわらず、法律によってすぐに取り締まることにはならなかった。社会は法律と自由との間で揺れ動いていたのである。取締りを受けても在庫そのものを没収されることはないため、店主が起訴されて投獄されたあと監獄から出てくるまで妻たちが仕事を続けることもできたのである。

こうした社会事情を背景にして、ハリウェル・ストリートでの猥褻図画の取引を「青酸、ストリキニーネあるいはヒ素よりも致命的な毒薬の販売」と表現したキャンベル卿を始めとする悪徳追放の旗振り役たちが登場して、イギリスでの本格的な猥褻図画などの取締りが始まってゆくのである。

◉註

（1）一四世紀のエドワード三世がウェストミンスター宮殿内に作った「星の間」（Star Chamber）が起源で、もとは国政の中心だった。その後裁判機能が分離され、一七世紀のヘンリー七世の時代に星室裁判所法が発せられてもっぱら刑事裁判を扱うようになったが、一七世紀に廃止された。

（2）The newe Decrees of the Starre Chamber for Orders in Printinge (Star Chamber Decree 1586)

（3）A Decree of Starre-Chamber Concerning Printing (Star Chamber Decree 1637)

（4）An Ordinance for the Regulation of Printing (1643)

（5）An Act for preventing the frequent Abuses in printing seditious treasonable and unlicensed Bookes and Pamphlets and for regulating of Printing and Printing Presses (The Licensing of the Press Act 1662) (14 Car. II. c. 33)

（6）An Act for the Encouragement of Learning by vesting the Copies of Printed Books in the Authors or Purchasers of such Copies, during the Times therein mentioned (Statute of Anne 1710) (8 Anne, c. 19)

（7）A Proclamation for the Encouragement of Piety and Virtue, and for preventing and punishing of Vice, Profaneness, and Immorality (1787)

（8）The Proclamation Society (1787)

（9）The Society for the Suppression of Vice (1802)

（10）An Act for the Punishment of idle and disorderly Persons, Rogues and Vagabonds (Vagrancy Act 1824) (5 Geo. IV c. 83)

（11）An Act for further improving the Police in and near the Metropolis (Metropolitan Police Act 1839) (2 & 3 Victoria c. 47)

（12）An act for consolidating in One Act certain Provisions usually contained in acts for regulating the police of Towns (Town Police Clause Act 1847) (c. 89)

第二章　猥褻出版物禁止法（一八五七）の誕生と抵抗勢力

佐藤　治夫

書籍などの出版に関しての規制が注目を集めたのは、印刷術が社会的に広く使われだしたルネサンス期に始まる。イギリスでエリザベス朝演劇が検閲の対象とされたのは、演劇が一般大衆に向けて、あまりに大きな社会・政治的な影響力を持つものと考えられたためであった。しかし読書人口が限られていたこと、ならびに書籍が高価だったために、一七世紀までは、政治・社会問題の誘因になる可能性のある書籍はともかく、猥褻出版物が社会的に問題視されたことはなかった。王政復古以降は、王室の構成員に始まり、宗教的な権威、政府高官、個人に至るまでのスキャンダルの出版、キリスト教ならびに英国国教会に対する批判文書の出版が禁じられていたのは当然であるが、猥褻出版物は問題とはされなかった。書籍の価格が高かった時代を経て、書籍は財産の一部と見なされているためであろうか、涜神事件は別として、書籍を直接押収することなど考えられなかった。

猥褻書籍・図画の流布に対する取締りの動きはヴィクトリア時代に入って活発化することとなる

が、書籍の値段が下がり、読書人口が増えたという証左とも考えられる。

◉猥褻出版物禁止法以前

イギリスにおける猥褻出版物との闘いの歴史に関して言えば、一六九〇年と一六九一年にすでに設立されていた道徳改良を目的とする協会が、風俗改革協会[1]としてイギリス各地でスタートし、その数を増やしており、一七〇〇年の時点では、そのような協会が、ロンドン地域二〇、エディンバラ地域一三、それ以外の地域四二と合わせて七〇を超えていた。

このような協会の設立目的は、社会道徳の向上にあった。ただし新法を制定するには至らず、一六九八年の涜神取締法[2]など既成の法律を厳格に運用することで、売春行為、安息日破り、酩酊などを取り締まっただけであった。それゆえ、芝居小屋ならびに芝居の内容が取締りの対象とされる一方で、猥褻図画は当初取締りの対象にはならなかった。一七三八年までにこれらの協会が起訴した人数は、ロンドン地域のみで一〇万人を超えていた。しかしイギリスの法制度からすると、安息日破り、公衆の面前での悪口、猥褻行為、売春宿経営、男色などのような犯罪は、親告罪として扱われるので、誰かが告訴せねばならないことから、場合によっては、必要悪として協会が金で雇った密告者（内通者）を使った事例まで出てきた。このため、あまり社会各層の賛同を得られたとは言えないことから、資金繰りに困る場合も多く、ほとんどの協会は一八世紀中に活動を停止してしまった（グリーン『検閲事典』二八七）。一時的な盛り上がりを見せて、すぐに廃れてしまったようには見えるが、社会道徳は、地域社会の構成員が一致団結・協力して向上させるべきものだという考え方や姿勢をイギリスに根付かせた功績は大きいものと考えられる。

一七二七年に出た判決に伴い、猥褻書籍・図画の出版は、コモン・ロー上は違法とされるようになったが、個人の自由の制限につながる恐れありとして、告発に至ることは少なかった（『法制史ジャーナル』一九八八年）。この年以降、文書誹毀罪が治安壊乱、涜神、猥褻の三種類に大別されることになったのも、このような活動が行われた結果であろう。

この一時的であるが広範な野放し状態が変化したのは、国王ジョージ三世による一七八七年六月一日の社会純化布告の精神を受け[3]、一七八七年に設立された社会浄化協会が活動を開始したことによるものであり[4]、道徳に反した行為を処罰する目的から、猥褻書籍・図画の販売をした出版「者」や販売「者」を対象として発見し告発することが協会の目的となった。しかし、この新協会も、猥褻出版「物」を押収することはできず、出版者や販売者を取り締まれるように告発するだけの役割しか果たせなかった。このために、真に有効な防衛手段とはなり得ず、一八〇〇年頃には活動を停止し、一八〇二年に設立された悪徳撲滅協会に吸収されて[5]、使命を全うすることとなる。

設立当初の悪徳撲滅協会は、小売店などによる度量衡の不正、動物虐待、売春教唆などを防ぐことを目的としていた。その後、協会内部は、以下の目的に対応する三つの委員会組織から構成されることになる。

一　猥褻ならびに涜神出版物の取締り

二　安息日破りの取締り

三　労働者階級の娯楽全般の取締り

しかし、この協会の活動は実質的には猥褻出版業者を標的としていた。協会によるこれまでの地道な種々の活動にもかかわらず、結果的には、何度告発されて有罪判決を受けても、出獄すると再び平然と猥褻書籍・図画を執筆する専門作家の群れが、この道で有名なハリウェル・ストリートに養成されてしまったのである。悪徳撲滅協会は、一八五七年制定の猥褻出版物禁止法(6)の施行後に、資金不足で起訴から判決まで継続してゆく力を失い、一八八〇年に消滅する。活動の実績は一八六八年には、協会が活動実績の報告書を纏めている。一八四五年からの累積で、起訴件数一五九、その内一五四件が有罪、猥褻書籍・図画販売店舗三七を閉鎖に追い込み、猥褻版画一万二六八一点、猥褻書籍一万六二二〇冊、製本前の猥褻印刷物五トン、猥褻歌詞・街頭チラシ一万六〇〇五点、猥褻葉書等五五〇三枚、猥褻版画の元版八四四点、猥褻石板画の元版四二八点、猥褻木版画の元版九五点、印刷機一一台、活字約一・五トンを押収して、流通・使用阻止に成功したとしている。しかし実質的には、この数をはるかに超える猥褻書籍・図画が巷に溢れていたのであろう。

従来では考えられなかった、職業としてのポルノ作家およびポルノ出版業者の誕生により、猥褻書籍・図画の取締りは困難を極めることとなる。法律の定める罰則が行動に規制をかけることにならず、有罪が確定して刑期を務める間、家族などが製造・販売を引き継ぐ場合が多かった。さらに、親告罪として扱われることから、裁判費用を支払ってくれる篤志家が支えている団体による「お節介」な告発がなければ裁判さえもができないこともあり、結果として法の精神が骨抜きにされたのは明白であった。このような状況を打破すべく、一八五七年の猥褻出版物禁止法（いわゆるキャンベル法）は準備された。

◉猥褻出版物禁止法へ

一八五七年の猥褻出版物禁止法の成立過程を見ると、国会での審議そのものの中に、それまでのイギリスの猥褻出版物との闘いの問題点が凝縮して示されている。つまり、どうしても議論が法制度と個人の自由の問題にまで行きついてしまうのである。このキャンベル法の英国議会での成立過程を時間順に追うことにする。ここで資料としたハンサードの「英国議会議論集」（以下ハンサードと呼ぶ）は議事録から版を起こしており、かつ三人称で記述されているので、当時の慣習による長い呼びかけ――"my learned and noble friend"（我が学識ある気高き友よ）――などを省略し、かつ一人称に戻しての筆者による抄訳とした（ハンサードはすべて「シリーズ三」よりの引用である）。

◉問題提起（一八五七年五月一一日）

キャンベル卿（一七七九―一八六一）は、前の週に自ら裁判を行った猥褻文書販売事件に証拠として提出された猥褻文書を、(7) 生まれて初めて目にしてショックが大きかったこともあり、貴族院本会議で毒物販売規制法の審議中に、毒物に引っ掛けて議長に対する質問に立つ（ハンサードV一四五 C一〇二―〇三）。ただ、実際に販売されている毒物と「同じに」危険とするのは、少々詭弁と思われ、場違いな質問という感は否めない。ハンサードの記述によると、審議中の毒物取締法案と無関係に見えそうなキャンベル卿の質疑の冒頭には、"SALE OF POISONSAND POISON-OUS PUBLICATIONS—QUESTION"（毒薬と毒物に等しい刊行物の件——質疑）という見出しが添えられていて、あたかも審議事項であるかのような体裁にしているのは、ハンサード側からの援護射撃とも考えられるのではなかろうか。

キャンベル卿　毒物を故意に処方することに歯止めがかかったのは良いことでありますが、先週の土曜日に私が裁いた事件から、恐ろしくて警戒せねばならない青酸カリやストリキニーネよりも砒素よりもさらに有害な毒物、つまり猥褻出版物や不適切な書籍の販売が、公の場でしかも公然と行われているという事実が判明したのであります。これは高価で不適切な書物に限ったことではありません。高価な書物であればその値段だけで、一般大衆の手元に行かないからまだマシなのでありますが、定期的に発行される新聞類で、きわめて内容が酷く嫌悪感を持たせる内容の出版物が毎週発行され、求める者には誰にでも言うがままの部数を販売していることが問題であります。この問題こそ、現政府が速やかに取り組むべき問題と考えるものであります。

これに対して、議長の回答は、この問題は初めて耳にしたものであるから、即断できないが、現行のコモン・ローでの対処が可能であるのだから、特別に猥褻出版物取締りを立法化する必要はないとして、つれなくも一蹴している。しかし続けて、毒物取締法の成立途中であるが、法律が施行されても、法律の規定外の薬物を作り出す者が出てくるのは必定であり、医薬と毒薬の区別もきわめて難しいものになること、また、不注意に毒物を売らないようにセーフガードも持たせたので、完全に取り締まれなくとも、キャンベル卿が指摘した類の害悪を少しでも減らせる可能性があることを指摘している。キャンベル卿の発言を、審議中の法案に利用した発言でうまくかわしたものであろう。キャンベル卿の戦略的敗北である。これだけ面目を失ったのでは本人が納得するはずもなく、六月四日に再度の質問に立ったのである。

◉説得は黙殺される（一八五七年六月四日）

前回の質問では体よく無視された、と感じたキャンベル卿は、貴族院での毒物の販売規制法の審議中に、再度「余計な」質問をしてしまう（ハンサードV一四五 C一〇九三―九四）。本会議での大まかな同意が得られたので、委員会に移行する時点で、キャンベル卿が発言を求め、法律の趣旨にはまったく賛成するが、と断った上で、再考を促している。

キャンベル卿　諸卿の注意を、一般大衆に向けて販売されている別の種類の毒物、本件で審議中の毒物が体に対して破壊的な作用を持つように、心の中の道徳を破壊してしまう毒物、つまり現在大幅に増加している不適切な出版物ならびに印刷物にお向けいただきたい。〔……〕本日諸卿のお手元に、悪徳撲滅協会からの、このような出版物の差止めの請願書をお配りしてありますので、このような毒物への対処もご考慮いただきたい。

この発言には、まったく反応がなく、本来審議中であった法案に関する、他の議員によるまったく別の発言が記録されているだけであり、記録上は「黙殺」されてしまう。通常の論理では、書籍・図画は「毒物」と見なされることはないのであるから、同席した議員たちの素直な反応は、悪質な議事妨害行為といったところだったのであろう。

◉法案提出

キャンベル卿の真骨頂はここから見られる。この二週間後に、おそらく実態調査として、猥褻書籍・図画の販売状況を調べ上げたのちに、新法を提案する。以下に英国両院議会での審議日程を示す。

貴族院（the House of Lords）

一八五七年六月一五日　第一読会(8)　（法律案の配布——審議はなし）
一八五七年六月二五日　第二読会　（実質的な審議——舌戦となる）
一八五七年七月　三日　委員会　（委員会への審議付託）
一八五七年七月　六日　委員会　（委員会より修正分の報告）
一八五七年七月　九日　修正案説明
一八五七年七月一三日　第三読会　（法案可決——庶民院での審議へ）

庶民院（the House of Commons）

一八五七年七月一五日　第一読会　（法律案の配布――審議はなし）
一八五七年八月　五日　第二読会　（議会運営上の理由で無審議）
一八五七年八月一二日　委員会　（審議後委員会への審議付託）
一八五七年八月一四日　委員会　（委員会での扱い検討）
一八五七年八月一九日　委員会　（実質的審議）
一八五七年八月二〇日　委員会　（委員会より修正分の報告）
一八五七年八月二一日　第三読会　（法案可決）

貴族院

一八五七年八月二一日　キャンベル卿から庶民院通過の報告と謝辞

庶民院

一八五七年八月二五日　ヴィクトリア女王の裁可

◉激論の果てに（一八五七年六月二五日）

貴族院における審議で、最も議論が尽くされたのは、実質的な審議となる第二読会、一八五七年六月二五日であった（ハンサードV一四六 C三二七―三八）。議案の朗読後に、キャンベル卿が、提案趣旨説明として発言し、法案の目的は、最近目に余る猥褻書籍・図画が

一　堂々と販売されている
二　企業としてかなりの金額が動いている
三　猥褻書籍・図画を保管している倉庫まである
四　地方の町まで、巡回して売り歩く者もいる
五　安いハガキを送りつけることで、販売促進が行われている

ことを、問題点として指摘する。さらに

一　ヨーロッパ諸国の内、イギリスだけがこのような出版物を野放し状態にしている
二　ヨーロッパ諸国の警察は、より大きな権限を与えられ取締りを強化している

ことを挙げて、法案に理解を求めている。また、証拠収集についての現行法での障害として、

一　スパイとか密告者と呼ばれるような人々を使って、実際にそのような販売業者の店で、猥褻書籍・図画を購入して、証人としてそのまま裁判に持ち込んで告発を行わねばならない
二　ただし、入店前に同行する警察官から身体検査を受け、入店前に猥褻書籍・図画を保持していないことを確認し、購入して出てきたときに、再び身体検査を受け、所持する書籍・図画を該当する店舗で入手したことを証明せねばならない

三　また、その様に苦労して告発して有罪を立証しても、被告が懲役になるだけで、店舗に残った猥褻書籍・図画の販売は、被告の近親者、妻や息子などが販売を継続するので、期待されているような効果が得られない

ことを挙げて、新法の必要性を訴えている。

右記の問題解決のため、賭博場取締法の例(9)をあげて、違法な賭博行為が行われている場合、治安判事の令状が発行されて、警察官が該当する施設の家宅捜索を行い、賭博に使用される用具などのすべてを押収できるようになったため、取締りの実があがったことを述べて、同じように猥褻書籍・図画も、令状の発行から警察官による家宅捜索・証拠品の押収が簡単にできるようにすることが、新法の骨子だとしている。

◉反対意見噴出

ここから、新法に対する反対意見が噴出してくる。ただし、飛びあがるようにして、言論・表現の自由に対する挑戦だと叫ぶような議員はもちろんおらず、どの発言者もキャンベル卿の「意図」は理解するが、という前置きの後での反対声明であることが特徴的であり、ヴィクトリア時代ならではの修飾的文体と考えられるので、必ずしも穏やかな議論で審議が行われたものではない。

先頭はブルーム卿が務め、今日まで議論が絶えない論点である、「猥褻書籍・図画の定義」が明確にならない限り、この法律は機能しないのではないかと、核心を衝く発言をする。これに対して、

キャンベル卿が大失策をしてしまう。まったく常識的で相手も予測可能な答えをするという失策である。曰く、卿がご心配のようなレベルの作品を対象にはしていない。この法案の目指すところは、若者の道徳を堕落させ、また釣り合いのとれた心の者ならだれしも備えている「品位」(decency)に挑戦することを目的として執筆されたものを対象にしている。そのような作品はパリで制作されてこの国に持ち込まれているものである。現行のコモン・ローで告発可能な程度をガイドラインとして考えている、と。しかしながらこの程度の回答では、論客揃いの貴族院では通用しなかったようである。

次に議長のクランワース卿から、無実の者を罪に落とす可能性がある上に、治安判事や警察署長の判断にすべてを委ねるには、問題が大きいのではないか、また押収しても、そのような猥褻書籍・図画は、どう処分するのかという質問があった。これに対してもキャンベル卿の回答はいただけない。最後の質問にだけ答えて、そのような品物には所有権が認められないのだから、適当に警察で始末すればよいと答えてしまう。

この答弁に対して、クランワース卿は少し強硬になり、かなりの修正を加えなければ法案の通過は困難ではないかと、発言してしまう。どうやらキャンベル卿は、反対する議員がいるとは予想していなかったようで、議長にまで敵対されて、心千々に乱れた状態のようである。この後、エグリントン伯爵が何か発言したが、書記が聞き取れなかったとあるのは、笑いを誘う。続いてリンドハースト卿が発言するのだが、キャンベル卿の乱れた心をさらに強打するかのように、いくつもの問題点を同時に指摘してしまう。

一　このような問題に議会が頭を突っ込んで、一般大衆の憤激を買うのは得策ではない

二　また「猥褻」の定義も定かではない。自分はドクター・ジョンソンの辞書で確認したのだが、"immodest; not agreeable to chastity of mind; causing lewd ideas"（慎みのない、純正な心にそぐわない、卑しい心をもたらすような）しか定義していないではないか

三　また、警察官が、フランスやイタリアの名画や版画などのレプリカを猥褻図画として、押収してしまう危険性がある（警察官と書肆店主との間の模擬的な会話まで持ち出して、キャンベル卿の憤激の火に油を注ぐ結果となる）

四　巡回図書館の蔵書にも該当するような部分を含む書籍が入っているではないか

五　王政復古期の作品、ウィッチャレーやコングリーヴ、またドライデン、果てはオヴィデウスなどはどうなるのか。その点に関してはドライデンも相当ひどいではないか

六　キャンベル卿の法案が対象とする書籍・図画は、書店の奥まった部分にひっそりと収蔵されていて、それほどおおげさなものではない

七　現行の法律だけで処理できる。必要なのは、取り締まる側にもう少し勢いをつけてやることではないのか。たとえば有罪となったら、見せしめのために、重い刑罰を科すなどの方法があるのではないか

と、最初に趣旨説明を行ったキャンベル卿と比べて、ハンサードの行数でも倍以上の発言をしてい

る。結びとして、六か月後まで審議を先送りする案を修正動議として出すにいたる。

キャンベル卿をさらに混乱させたのは、一つの議案には、議員は一度しか発言を認めないという議会運営規約に反して、自らリンドハースト卿に対して反論を重ね、場を騒然とさせてしまい、かえって議事の進行を遅らせてしまったことであろう。これには数名の議員が何とかとりなして、キャンベル卿の発言は、あと一度認められて審議は続く。ハンサードでは、勿論逐語的に記録がないのだが、めったにない記述、"Order!"（静粛に！）が叫ぶように言われたと記録されている（ハンサードV一四六 C三三三一―三三六）ことから見て、興奮したためにリンドハースト卿に対して、かなりひどいことを、この時に発言したのであろうか。実際には、同年七月一三日に第三読会が完了して、庶民院に法案が送致されるにあたり、リンドハースト卿は、キャンベル卿に対して謝罪を求める発言をしている（「審議日程」七月一三日）。

引き続いて、ウェンズレーデール卿が、発言を求め、やはり現行のコモン・ローで充分であり、図書館の蔵書に対象となりそうなものがあるようだし、ラテン語の古典作品などもある上に、猥褻の定義が不明瞭であるのに、警察に強大な権力を与えるにはもっと慎重になるべきだと述べる。

ウィンフォード卿は、シェイクスピアなどの作品は、忌避すべき詩行があるためでなく、心を高揚させる詩行のためであるから、そのような理由で名作を否定するのは間違いだと演説し、次第にキャンベル卿の意図とは、ずれた意見が出てくる。

◉キャンベル卿の反撃

たまらずに、キャンベル卿は、残されたただ一度の発言権を行使することになる。

キャンベル卿　名前は出しませんが、ロンドンのある通りの店主どもは、猥褻書籍・図画についての販売の自由を英国貴族院に守ってもらえるので、大喜びをすることでありましょう。今伺ったように数名の反対意見がありますが、議員諸兄が、この法案を廃案にしたりすることはないと信じています。本職には、賭博場の取締りや、密輸品の押収と同じ取り扱いが、猥褻書籍・図画に及ぼせないことが理解できません。修正動議〔リンドハースト卿の六か月棚上げ案〕を提出なさった敬愛すべき同僚議員は、この法案が成立した暁には、個人の所蔵する絵画などのギャラリーまで影響が及ぶのではないかと危惧しておられるとのことでした。思い返していただきたいのは、賭博場の規制法が強化された時に、同じように「〔ロンドン市内の公的賭博場名を挙げて〕××はどうなるのか。あそこに警官が踏み込んで、下手をすれば貴族や国会議員が逮捕されて、判事の前に引き出され、矯正院〔刑務所〕送致になるのではないか」と妙な危惧の声が上がったことを思い起こしていただきたいのです。同卿はさらに、誰が猥褻性の有無を決めるのかとのお尋ねでありましたが、これは陪審員が決定するものであります。卿はさらに、個人の収集も影響を受けるのではないかとの危惧を表明なさいましたが、個人が思索にふけるために収蔵していて、販売を目的としているものでないことが明確なものは対象となっておりません。卿があのように、眼前にあるかのごとく生き生きと描写してくださいました絵画と、法案が対象とする芸術的な価値がないばかりか、正常な心の持ち主なら辟易する絵画との違いは明白であります。議員諸卿が法案を再度お読みくだされば、そのような危惧を払拭する文言を委員会レベルで追加することが可能であると思います。最後にご注意を喚起させていただくのは、この国の一般大衆の感情を逆なでするような、議事進行にならないようにという点です。

ハンサードの奥ゆかしい三人称の記述からでも、読む者に伝わるように、キャンベル卿は、打って変わったきびきびした論旨で議論を展開する。

一　賭博場、密輸品の取締りが可能なのに、猥褻書籍・図画の取締りができないとは何事か
二　個人の収集には法律の適用は考えていない
三　猥褻の定義は、法律の文言で規定するものではなく、陪審員の判断に委ねられる
四　誤って文学作品などを検挙しないような、安全策を法案に追加することは可能である

駄目押しという形で、卿は発言の最後を“He cautioned the Lordships against a proceeding which could not fail to shock the public feeling of the country.”（一般大衆の感情を逆なでするがごとき）云々という軽い恫喝で締め括り、これに押された格好で、六か月間棚上げ動議は撤回された上、無事に第二読会完了となる。

◉『タイムズ』紙からの援護射撃（一八五七年六月二九日）

貴族院では、法案の具体的検討に丁度入っていたはずの一八五七年六月二九日に絶妙のタイミングで、『タイムズ』紙が、キャンベル卿に好意的な論説を掲載している。もちろん、イギリス社会で大きく取り上げられた法案であるが、賛否両論と呼べる状態にはなかったことを、『タイムズ』紙も理解している。六月二五日に起きた、貴族院でのやり取りの詳細は、すでに周知のことである前提で、記事も議会内での議論の応酬そのものにではなく、議員からの反対意見のほとんどについて、詳しいコメントを加えている。

記事の冒頭には、

〔いかがわしい書籍・図画が販売されていたが、国会での審議中には名前は出ていない〕ハリウェル・ストリートにおける商行為は、毒薬の販売に例えられるという不相応な栄誉に浴している。砒素やストリキニーネそのものには、何の悪いところはないのである。……これを規制すると、たまたま害を及ぼすだけなのに、そのような薬物を適正に使用できなくなることがあるのだ。悪書は、その悪い点があるから売買されているのであり、これを規制しても不都合はないのである。××現存する〔法律による〕手当てが不十分であると分かれば、立法府から新しい予防的手段が提供されるのは当然である。

と述べてあり、明らかにキャンベル卿の提出した法案に賛成の立場からの記事であることがわかる。

さらに、

しかし、キャンベル卿は、法案細部にある施行上の問題点について反対を受けたのではなく、コモン・ローの条項にも〔同様に〕当てはまるような批判を受けたのである。〔つまり〕出版の自由と臣民の自由が、品のない誹毀(ひき)文書に対抗して、急いで安全策を広げようとすることで、危機を迎えるということが〔反対者に〕初めて分かったのであろう。

と述べている。

猥褻な書籍が法律の取締りの対象となるのか単に悪ふざけなのか判断がつかない微妙なケースもあるから反対というなら、同じことが刑事犯の事件にも当てはまってしまうではないか、とリンドハースト卿の反対意見にも記事の著者は噛みついて、単なる「嘘と詐欺」（an untrue statement and a false pretence）の区別も、突き詰めると危ういものであり、イギリスの法律では、これらのことは陪審員の常識に任されるのである。また、疑わしきは罰せずとの法律常識もあるのだから、十分なセーフガードとなる、としている。さらに、リンドハースト卿の、文学作品を引用までしての反対意見には、ハリウェル・ストリート（の商売）を、ギリシャ古典の作家だってふざけた部分を書いているから、許容すべきだという論に同調するものはいない、とまで言い切って、「イギリス人なら、猥褻書籍の著者の行為を弁護するものなどいない。しかしながら、ドライデンもヴォルテールも蔵書の中に地位は占めるであろう」として、実際には法廷で文学・古典作品が問題視されることなどありえないと主張している。

反対論に対する強烈な牽制として、「キャンベル卿の法案の審議が再開されるときに、貴族院の議員殿は、〔……〕リンドハースト卿が笑いの種とした危険な部分があるとは、一人も本気では信じていないことを思い起こしていただきたい」として記事の最後を締め括り、反論を許さない構えを見せている。記事中の「笑いの種とした」(chuckles over)から類推しても、リンドハースト卿の反対論は個人的な色彩が強かったのであろう。

◉法案の推敲(一八五七年七月三日)

このような院外からの援護もあって、風向きは一変したようである。一八五七年七月三日には、猥褻書籍等防止法案審議委員会の審議開始前にキャンベル卿が発言する(ハンサードV一四六C八六四―六七)。

キャンベル卿　前回の本法案の審議において、思いもかけぬ反対意見が続出して、法案の通過をあきらめるところでありましたが、その後貴族院議員有志、各宗派の聖職者、多くの医師、家庭をもった父親、そしてこの法案が排除しようとする悪徳による犠牲者から、大きな激励の声が寄せられましたので、あのような反対意見にも耐えることができたのです。〔……〕法案には、修正分を盛り込んでありますので、この上の反対が議員諸兄からはないものと考えます。〔……〕そのような物を保持し、読み、喜びを見出すのは、個人の嗜好に任せられる分野でありますが、一般大衆の道徳観を腐敗させる意図を持った書籍・図画を、意識して継続的に作成し、かつそれが目的を達成している場合には、立法府が介入して、一般大衆を救う必要があります。〔……〕このような恥ずべき行為を終わらせるには、法律の誤った適用を防ぐ手段を取った上で、保管する施設を家宅捜索、猥褻書籍・図画の押収、それらの焼却などを含む権利を（警察当局に）認めることです。〔……〕法案の肝心な部分は、以下二つの条項になります。

一つは、そのような書籍・図画が、販売・陳列目的で家宅に保管されている疑いがあるとの告発を受けて、治安判事が捜索令状を発行することができるようにすること、同様の令状を、警察署長が発行することを可能たらしめることです。しかし、この後半の条項は、反対意見が出たため、パン半分でもないよりましと考えてあきらめました。〔……〕二つ目は、原案では告発をする者は、このような書籍が、販売・陳列目的で保管されていると信ずるに足る証拠を必要としていたものを、宣誓供述をした上での告発とするように修正を加えたものです。

もう一つの修正条項は、〔……〕これを公開することはコモン・ローで不品行と規定される類の書籍・図画であると考えられる場合に、令状の発行を認めるように、セーフガードを設けたことであります。〔……〕

この演説に対しては、反対意見と考えられる発言は一切なく、そのまま認めさせられた格好になり、委員会修正報告が印刷されることになる。

◉修正案説明（一八五七年七月九日）

一八五七年七月九日の修正案の上程には、強気のキャンベル卿が、法案の提出以来、さまざまな確度の高い情報をいただいているが、内容の性質からして、この貴族院で読み上げるわけにもゆかないとして、支持者の多さをアピールしてから、猥褻な出版物の例として、アレッサンドル・デュマの『椿姫』（一八四八）を手にして登壇する。このような書籍が翻訳されてイギリス国内、あろうことか鉄道の駅などで販売されているという恐ろしい事実を知って、ショックを受けていると述べる。さらに、この書物の中には、約一〇〇種類に及ぶ猥褻書籍の広告が含まれていることから、ハリウェル・ストリートの商売は、このような書籍を一〇〇種類も扱っていることを指摘する。また、実名を出すと商売に貢献してしまうので書名は伏せるとしながらも、ある書籍を引き合いに出して、以前はこの作品が一ギニー（二一シリング）で販売されていたものが、なんと三シリング六ペンスまで値が下がって、入手しやすくなっていることも指摘する。

◉貴族院最終審議（一八五七年七月一三日）

ようやく一八五七年七月一三日に最終段階の第三読会の段階に入った審議は、キャンベル卿の第三読会開始動議から始まる（ハンサードV一四六C一三五五―六三）。

登壇した卿は、第一番目に、悪徳撲滅協会事務長プリッチャード氏からの書簡の朗読をして、協会のブラックリストでは、最高九回の投獄にもめげずに猥褻書籍・図画の販売に従事している者がいて、商売が円滑で利益を生んでいるから、時々監獄に入っても平気でいること、また商売の種となるそのような書籍・図画を押さえない限り、家族が販売を継続してしまうので、取締りの効果が薄いと指摘していることを示して、法案の上程は時宜を得たものであるとする。

次におそらくイギリス国内では、もっぱらの評判となっていたであろう、リンドハースト卿との確執について触れ、第二読会の審議の際に、リンドハースト卿に対して、「侮蔑的で悪趣味な」(insulting and offensive)言葉を投げかけたと指摘されたこと、自分としてはそのような意図ではなかったにせよ、そのような発言は撤回し、そのような解釈をされてしまった発言を遺憾に思うと謝罪している。続けて、リンドハースト卿が、法案の修正案の作成に積極的に参加してくれたことに謝辞まで述べている。

謝罪はさらに続く。キャンベル卿を当惑させたであろう抗議を取り上げ、七月九日の審議で、自分が資料として持ち込んだ『椿姫』を鉄道の主要駅で販売されているとしたことで、主要駅での書籍の流通を請負っているスミス商会から、自分たちはまっとうな営業を目指して努力しているのに、猥褻書籍・図画の販売者であるかのように思われてしまい遺憾である旨の書簡を受けたことを紹介して、当時のイギリス国内では主要な関心事であったことが窺える。

キャンベル卿の予防的な謝罪の理由は、ここで予想通りリンドハースト卿が発言を求めたことで明らかになる。謝罪を受けたにもかかわらず、卿が重ねて謝罪を求める理由もその演説から明らかになる。これが本当なら、怒り心頭に発するのも肯ける。リンドハースト卿の不興が激しいので、記録を掲載するハンサードは、用心のためか一人称の形式でそのまま掲載している。リンドハースト卿の主張はいくつかある。

一　耳が遠いので、審議中に聞き取れなかったのだが、侮蔑的な言葉を私に投げかけたことから、キャンベル卿は自分で発している言葉の効果を必ずしも理解しているわけではないと思う。卿の著作で、ご自身の前任者たちの伝記を著述しているが、その堕落した様子を描いているうちに、言葉に対する感性がいささか磨滅したのであろう。

二　侮蔑的な言葉だけではなく、卿は、最近上梓した自分の著作の中に、私に対する好ましからざる表現をした段落を二、三挿入し、かつわざわざ該当の巻だけを、著者の感謝を込めてと記して、私に贈呈するという行為をしている。

三　第二読会で意見を異にした後で、卿は私ににこやかにほほ笑みながら、議案の修正案作成に協力してくれと言い、それには従った。私の基本的な反対意見は、原案が、きわめて広範、大雑把、曖昧なものであるから、さまざまな誤用も当然予期されるというものであった。常識から言っても、あのような案に賛成できる訳はなかったのである。修正案を手伝ったのは、実に自分の反対意見の故である（猥褻書籍・図画の販売で実刑を受けたヘザリントン某の訴えにより、何とP・B・シェリーの未亡人が出版させたシェリーの初期の作品集を印刷販売したとして、猥褻裁判にかけられて有罪になってしまった例を挙げて、リンドハースト卿は、自分の先見性を示している）。

四　卿との確執により、院外での誤解や誤用を生じたために、私は自分が裁判にかけられているかのように思えたので、本日このように釈明をさせていただいたものである。

理由は不明であるが、リンドハースト卿は、この手厳しい発言をすると議場から去ってしまった。

後を引き継いで六月二五日の第二読会で反対をしたウェンズレーデール卿が、最後の抵抗として、刑罰を厳しくすればコモン・ローで十分であるような犯罪であり、警察官による「家宅の訪問」(domiciliary visits) は、イギリスの法律の原理・精神に反するものであると、最初に反対したことへの言い訳とも取れるような発言を繰り返す。

大法官で、議会開催中は議長も務めるクランワース卿は、これ以上の抵抗は無駄と考えたのであろうか、リンドハースト卿の尽力により修正をしたのであり、この結果として家宅捜索の令状発行が少しは慎重に行われるようになったのだから、この法案を通さないのは賢いやり方ではないだろう、とかなり嫌味な賛成の仕方をして、それ以上の反対発言を封じている。

カンタベリー大主教が、今夜まで議員の若干の方々が、猥褻出版物に対して、少し同情的でありすぎることを心配してきたのだが、これで安心であり、キャンベル卿に、聖職者議員を代表して感謝の意を表明すると述べて、教会が味方をしていることを示す。

最後の発言者はキャンベル卿であるが、議場を去ったリンドハースト卿への批判を繰り返し、実質的にこき下ろすことまでしているので、キャンベル卿はあまり性格が穏やかな人物ではなかったことまでわかる。

これで審議が終わり、第三読会を終えて可決され、庶民院へ送致される。

◉庶民院で議論再燃（一八五七年八月一二日）

二日後の七月一五日に、庶民院にて第一読会（つまり通常は印刷された法案の配布）が行われたが、議会運営上の都合から、実質的な審議は、八月一二日に開始された。今度はリンドハースト卿よりも強力な論客、鋭い舌鋒で「メッタ切り男」（Tear'em）と仇名されるジョン・アーサー・ローバック（一八〇二―七九）が待ち構えていた。審議開始直後に、委員長サー・エルスカイン・ペリーから、法律の対象地域から、スコットランドを外す動議が出されたが、その直後に、修正案を提案する議員がいるのに、早速ローバックは反対の論陣を張る。反対の論拠は

一　審議が早急であり、法律の導入は感心しない
二　スコットランド系議員は、本法をスコットランドに適用することに反対のようだが、正しい判断である。なぜならこれ以上途方もない（preposterous）法案が貴族院から下りてきたのを見たことがないからである
三　本法は、議会での立法により、国民の品行を正しくさせる目的であるが、うまく行くはずがない
四　本法で取締り対象となっている図画や刊行物を好む者は、どんな法律を作っても手に入れるのだから、本法は予防的手段として不適切であり、かつ警察権力の濫用により、個人のプライバシーまで不要に影響を与える危険を孕んでいるではないか

というものであった。そしてローバックが次に提示する悪用例は、ユニークで突飛なものである。

地方の裁判官が目を付けている密猟者がいて、そやつが猥褻書籍・図画の販売を手がけていて、そのことを判事まで申立てた者がいるとしよう。そやつの家宅捜索令状をその判事が発行して、家宅捜索を行ったら、密猟に使った証拠の品が見つかるかも知れないではないか。こうすればこの判事は、他では手に入れることができない証拠まで手に入れられるというものである。ロンドンでは多分このようなことは許されるものではないだろうが、地方にゆけば何でもできてしまう。令状の発行なども、多分判事の居間ですませたりするからである。

さすがにこのような強引な論理には危機感を募らせたため、ここで閣僚の一人であるサー・ジョージ・グレイ内務大臣が発言して、ローバック発言の前に動議が出ていること、また、本法に関して言うならば、状況を一番正しく把握しているはずのキャンベル卿からは、猥褻書籍・図画の出版がきわめて増加しており、取締りが困難を極め、告発した者を有罪に持ち込めても、販売そのものを阻止できないことから、本法が提案されていること、ならびにこの条文なら特に不都合を生じさせる恐れはない、と牽制する。

ローバックは、さらに食い下がり、

五　猥褻か否かの判断の基準はどこにあるのか。ウイッチャレー、ポープ、猥褻箇所を含むラ

テン語の古典作品などもあるのに、高級な文学では、若者が低級な猥褻作品ほどは興奮しないというのか

六　また、前述の作品は、ロンドンの立派な街並みで営業している書肆でも販売されている書物ではないか。これらを取り締まれないなら、猥褻書籍・図画を取り締まることはできないのではないか

七　警察官などに武装を許して、個人の家宅に押し入ることを許すのは、異端審問や専制政治につながる恐れがある

八　自分は、品行方正を装う偽善的な行為は許せないし、一般大衆の正直な気持ちを代弁すれば、この法律は百害あって一利なしと考える

と言う。

このような激烈な、しかもちょっと的外れ気味の反対意見には、反論する者も同調者も出ず、運営上の手続きなどの発言が続き、議員たちは完全にローバックを無視したようである。何事もなかったように審議が始まり、以下のような細かい提案・指摘が始まる。

ネイピア氏　法案に賛成だが、公に裁判を行って、逆に宣伝効果をあげてしまうのを避けて、道徳上の毒物は、その場で破棄させることを提案する。

ブリスコウ氏　法案に賛成だし、判事に与えられる権限は、違法賭博の取締りの場合と同じであ

るから問題はない。

ホワイト氏　取締りには賛成であるが、法案が現在のままでは、「猥褻」の定義を与える法律が必要になるのではないか。現在アメリカ合衆国で施行されている法律で、この庶民院図書館に所蔵の書籍が取締りの対象になっていて、美術を学ぶ者以外に、人間の裸体が忌むべきものになっているようだ。この法案が通過すると、キャンベル卿ご自身の著作である『大法官たちの生涯』と『首席判事たちの生涯』まで取締りの対象となるという噂まである。

モックトン・ミルンズ氏　ロンドンの書肆の数軒からは、本法の成立過程を恐怖の眼差しにて見守っているという意見を頂いている。個人の蔵書を丸ごと購入する場合が多いので、個々の書籍をチェックすることができない。よって自分の書肆の倉庫に、取締りの対象になるような書籍・図画があるかどうか不明である。競争の激しい商売であるので、自分に敵意をもった競争相手などの告発によって、そのような書籍が発見されずとも、警官の家宅捜索で商売が滞ることを審議委員会は、気がつかないのかという指摘である。主な対象は、ロンドンの中の数本の通りでの商売なのだから、イギリス全土で警察官が個人の居宅にまで踏み込むことを許すような条文なしで、立法化は可能なのではないか。議員諸君が、ご自分の本当のお考えを述べる勇気をお示し下さっていれば、本法が現在のような形にならなかったはずだと思う。

マリンズ氏　法案に賛成だが、取締りの権力を乱用されぬよう、また猥褻の定義が曖昧なのであるから、猥褻書籍・図画の押収に当たり、所有者がそれらが猥褻な物品ではないと主張する機会を与えるべきである。故に押収したその場で、破棄をすることは避けるべきである。

アダムズ氏　法案に賛成だし、押収品の破棄は二名の判事の同意が必要とすれば十分である。

サー・エルスキン・ペリー　法案に賛成だし、猥褻な書籍・図画ではないとのアピール権を認めると、宣伝効果を生ずる。判事二名の同意があって初めて破棄ができるという案は、修正案に盛り込めるか否かを検討したい。

この後数名が同意の発言をしたが、ローバックがまたもや議事妨害にも等しい発言を繰り返し、他の議員からイギリスの判事に対する名誉毀損だと非難を受ける。ローバックは、この後、八月一四日と一九日にも執拗に議事の進行を阻止する発言を繰り返すが、大勢は決しており、字句の入替えなどを経て、八月二五日に、ヴィクトリア女王の裁可が下り、法案八二号が成立する[10]（ハンサードＶ一四六Ｃ二〇七六）。

この法律は、一九五九年の改正[11]によって、文学作品の保護を謳うまで、猥褻出版物を取り締まる主要な法律としてイギリスで大きな影響力を行使することになる。

◉法案審議の意義

このように激論を戦わせた結果生まれた所謂キャンベル法の成立に際して、審議の過程で出現した主要な反対意見は以下の四項目。「猥褻」の定義が曖昧であるので、次のような弊害がある。

一　文学・芸術作品まで対象となってしまう

二　国内の図書館の蔵書や一般の書肆まで対象となってしまう
三　法律の効率的な適用ができるか疑問である
四　文学・芸術作品の性的描写で若者が興奮するのは合法だが、そうでない作品で興奮するのは非合法というのはおかしい

に集約される。他にも、特にこの法律案に限定されるわけではないような、

・警察や裁判官に大きな権力を与えすぎている
・コモン・ローに同じような規定があって重複してしまう
・取り締まることで宣伝効果を生じ、かえって猥褻書籍・図画が増加する
・法律で道徳を支配させるのは間違っている
・悪用して、競争相手の商売を妨げる手段に使われる恐れがある
・審議が短時日で行われ、拙速の感がある

などの意見まで出ているが、これらは論理構成が少々疑問なものもあり、いつの時代、どの様な場でも、このように難癖をつけるかのような発言は散見されるので、特に触れる必要はないであろう。

この法案が審議された際、キャンベル卿が予期していなかった反対質問を受けて一時は狼狽しても、良識ある市民が賛成に回るであろうとの確信から、提案の最後で議員に対する脅迫めいた言い

方（「この国の一般大衆の感情を逆なでする……」）が可能であった事実は、猥褻そのものに対するヴィクトリア時代のいわば極端な性的な概念を忌避する姿勢を垣間見させてくれる。

◉不毛の論理――猥褻の定義

所謂キャンベル法の英国両院での審議過程は、近・現代における「猥褻」書籍・図画事件や裁判で、必ずと言ってよいほど繰り返される、「どこまでが猥褻」かという不毛な議論の最初の例と言えよう。キャンベル法以前では、「猥褻」という言葉での議論ではなく、読み手の心情を主観的に表わす、"offensive"（不快な）や"indelicate"（下品な）などの言葉が公には使われていた。法律にするからには、明確な定義を設けねばという議論は、もちろん論弁であり、キャンベル卿は、議会内部ばかりでなく、イギリス教養人の一般世論も味方につけたことで、戦略的にも勝利が確信できたと考えられる。

一六一一年の欽定訳聖書の出現以来、子弟の教育や会衆のために聖書を朗読する場合に、「ポーテウス指標」付の聖書に代表されるように、聖書の中に散見されるエロチック・グロテスクな箇所を「飛ばして」読むための符号付きで、猥褻と考えられるような、あるいは不適切な表現に見える箇所がないかのように振る舞うという問題解決法が定着したのではないだろうか。確かに、一九世紀に入って、書籍の製作費と販売価格が下落して、所得の低い階層が読書できるようになったことも手伝って、「読み飛ばしたい」と思わせるような描写が急増したものと言えよう。猥褻書籍・図画問題が、このような状態が長く続いた延長線上に浮上する。どの部分なら、音読しても周囲を当惑させずにすむか知らしめるポーテウス指標が付随する聖書は、広く安心して用いられたということで、誰が音読しても安全な箇所がわかるという思いつきが、「誰が審査しても公平に猥褻性が判断できる基準があるはずだ」という着想につながったのであろうか。英国両院での、猥褻の定義論には、このような背景的思潮が関わっていたのであり、人を殺傷するとか物品を盗むとかのような、定義可能な「行動」と同じように定義可能であるとして、文章や絵画などの特質や状態の一つの面とも考えられる、猥褻性に定義を与えるべきだ、という発想を定着せしめた罪は、この法案の審議過程、特に一八五七年六月四日の貴族院の審議で最初に反論の口火を切ったリンドハースト卿にあるのではないだろうか。このように議会運営が混乱し、発言者の議論が噛み合わなかったために、キャンベル卿の意見が、リンドハースト卿の雄弁な反対論に対する反駁の形でのみ述べられた事が、問題の本質を見失わせた。

歴史は、こぼれた水が、くねくねと流れ落ちてゆくように、相互に深い意義を持たない些細な出来事の連続である。もしかしたら、一部の議員からあまりよく思われていなかったキャンベル卿以外の議員が、この法案を提出していたらと考えると、興味は尽きない。キャンベル卿が、最初は孤立無援の状態から始めた猥褻書籍・図画との真剣な闘いは、イギリス社会に大きな波紋を投げかけた。このような展開を、ヴィクトリア時代に顕著に見られる、個人の心の強さに拠るべき道徳律を法律や社会的思潮で規制したがる傾向に端を発した、モラル・パニックとして捉えようとする考え方もできるだろう（「道徳、芸術、法律——猥褻出版物禁止法一八五七の通過」六一一—一二）。

歴史を語る上での「もし」が認められるものなら、法案審議の中で、最も注目すべき歴史の岐路は、猥褻か否かは「陪審員が判断」すべきものだという、キャンベル卿のまったく正しい答弁だった。愛や憎しみなどと同じで、明瞭な定義など下せない抽象概念である猥褻性に、あえて定義を与えようとする試みが、両院での審議で出された時点で、歴史は一つの選択をしてしまった。

家宅捜索令状を発行する判事が、押収物を見る前に猥褻性を判断することは、物理的に不可能であるのだから、裁判の折に担当判事または陪審員しか判断できない点などについての詰めが足りなかったのは明白である。「猥褻か否かは陪審員が判断」という考え方は、陪審員が有罪かどうか決め、裁判長が量刑をする裁判制度と親和性が高い考え方であった。貴族院での法案審議にあたって、キャンベル卿が興奮せずに、意見・提案を持つ議員の発言を待ち、後半に見せたような、落ち着いて理路整然とした説得をしていれば、以後の日本を含む各国での猥褻論争は変わっていたはずである。本来は、先に述べた碩末な反対論の代わりに、猥褻性の有無の判断を下すのは誰かという点を論ずべきだったのだから。最終的な法律では、猥褻性の判断基準については、当然ながら触れられていないのであるから、暗黙の了解事項として、裁判官や陪審員がその任に当たることになる。

猥褻事件裁判には、必ずと言ってよいほど議論される猥褻性の有無であるが、猥褻でなければ文学作品であるという、珍妙な図式まで産み出す元凶ともなった点で、一八五七年のキャンベル法は、法律そのものよりも、猥褻性の有無論争を生み、以後の文学史にもその影を濃く落とすのである。

◉本章は、「猥褻出版物禁止法（一八五七）の誕生と抵抗勢力」『英米文化』第三八号（二〇〇八年）に修正を施したものである。

◉註

（1）The Societies for the Reformation of Manners (1690, 1691)

（2）An Act for the more effectual suppressing of Blasphemy and Profaneness (The Blasphemy Act 1698) (9 & 10 Will. 3, c. 32)

（3）A Proclamation for the Encouragement of Piety and Virtue, and for preventing and punishing of Vice, Profaneness, and Immorality (1787)

（4）The Proclamation Society (1787)

（5）The Society for the Suppression of Vice (1802)

（6）An Act for more effectually preventing the Sale of Obscene Books, Pictures, Prints, and other Articles (The Obscene Publications Act 1857, or Campbell's Law) (20 & 21 Vict., c. 83)

（7）The Sale of Poisons, & c., Bill (1857)

（8）議会において提案された法案を審議すること。

（9）An Act for the Suppression of Gaming Houses (The Gaming Houses Act 1854) (17 & 18 Vict., c. 38)

（10）The Obscene Publications Act 1857

（11）An act to amend the law relating to the publication of obscene matter; to provide for the protection if literature; and to strengthen the law conceming pomography (Obscene Publications Act 1959) (7 & 8 ELiz. 2, c. 6)

第二部　政治・宗教・思想統制と発禁

第三章　『チェス・ゲーム』上演禁止と劇場閉鎖

門野　泉

ウィリアム・シェイクスピア（一五六四―一六一六）は、『ハムレット』の中で、演劇とは自然をうつす鏡だと書いている。演劇の影響力を知る権力者たちは、時には演劇の威力を牽制し、時には偉力を利用して自らの権力を保持し、強化してきた。イングランド国王ジェイムズ一世（一五六六―一六二五）の治世の『チェス・ゲーム』（一六二四）上演禁止処分と後処理は、権力者と演劇の関係を考察する上で興味深い事件である。

ヘンリー八世（一四九一―一五四七）がカトリック教会から離脱し、イングランド国教会の首長としてプロテスタントの立場を鮮明にして以来、イングランド王国は、君主の宗教によって国家の宗教がプロテスタントとカトリックの間で揺れ動く不安定な状況に置かれた。イングランド国教会を国の宗教とし、プロテスタントの立場を堅持したエリザベス一世（一五三三―一六〇三）の崩御により、プロテスタントのスコットランド国王がジェイムズ一世としてイングランド国王に即位し、イングランド王国はプロテスタントの立場を維持したのである。これにより、イングランド国内の政情が安定するかに見えたが、宗教問題は依然としてイングランドを揺るがす火種であった。

ジェイムズ一世はカトリック国との融和政策の一環として、チャールズ皇太子（一六〇〇―四九）とスペイン王女との縁談を推進しようとした。しかし、イングランド国民の多くは、スペインやカトリック教会に敵対心を抱き、カトリックの王女との結婚に否定的であった。長い交渉の末、結局、カトリックとプロテスタントの宗教上の溝は埋まらず、結婚交渉は物別れに終わった。カトリックの花嫁を拒否したことで、皇太子の人気は高まり、イングランド国内の反スペインの気運が激しくなったのである。

トマス・ミドルトン（一五八〇―一六二七）は、ジェイムズ一世の治世にロンドン演劇界で活躍した主要な劇作家の一人である。彼の戯曲『チェス・ゲーム』は、一六二四年の夏、国王一座によりロンドンのグローブ座で上演された。この劇は、イングランドのチャールズ皇太子とスペイン王女との縁談、プロテスタントのイングランドとカトリックのスペインとの外交問題を含めた政治・宗教問題を俎上に載せ、カトリック・スペインを痛烈に諷刺した寓意劇である。時事性を盛り込んだ劇は大評判となり、劇場は連日満員の大盛況であった。その評判を聞きつけたスペイン大使は、イングランド国王に激しく抗議し、その結果、劇は上演禁止処分を受け、劇場も閉鎖された。事態はさらに拡大し、上演関係者が召喚され、審問後、処罰が下される大問題へと発展したのである。『チェス・ゲーム』上演禁止処分の社会的な背景と国内外の反響を検証した上で、本劇の真の問題性を検証したい。

◉ヘンリー八世以降の宗教問題

『チェス・ゲーム』と一六二〇年代のイングランドの国状を理解するには、イングランド国王ヘンリー八世とカトリック教会の関係にまで遡る必要がある。ヘンリー八世は、教皇レオ一〇世（一四七五―一五二一）から「信仰の擁護者」の称号を授けられるほど熱心なカトリック教徒であった。ところが、アン・ブーリン（一五〇七―三六）との結婚を願い、スペインから嫁いだ王妃キャサリン（一四八五―一五三六）との婚姻無効を申し立て、カトリック教会と激しく対立した。結局、ヘンリー八世は、カトリック教会からの離脱を宣言し、プロテスタントに転じたのである。一五三四年、ヘンリー八世は、イングランド国王を「イングランド教会の地上における唯一最高の首長」と定める国王至上令を発布し、イングランド国教会の首長となった。君主の宗教が国の宗教や政策を決定し、国際関係にも大きな影響を与える時代において、国王の宗教は一国の命運を左右する重大な問題であった。

父ヘンリー八世の死後、イングランド国王に即位したエドワード六世（一五三七―五三）は、イングランド国教会の首長としてプロテスタントの立場を堅持したが、年若く病死した。異母弟の後を継いで即位したメアリー一世（一五一六―六八）は、熱心なカトリック教徒であった。女王個人の信仰に従い、イングランドの国の宗教をカトリックに復帰させたのである。激しいプロテスタント弾圧を行いプロテスタントを殺害したため、女王は「流血のメアリー」と恐れられ、イングランド国内では宗教的な摩擦が頻発した。異母姉メアリー一世の崩御により王位を継承したエリザベス一世は、父ヘンリー八世の意思を継ぎ、イングランドの宗教を再びプロテスタントに復帰させたのである。

エリザベス一世は、宗教的弾圧による混乱を繰り返さないように強く願った。そこで、激しい抵抗を行わない限り、宗教には比較的寛容な態度をとり、イングランド国内の政治的安定を図ろうと努めた。女王の在位期間、カトリック勢力の巻き返しもあり、政治的にも宗教的にも幾度かの危機がイングランドを襲ったが、そのたびに、危機を乗り越えたのである。生涯独身だった女王の継承者として、プロテスタントのスコットランド国王ジェイムズ六世が指名され、ジェイムズ一世としてイングランド国王に即位した。こうして、イングランドはプロテスタント国の体制を維持したのである。

◉ジェイムズ一世の治世

ジェイムズ一世がイングランドを統治してから約二〇年が経過した。一六二〇年代のロンドンは、現代人が想像する以上に情報化された社会であった。セント・ポウル大寺院、法廷、市場周辺などでは、国内外の事件や出来事の情報が収集され、速やかに再発信されていた。時代の要請を受けて、情報収集を職業とする人々も誕生し、書籍、パンフレット、バラッド、書簡、写本等の文書のみならず、説教、噂話、ゴシップを含む口頭の情報伝達も活用された。ニュースやスキャンダルを含む大量の情報が頻繁、且つ、広範囲に飛び交っていたのである。

このような情報化社会の中で、演劇が情報伝達や世論操作に大きな役割を果たしたのは言うまでもない。ジェイムズ一世が統治する以前から、イングランドの歴代君主は、演劇の国民への影響力を警戒し、演劇による情報操作に神経をとがらせていた。メアリー一世は、出版統制のために書籍出版業組合に勅許状を与えて出版の規制を行い、エリザベス一世は、出版規制を一層強化した。演劇の情報統制の手立てとして、政府は劇団には上演前に戯曲を宮廷祝典局長に提出するよう命じ、戯曲の検閲を経て上演許可を得ることを義務づけていたのである。しかし、厳格な検閲制度にもかかわらず、公演中の作品が上演禁止処分となったり、劇作家が投獄されたりする事件を未然に防ぐことはできなかった。

ジェイムズ一世は、世論への影響力に警戒する一方で、娯楽としての演劇の重要性を認識していた。演劇への理解を国民にアピールすべく、国王自身、シェイクスピアの所属する宮内大臣一座のパトロンとなった。その結果、宮内大臣一座は、劇団名を国王一座と改名したのである。シェイクスピアの引退後、ベン・ジョンソン（一五七二―一六三七）の痛烈な諷刺喜劇、フランシス・ボーモント（一五八四―一六一六）とジョン・フレッチャー（一五七九―一六二五）の煽情的な悲喜劇が人気を博し、宮廷では大がかりな装置を用いた仮面劇が好まれた。ロンドンの演劇環境は、シェイクスピアの活躍した時代とは大きく変化していたのである。

新しい演劇のうねりを支えた劇作家の一人がミドルトンである。彼は、ロンドン市民生活を鋭い視点で描いた喜劇や女主人公が活躍する陰惨な復讐悲劇に才能を発揮し、人間の悪を透徹した視点で描く気鋭の劇作家だった。シェイクスピアが、グローブ座の座付き作家として所属する劇団にのみ作品を提供していたのとは異なり、ミドルトンは、特定の劇団に所属しないフリーランスの劇作家として活躍し、ロンドン市長のパジェント（街頭で展開する壮麗なスペクタクルで、寓意を盛りこんだ大規模なショー）を担当するロンドン市年誌官も務めていた。

◉イングランド皇太子とスペイン王女の縁談

ジェイムズ一世はカトリックとプロテスタントの融和を願い、チャールズ皇太子とカトリックのスペイン国王フェリペ四世（一六〇五―六五）の妹マリア・アナ王女（一六〇六―四六）との縁組を推進しようとした。この結婚交渉を担当したのが、イングランド駐在のスペイン大使ゴンドマール伯（一五六七―一六二九）である。彼は学究肌であったため、学問好きのジェイムズ一世に気に入られた。その結果、ゴンドマール伯は国王に大きな影響力を及ぼし、イングランド国内のカトリック教徒の保護に尽力した。親スペイン政策を推進し、カトリックとイエズス会の擁護に努めるスペイン大使の活躍に反発するイングランド国民も多かった。

プロテスタントの皇太子と熱心なカトリックのスペイン王女との結婚交渉には乗り越えるべき課題が山積し、ジェイムズ一世の願いにもかかわらず、膠着状態に陥っていた。この事態を打破すべく、チャールズ皇太子は、一六二三年、国王の寵臣で、帰国後に公爵に叙せられるバッキンガム侯爵ジョージ・ヴィラァズ（一五九二―一六二八）を伴ってイングランドを密かに出発し、三月、無謀にも非公式にマドリッドを訪れたのである。この大胆極まりない皇太子の行動は、両国関係者を驚愕させたのだった。

カトリック国スペインの宮廷儀式にはカトリック教会の儀式が織り込まれ、両者は表裏一体の関係にあった。したがって、フェリペ四世をはじめとするスペイン政府は、イングランド皇太子がカトリックのスペイン宮廷を訪問するということは、皇太子がカトリックに改宗し、宮廷儀式と不可分のカトリック儀式に参加する意志があるものと理解したのだった。ところが、スペイン側の「常識」を、チャールズ皇太子一行はまったく持ち合わせていなかった。さらに、イングランド側は、スペイン大使に過ぎないゴンドマール伯の影響力を過大評価するという大きな過ちを犯していた。ゴンドマール伯のスペイン宮廷における現実の地位と権限の範囲を正確に把握していなかったのである。チャールズ皇太子は、マドリッドを訪問して初めて、カトリックの花嫁を迎える事の重大性に気づいた。彼自身がカトリックに改宗しない限り、スペイン国王の妹を皇太子妃に迎えることは不可能だという厳しい現実を実感したのだった。

チャールズ皇太子の肖像画
（National Portrait Gallery 所蔵）

一方、イングランド国民は、世継ぎの皇太子がスペインの人質となって、結婚交渉が不利に進められることを危惧し、皇太子を引き留めているスペインへの反発を募らせた。結局、スペイン王女との結婚交渉は物別れとなり、一六二三年一〇月、皇太子は花嫁を連れることなく、独身のままイングランドに帰国したのだった。縁談不成立を知った国民は歓喜し、花火を打ち上げて喜び祝った。これを機に、イングランドは、ジェイムズ一世が推進したスペインとの和平路線から、皇太子の武力対決路線へと政策を転換した。皇太子帰国の翌年、反スペイン、反カトリック感情が渦巻くロンドンで、『チェス・ゲーム』の舞台の幕が開いたのである。

●登場人物とモデルたち

『チェス・ゲーム』は、劇全体をチェス・ゲームに見立て、白と黒の陣営の試合を描いた寓意劇である。序幕の冒頭、カトリックの修道会、イエズス会創立者イグナチウス・ロヨラ（一四九一―一五五六）の亡霊が登場する。亡霊は、イングランドの布教が未だ成功していない現状に不満を漏らし、眠っている「罪」を起こす。「罪」は、イエズス会士が登場するチェス・ゲームを夢で見たと語る。ロヨラの亡霊は、弟子のイエズス会士が活躍している「罪」の見た夢の内容に興味を示した。亡霊の要望に応えて、夢が上演される。その劇中劇こそが、『チェス・ゲーム』本体となる趣向である。

『チェス・ゲーム』の登場人物は、白と黒のチェスの駒で構成される。寓意劇の性格上、善悪は単純明快に白と黒で色分けされる。白陣営のプロテスタントのイングランド宮廷は、黒陣営の熾烈な攻撃にさらされる無垢な存在とされ、黒陣営のカトリックのスペイン宮廷は、イングランド侵略を企む覇権主義者の集団、カトリック教会（主としてイエズス会）は堕落した邪教として描かれる。さらに、両陣営のチェス駒の大半には実在のモデルが存在し、しかも、観客がモデルを即座に特定できるようなヒントが織り込まれているのである。

黒陣営のブラック・キングのモデルは、スペイン国王フェリペ四世。劇の中心的存在となるブラック・ナイトは、イングランド皇太子とスペイン王女との縁談の推進者として活躍し、イングランド国内のカトリック教徒を手厚く保護したゴンドマール伯。ブラック・デュークは、スペイン国王の寵臣オリヴァレス伯、後に公伯爵に叙せられたスペイン宮廷の大立者である。ブラック・ビショップはイエズス会総長、イエズス会士がポーンとして登場する。白陣営のホワイト・キングのモデルはイングランド国王ジェイムズ一世。ホワイト・ナイトがチャールズ皇太子、ホワイト・デュークはバッキンガム公である。ホワイト・キングを裏切るファット・ビショップは、変節と肥満体で名高いスパーラト大主教マルコ・アントニオ・デ・ドミニス（一五六六―一六二四）をモデルにしている。

ファット・ビショップのモデルとなったスパーラト大主教に関しては、幾分かの補足説明が必要であろう。マルコ・アントニオ・デ・ドミニスは、迫力ある文書でカトリック・スペインを激しく攻撃したイングランド国教会の大主教である。はじめは、カトリックの司教としてカトリック教会の改革を目指したが、教会内で十分な理解を得られず、不遇をかこっていた。ヴェネツィア駐在のイングランド大使の勧めで、一六一六年にイングランドに移住し、イングランド国教会に改宗した。プロテスタントに改宗後、大量の文書によってカトリック教会の非を熾烈に攻撃し、論客としての力量を発揮したのである。ジェイムズ一世は、彼の功績を高く評価してスパーラト大主教の地位につけた。ところが、貪欲で、野心の虜となった大主教は、与えられた地位や待遇には十分満足できなかった。その上、彼の傲慢な態度が災いし、イングランド国内で次第に孤立を深め、不満を一層募らせていったのである。

結局、一六二一年に教皇となったグレゴリウス一五世（一五五四―一六二三）を頼ってローマに帰国し、再度、カトリックに改宗した。カトリックに改宗して立場を変えたデ・ドミニスは、今度は、イングランド国教会を激しく糾弾する文書を出版するという無節操な態度をとった。ところが、一六二三年、後ろ盾だったグレゴリウス一五世の死去に伴い、突如、カトリック教会における彼の立場は脆弱なものに変化したのである。彼の出版物に異端の嫌疑がかけられ、カトリック教会の異端審問に召喚された。一六二四年、審問の決着がつく前に病死し、死後、異端の審判が下った。その結果、遺体は掘りおこされ、著書とともに焚刑に処されるという数奇な運命をたどった宗教家である。

ファット・ビショップの特徴は、白黒両陣営が戦うチェス・ゲームにおいて、陣営に属さない名前を持つ唯一の駒という点にある。モデルのスパーラト大主教は、カトリック教会とイングランド国教会の間で改宗を繰り返し、真に帰依した宗教と信条が曖昧であったため、野望を満たすために改宗する節操のない宗教家と見なされていた。こうした事情を念頭に置き、ミドルトンは、特定の所属陣営を示す名前をあえて付与せず、彼の底知れぬ貪欲さと身体的特徴を象徴する命名を選択したのであろう。

ファット・ビショップのようにモデルが明白に特定できる駒とは別に、モデルを敢えて曖昧にした駒や、特定のモデルを想定せず、むしろ一定の概念を表現する駒も登場する。このような駒は、寓意劇を単なる時事諷刺やゴシップで終わらせず、演劇の完成度を高めようとする劇作家の意向を反映し、劇の芸術性向上のために効果的に活用されているのである。

◉ブラック・ナイトの標的ファット・ビショップ

ロヨラの亡霊が見物する『チェス・ゲーム』の中心人物は、ゴンドマール伯をモデルにしたブラック・ナイトである。劇は、策謀に長けたゴンドマール伯の悪徳を徹底的に描写している。劇の主要な見どころは、マキャヴェリズムに則って白陣営を痛快なまでに攻略し、チェス・ゲームの主導権を握る悪の華、知略にすぐれた策謀家、ブラック・ナイトの縦横無尽の活躍にあると言っても過言ではない。

第一幕第一場で舞台に登場すると、ブラック・ナイトは、世界制覇の野望を二九行にわたる長い傍白で吐露する。破談になったばかりのスペイン王女との縁談に触れ、王女との縁談の真の目的はスペインの野望実現の手段であったと述べる。彼の「告白」は、仮にスペイン王女との結婚が実現した暁には、イングランドがスペインの世界覇権の罠に陥ったとのメッセージに他ならない。傍白は、スペインの世界制覇の野望を強調するとともに、スペイン王女と皇太子との結婚の危険性に気づかず、縁談を迂闊に推進したイングランド国王の失政を間接的に響かせる効果もあった。これは、ジェイムズ一世の親スペイン政策批判と受け取られる可能性を含む危険な台詞である。

ブラック・ナイトは、黒陣営を誹謗中傷するファット・ビショップにも言及する。白陣営の論客ファット・ビショップはカトリック教会への非難文書を精力的に書き上げ、黒陣営に甚大な被害を与えた。ブラック・ナイトは、大主教の強力な攻撃が世界制覇達成の大きな障害になっていると苦々しく語る。

あそこの脂ぎった大食いの大主教殿は
ずっしり重い書物で
我が陣営に多大な損害を与え
その威力たるや相手陣営全体を上回っている。（第二幕第二場五四―五七行）(1)

ブラック・ナイトはファット・ビショップに誘惑の手を伸ばし、黒陣営への寝返りを画策する。当のファット・ビショップは、黒陣営を攻撃する熾烈な文書を大量に出版し、黒陣営の評判失墜に大いに貢献していると自負し、自らの功績を高く評価していた。しかし、野心家のファット・ビショップは、白陣営が彼の功績に見合った待遇、地位、名誉を与えない現状に不満を募らせていたのである。「俺が望んだ昇進はどこにあるのか」（第三幕第一場六行）という台詞に、彼の鬱積した不満が集約されている。慧眼のブラック・ナイトは、ファット・ビショップの底知れぬ貪欲さと果てしない野望を看破した。ビショップの鬱憤を利用して黒陣営に引き込み、彼のペンの威力を完全に封じ込めようと考えたのである。人間観察に長けたブラック・ナイトは、ファット・ビショップを完璧に満足させる垂涎の餌を播く。即ち、カトリック教会最高位「教皇」の地位である。最高の餌をまいて、名誉欲、権力欲に飢えたファット・ビショップを黒陣営に寝返らせる巧妙な計略をめぐらせた。

ファット・ビショップは、ブラック・ナイトの甘美な餌に飛びついた。読みが当たったブラック・ナイトは、「薬が効いた」（第三幕第一場四〇行）と、ほくそ笑む。ファット・ビショップは、「こ

A Game at Chess のタイトル頁に描かれた
ファット・ビショップ（左）とブラック・ナイト（右）
（The British Library 所蔵）

れこそ念願の地位だ。／すぐさま俺の書物を燃やすことにしよう」（第三幕第一場四七―四八行）と、傍白で述べ、カトリックへの改宗、黒陣営への帰属を即断する。ファット・ビショップは、宗教的信条よりも、自らの欲望や野望を優先する俗物として描かれている。しかし、「まぐさという名誉の匂いをかぐと／そいつが俺を世界のどこへでも呼び寄せるのだ」（第三幕第一場七四―七五行）という自嘲的な台詞からは、名誉欲や野望に引き回される自分の弱点を冷静に分析し、しかも、滑稽に表現する客観性と理性が窺われ、強力な論客としての資質が巧みに明示されている。ミドルトンは、明晰な分析力や理性の持ち主でありながらも、果てしない野望を抑制できない人間的弱さ、浅ましさ、愚かしさをファット・ビショップという駒を通して描き出す。劇作家の冴えた筆致が、無節操で貪欲な宗教家の浅ましい姿を伝えているのである。

冷徹な人間観察に基づき、敵の弱点を見極め、権謀術数を駆使して白陣営の重要人物を寝返らせるブラック・ナイトは、劇中、黒陣営のリーダーとして大活躍する。「ファット・ビショップに危険な任務を負わせている間、名誉を与えておだてあげよ。用済みになれば、焚刑だ」（第三幕第一場二九九―三〇〇行）との台詞にあるように、ブラック・ナイトは、利用すべき時には強欲なファット・ビショップを厚遇し、利用価値が消滅した途端、平然と焚刑に処す冷酷さを印象づける。ゴンドマール伯は、まさに、マキャヴェリストの典型として描かれているのである。劇がゴンドマール伯の透徹した洞察力、峻烈な判断力と狡猾さ、非情さを強調すればするほど、ファット・ビショップの飽くなき野望や鬱積した不満を一顧だにせず、彼を引き留められなかったホワイト・キングの、言い換えれば、ジェイムズ一世の無為無謀が暗示される。

◉ホワイト・キング・ポーンの裏切り

ブラック・ナイトは、白陣営のファット・ビショップを黒陣営に引き入れる攻略に見事成功すると、次なる計画に着手した。次の標的はホワイト・キングの側近、ホワイト・キング・ポーンである。ブラック・ナイトは、ホワイト・キングが信頼を寄せるホワイト・キング・ポーンを黒陣営に取り込み、白陣営に揺さぶりをかけようと考えた。ブラック・ナイトは、黒陣営の脅威だったファット・ビショップに続き、白陣営で国王の信頼厚いホワイト・キング・ポーンを寝返らせるのにも成功をおさめる。

ブラック・ナイトは、白陣営を動揺させる絶妙のタイミングを見計らい、ホワイト・キング・ポーンの裏切りを公表する。ブラック・ナイトの「あの者を見よ／彼の本心は我々と同じ色をしているのだ」(第三幕第一場二六〇―六一行) という台詞を合図に、ホワイト・キング・ポーンは、白衣を脱ぎ捨てる。彼は中に黒衣を着用していたのである。あたかも歌舞伎の引き抜きのように、俳優は黒陣営への寝返りを、着用している衣装を白から黒へと瞬時に変えて転向を表現する。両陣営が対立し、緊張感が高まる場面で、ミドルトンはチェス・ゲームの白黒の色彩の対比を生かし、舞台上でポーンの裏切りを視覚的に印象づける演出で観客を楽しませる。

国王が心の底から信頼していたホワイト・キング・ポーンの予期せぬ裏切りを知り、白陣営の駒たちは動揺を隠せなかった。最も衝撃を受けたのは、ホワイト・キングに他ならない。ホワイト・キングは、低い家柄出身のポーンを抜擢して重用していただけに、ホワイト・キング・ポーンの背信行為に激怒したのも無理からぬことである。しかし、ブラック・ナイトにホワイト・キング・ポーンを奪われた以上、白陣営は、脆弱な防衛力という現実を正視せざるを得ない。信頼していた側近ホワイト・キング・ポーンの裏切りは、国王の無力さを強く印象づけることになった。

裏切られて悔しがる暗愚なホワイト・キングとは対照的に、ゴンドマール伯は小気味よいほどの悪党ぶりを発揮する。敵の弱点や不満を的確に把握し、絶妙な罠を仕掛けて味方に引き入れる手腕は、見事の一言に尽きる。劇は、ゴンドマール伯の狡猾な誘惑と知略に富んだ策謀の成果をテンポ良く描く。彼の切れ味のよい策略の成功と狡賢い手口を諷刺的に描写すればするほど、皮肉なことに、ブラック・ナイトの策謀、偽善、背信を看破できなかったジェイムズ一世の愚かしさ、指導力の欠如が目につくことになる。劇は、世界制覇を目指す黒陣営のスペインやカトリック教会を諷刺の標的にしているが、劇の深層においては、無防備で愚鈍なホワイト・キング率いる白陣営の弱体ぶりが、諷刺の対象であることが明らかとなる。

◉ブラック・ビショップ・ポーンの誘惑

ゴンドマール伯は、イングランド駐在期間、ジェイムズ一世に働きかけ、イングランドへのカトリック布教活動に熱心なイエズス会士の保護と救済に努め、国内のプロテスタントの反発を買っていた。劇冒頭でイエズス会の創立者ロヨラの亡霊が登場し、劇中、ブラック・ナイトとイエズス会とが絡む筋が挿入されているのは、ゴンドマール伯のイエズス会との密接な関係を劇に反映させたものである。イングランド政府は、カトリック教会、とくに、イエズス会の布教活動に神経をとがらせ警戒していた。劇は、イエズス会士の堕落、欲望、詭弁を強調し、イエズス会士への辛辣きわまる非難中傷に満ちている。その中でも、ブラック・ビショップ・ポーンのエピソードは、当時のイングランドの反カトリック思想を極端に誇張して表現したものである。

イエズス会修道士のブラック・ビショップ・ポーンは聴聞司祭の立場を悪用し、美貌のホワイト・クィーン・ポーンの誘惑を執拗に試みる。修道士として貞潔の誓願を立てた以上、ブラック・ビショップ・ポーンの結婚は禁じられている。ところが、彼はハンサムな商人に変装し、「結婚の誓約」（第四幕第一場一三五行）を盾に、無邪気なホワイト・クィーン・ポーンの純潔を奪おうと企む。シェイクスピアが『尺には尺を』（一六〇四）で記しているように、当時の慣習では、「結婚の誓約」を結ぶと、教会の儀式を行わなくても夫婦と見なされることがあった（シャンツァー『シェイクスピアの問題劇』七五）。好色なブラック・ビショップ・ポーンは、「結婚の誓約」の慣習を悪用してホワイト・クィーン・ポーンの警戒心を解き、挙式前に肉欲を満たす魂胆だった。彼女の肉体を奪った後、修道士の身分を明かし、貞潔の誓願を盾に結婚を拒む策略である。劇は、イエズス会士の詭弁、欲望、堕落を強調するエピソードを挿入し、黒陣営の邪悪さを一層強調する。

ホワイト・クィーン・ポーンはブラック・ビショップ・ポーンの魅力に魅了され、全く警戒心を示さない。愚かしいほど無防備な姿が印象的である。このような状況下で、ブラック・ビショップ・ポーンの卑劣な誘惑は成功寸前だった。彼の巧妙な誘惑を阻止したのは、こともあろうに同じ黒陣営のブラック・クィーン・ポーンだった。イエズス会在俗修道女であるブラック・クィーン・ポーンは、かつて彼女をレイプしたブラック・ビショップ・ポーンに復讐心を抱き、彼の誘惑を邪魔するためにホワイト・クィーン・ポーンの身代わりとなってベッドの相手を務め、ホワイト・クィーン・

ポーンの純潔を守ったのである。「ベッド・トリック」は、イエズス会士の堕落とブラック・クィーン・ポーンの裏切った男性への激しい怨念を示し、好色なブラック・ビショップ・ポーンの悪行と堕落を強調する。イエズス会士の堕落と黒陣営の男女関係のもつれを描くエピソードは、寓意劇に現実世界の生々しさを吹き込み、黒陣営にはびこる悪徳を印象づけている。

ブラック・クィーン・ポーンはチェス・ゲームの勝敗を無視して、「ベッド・トリック」を個人的な復讐の手段に用いた。その結果、黒陣営の足並みが乱れ、ホワイト・クィーン・ポーンは危機を脱する。しかし、問題は、ホワイト・クィーン・ポーンが誘惑に毅然と打ち勝ったのではなく、黒陣営の内紛に助けられ、辛うじて身の安全を保持した点にある。ハンサムなブラック・ビショップ・ポーンの魅力に屈服し、彼の詭弁と執拗な誘惑に安易に屈するホワイト・クィーン・ポーンは、カトリック・スペインの狡猾な外交政策に翻弄される無防備で無能なイングランドの姿を暗示しているかのように感じられる。

ゲームは、終始、黒陣営の猛攻に押され、白陣営の弱体ぶりが目立った。しかし、最後は、ホワイト・ナイトがブラック・ナイトに騙されるふりをして油断を誘い、王手をかけて白陣営を勝利に導く。ブラック・ナイトの手玉に取られたホワイト・キングとは対照的に、智謀に長けたホワイト・ナイトはブラック・ナイトの策略を看破し、黒陣営を見事打ち負かしたのだった。悪の枢軸スペインとカトリック教会は、正義の士である皇太子の知略に及ばず、白陣営の正義の勝利で寓意劇はめでたく幕を閉じた。

◉『チェス・ゲーム』上演と反響

『チェス・ゲーム』は、一六二四年六月一二日、宮廷祝典局長の任務を担っていたサー・ヘンリー・ハーバート（一五九五―一六七三）が国王一座の上演を許可し、一六二四年八月五日にグローブ座で初日の幕を開けた。あたかも、ジェイムズ一世のロンドン不在の時期を見計らうかのような絶妙のタイミングであった。当時の劇場は、多数の観客を動員するために演目を日替わりにする「レパートリー制」を採用していた。ところが、『チェス・ゲーム』の上演に際して、国王一座は、毎日同じ劇を上演する「ロングラン制」をイングランド演劇史上初めて導入したのである。刺激的な内容による大入りを予期したのか、あるいは、当局の劇場閉鎖令発令を見越したのか、その理由は明らかではない。いずれにせよ、劇団の読み通り、劇はロンドンで爆発的な人気を博した。公演のない日曜日の八月八日を除き八月一四日までの九日間、グローブ座は連日満員の大盛況であった。

情報化社会のロンドンで上演された『チェス・ゲーム』の評判は、国内外に速やかに伝達された。初日の翌日、ジョン・ウーリーからウィリアム・トランブルに宛てた八月六日付の書簡に、早くも劇への言及がある。[2] 書簡は、『チェス・ゲーム』を詳細に記した内容だった。その中で、ゴンドマール伯、オリヴァレス伯、スパーラト大主教の仕草や特徴を俳優たちが巧みに物真似し、彼らの悪事を辛辣に描写した前代未聞の芝居であると評し、劇の痛烈な諷刺性を指摘している。劇の反響は、スペイン大使コロマの手元にも届いた。コロマは、スペインを侮辱する芝居を国王一座がロンドンで上演している事実に憤慨し、八月七日にジェイムズ一世に強硬な抗議文を書き送ったのだった。

その三日後の八月一〇日、大使はスペイン国王の寵臣オリヴァレス伯に書面を送り、スペインを誹謗する公演がロンドンで大評判であり、劇の内容が過激であること、ジェイムズ一世に抗議文を送ったことなどを詳細に報告している。本国への伝達に時間がかかっているが、劇上演に関する情報収集のための時間を要したためか、文面を推敲するためか、理由は不明である。

大使の書簡には、「グローブ座には、最も少ない時でも三〇〇〇人以上の観客が詰め掛けている。俳優はゴンドマール伯そっくりに演じている。イングランド国王を騙し、イエズス会士に告解の際に罪の許しを金銭で売買する定価表を提示するなど、観客にゴンドマール伯の悪徳を印象づけている。劇はスペインの残酷さと裏切りの描写ばかりで、最後には、ホワイト・ナイトを演じた俳優がゴンドマール伯を、ホワイト・キングがブラック・キングやブラック・クィーンを蹴飛ばして、大きな地獄の穴に放り込んだ」との記述がある。スペイン本国向けの書簡である以上、幾分、誇張した表現が含まれるのは、やむを得ないことだろう。しかし、反スペイン色を鮮明に打ち出した公演が、スペイン大使を激怒させるほど過激な諷刺性に溢れ、劇場が大入りであったという情報は間違いない。スペインを誹謗する公演の人気と成功が、スペイン大使を不安に陥れたのは当然のことであろう。

八月一一日、ホートン卿ジョン・ホールズ（一五六四―一六二七）がサマセット伯ロバート・カー（一五八七―一六四五）に宛てた書簡は、ホートン卿自身が実際に観劇した点で、他の書簡よりも詳細で具体性に富み興味深い。ゴンドマール伯が持病の痔瘻（じろう）に苦しんでいたことは、当時、よく知られていた事実である。劇中、ブラック・ナイトの持病に言及する台詞（第二幕第一場一七二行、第四幕第二場七行）でゴンドマール伯の確定は十分だが、上演時には「痔瘻のための特製の椅子」

が舞台上に置かれていたと書簡にある。劇団は危険を承知で、ブラック・ナイトのモデルの正体を明確に特定できるように、有名な「特製の椅子」を舞台に置く大胆な演出で戯曲の諷刺性を強化し、スペインに反感を抱く観客を喜ばせていた事実が記されている。

ホートン卿の書簡はファット・ビショップにも言及している。初期に作成されたアーチデイル写本には、スパーラト大主教をモデルにしたファット・ビショップは登場しない。しかし、書簡の記述から判断すると、上演された劇は、国王一座が上演許可を受けた戯曲を上演台本とはせず、許可された戯曲に過激な加筆を施した増補版を使用したことが窺える。この書簡は、実際の舞台の生々しい上演の様子のみならず、劇団が、許可なく加筆増補版の上演台本を使用した事実を証明する貴重な資料である。

ホートン卿は、俳優たちが危険を承知で劇を上演している状況に触れ、理解を超えた所業だと感想を述べている。さらに、「かくまう人物が背後に存在するに違いない。さもなければ、このような王族や高位の人々を登場させた内容の劇を描けるはずがない」と公演を後援する人物の存在に言及している。「かくまう人物」とはいったい誰を指すのか、ホートン卿がどの人物を脳裏に浮かべて筆を走らせたのか、今となっては謎である。しかしながら、劇団が、ジェイムズ一世の信頼するゴンドマール伯を露骨に攻撃し、その仕草や様子を観客の前で物真似するばかりか、ゴンドマール伯を特定する輿や特製の椅子を舞台に出す大胆な演出に踏み切るには、強気な上演を後押しする権力者の存在が不可欠だ。

カトリック教会の悪徳をあげつらい、反スペイン感情を煽りたて、ロングラン公演で多額な公演収入をもくろむ強気の興行手法は、まさに、危険を承知の上の「暴挙」である。ミドルトンが、上演許可された戯曲にファット・ビショップの筋を加筆し、テキストの時事性と諷刺性を強化する危険を冒したのも、厳しい検閲が実施された時代の常識では考えられない大胆さである。ホートン卿ならずとも、観客の多くは、劇団関係者の強気な姿勢の背後に強力な権力者の影を確信したことだろう。

イングランド国内の大騒動は、海外にも伝えられた。八月一三日、フィレンツェ大使アメリゴ・サルヴェッティは、クリゾ・ピッチェーナに、劇に言及する書簡を送った。その書簡の中で、「この八日間、『チェス・ゲーム』という喜劇が連日上演され、前スペイン大使ゴンドマールの陰謀や欺瞞が描写されて大喝采を浴びている。スパーラト大主教も登場し、きわめて諷刺性が強い。ジェイムズ一世の知るところとなれば、即刻、上演禁止となるであろう。ゴンドマールの悪事は、彼を信じた人々の弱さを反映しているからである」と記し、本劇が単なるスペイン批判にとどまらず、深層においてイングランド国王の失政を批判している事実を鋭く指摘している。彼は、国王の権威失墜を揶揄した劇の核心に触れ、劇の深刻な問題性を看破したのである。

諷刺の効いた喜劇の問題性を危惧する資料が散見されるが、その一例として、八月一四日付でサー・フランシス・ネザソウル（一五八七―一六五九）がサー・ダドリー・カールトン（一五七三―一六三二）に宛てた書簡を挙げてみよう。サー・フランシス・ネザソウルは、ジェイムズ一世の長女、エリザベス王女（一五九六―一六六二）の夫、プファルツ選帝侯フリードリヒ五世（一五九六―一六三二）の宮廷に仕えていた。一六一九年に、フリードリヒ五世はボヘミア王に即位したが、翌二〇年の白山の戦いでカトリック軍に敗れ、オランダのハーグに逃れた。亡命後も、サー・フランシス・ネザソウルは、フリードリヒ五世の支援を続けた忠臣である。一方、サー・ダドリー・カールトンはオランダ大使を務め、ハーグの自宅には亡命したフリードリヒ五世と妃エリザベスが身を寄せていたため、イングランドの事情にも詳しかった。書簡で、「喜劇『チェス・ゲーム』が連日上演され、スペインが俎上に載せられている。俳優たちは大儲けだが、そう長くは続くまい」と記した予感は見事に的中し、八月一四日が最後の公演となった。

◉上演禁止と劇場閉鎖

劇の評判はヨーロッパ諸国に早々と伝達されたが、宮廷の対応は後手に回った。劇の評判がジェイムズ一世の耳に入る前に、スペイン大使の知るところとなった。スペイン大使は、前任者であるゴンドマール伯はじめ、スペインの王侯貴族を侮辱し、カトリック教会を誹謗する劇を国王一座が上演している事態に憤慨し、ジェイムズ一世に抗議文を送ったのである。ジェイムズ一世は、臣下からの報告ではなく、スペイン大使の抗議文から『チェス・ゲーム』の問題を知らされ、激怒した模様だ。国王は、直ちに、顧問官の会議体である枢密院に調査を厳命した。

ジェイムズ一世の命令を受けたエドワード・コンウェイ国務大臣（一五六四―一六三一）は、八月一二日、枢密院に厳しい書状を送った。その中で、「国王は、現代のいかなるキリスト教の国王をも俳優が演じてはならないという規則を承知しておられる。さらに、上演した劇団、上演を許可した者の大胆さ、さらに、自国の数多くの廷臣からではなく、外国の大使から不敬な上演に関する情報を最初に伝えられた事実に驚愕された。劇作家、劇団、俳優を出頭させ、取調べの上、最も罪の重い人物を投獄せよとの命令である」と、ジェイムズ一世の意向を伝え、事件の厳格な審問を命じたのである。

初日から二週間後、国王の命令を受けて、枢密院はようやく重い腰を上げた。俳優がキリスト教国の同時代の王を演じてはならないという上演規則に違反した咎により、『チェス・ゲーム』の上演を禁止し、グローブ座の閉鎖を命じたのだった。さらに、国王の厳命に従い、事件の責任の所在を突き止めるべく関係者への審問を行った。国王の譴責が、劇団や劇作家のみならず、過激な諷刺劇上演を黙認していた枢密院のメンバー自身にも及ぶ危険を認識していたに違いない。彼らは、ジェイムズ一世とスペインの立腹を静め、面目を保つために、犯人を摘発して厳正に処罰する責務があった。同時に、公演を裏から支援した有力貴族や反スペイン・反カトリック勢力、国民感情にも配慮しなければならなかった。

◉玉虫色の処罰

難しい課題に直面した枢密院は、劇中の策謀家、ブラック・ナイトに勝るとも劣らない知略を発揮し、難題の見事な解決に挑戦したのである。「慎重な審問」の結果、過激な内容の諷刺喜劇の上演を許可したサー・ヘンリー・ハーバートを無罪放免とした。痛烈な諷刺劇の上演を許可した責任は重いはずだが、その咎は一切問われなかった。しかし、彼の人脈を考慮に入れると、無罪判決に納得が行く。彼の親類、ペンブルック伯ウィリアム・ハーバート（一五八〇—一六三〇）とモンゴメリー伯フィリップ・ハーバート（一五八四―一六四九）は宮廷内の有力貴族である。ペンブルック伯は宮内大臣を務め、枢密院の反スペイン勢力のリーダーであり、ペンブルック伯の弟、モンゴメリー伯は、バッキンガム公の友人で、皇太子の手腕を賛美する『チェス・ゲーム』の恩恵を受ける立場にあった。さらに、枢密院の有力メンバー、コンウェイ国務大臣もプロテスタント外交政策の推進者である。反カトリック、反スペインの貴族たちが、劇の上演を許可した宮廷祝典局長の地位保全のために、政治的な影響力を駆使した可能性は否めない。

国王一座への処罰にも不透明な要素が残る。宮廷祝典局長が許可した初期のテキストには、ホワイト・キングを裏切るファット・ビショップは登場していない。[3] しかし、ホートン卿の書簡が証明しているように、スパーラト大主教は舞台で大活躍していた。つまり、国王一座は、上演時に、許可されたテキストではなく、諷刺性を強化した加筆増補版テキストを不法に使用していた証拠が残されている。ところが、劇団の明白な違反行為にもかかわらず、枢密院は、宮廷祝典局長の検閲を受けたテキストで上演したという劇団の証言を信用した。俳優の釈明が巧妙だったのか、枢密院のメンバーが劇を実際に観ていなかったために追及できなかったのか、あるいは、枢密院が事実を知りながら意図的に黙認したのか、真相はわからない。

審問に関して、国王一座の有力な庇護者である宮廷の有力者、ペンブルック伯とモンゴメリー伯が、何らかの圧力をかけた可能性は十分考えられよう。国王一座が一六二三年にシェイクスピア全集を出版した際、この二人の貴族に全集を献呈し、パトロンへの感謝の意を表明している。ジェイムズ一世の親スペイン政策に反発する兄弟が、国王一座のために何らかの斟酌を加えたとの推理に無理はない。すべては謎に包まれたままで、次なる判決が下されたのだった。

国王一座に課された処罰は、厳重注意と三〇〇ポンドの罰金であった。連日、二〇〇ポンド近い収益を上げ、九日間のロングラン公演の収益を考慮すると、比較的軽い刑罰であろう。モデルの物真似をした俳優は、全員無罪放免となった。それればかりか、仕事を失った俳優に同情した国王は、特別の配慮により、八月末の劇場再開を許可した。国王の寛大な措置は、娯楽を奪われた国民の反発を恐れた政治判断と思われる。結局、劇作家ミドルトンが「最も罪の重い人物」と判断され、フリート監獄に投獄されて、『チェス・ゲーム』上演禁止問題は「一件落着」となったのである。

◉劇の真の問題性

前に述べたように、『チェス・ゲーム』が上演禁止となった公式理由は、「同時代のキリスト教国の国王を俳優が舞台で演じるのは禁止」という上演規定への抵触であった。観客の大半は、同時代の王侯貴族やカトリック教会への過激な諷刺と露骨な人物描写に熱狂しながらも、遅かれ早かれ、上演禁止の命令が下されると感じていたことだろう。しかし、劇の真の問題性は、一般に考えられていた以上に深刻な要素を包含していたと思われる。

過激な諷刺を加筆した劇作家、劇場閉鎖処分に備えてロングラン公演で荒稼ぎを狙った国王一座、実在の人物の物真似をして露骨に揶揄した俳優たち全員は、その問題性を意識し、劇場閉鎖を覚悟していたに違いない。その理由は、この上演が、深層においてジェイムズ一世体制への露骨な批判を行っているからである。対スペイン、対カトリックの諷刺以上に、イングランド国王への体制批判を含んでいることこそが、劇の真の問題性と言えるだろう。しかし、危険きわまる問題性を自覚しながら、なぜ、刺激的な内容の劇が上演許可され、国王一座は、敢えて危険を冒してまで諷刺性を強化した加筆増補版テキストを上演台本に採用し、挑発的な演出を行ったのかという疑問が新たに生じる。

情報規制の厳しい時代、イングランド国王が信頼を寄せたゴンドマール伯を辛辣に諷刺し、国王の推進した親スペイン政策を批判する劇が検閲を通り、上演許可が下りたこと自体、尋常なことではない。それを可能にしたのは、背後に有力な権力者の支援が存在したと推測せざるを得ない。さらに、上演許可を受けたテキストに時事性の高いファット・ビショップの裏切りの筋を加筆し、ジェイムズ一世の失政を強調する改訂を施すに至っては、老獪なゴンドマール伯や詭弁を駆使するイエズス会に易々と翻弄され、手玉に取られたジェイムズ一世への露骨な体制批判を断行する強い意志が働いているに違いない。皇太子支持者やジェイムズ一世の親スペイン外交・カトリック宥和政策に不満を抱く有力者の後押しがあって初めて、国王の信頼厚いゴンドマール伯やカトリック・スペインの悪徳を辛辣な筆致で諷刺し、ファット・ビショップのエピソードを加筆して、ジェイムズ一世の失政を強調する加筆増補版上演が可能になる。

劇の中心人物ゴンドマール伯を筆頭にカトリック・スペインの悪徳を誇張し、痛烈に諷刺してスペインを激怒させた罪以上に、舞台上で公然とイングランド国王批判を行う不敬な行為への処罰方法、さらには、その問題性を容認するばかりか、むしろ密かに歓迎する有力者たちが宮廷内に存在した事実こそが問題なのである。処罰と同時に、彼らへの対応こそが審問を託された枢密院の腕の見せ所であった。関係者への審問を行った枢密院のメンバーは、国王側と皇太子側双方が納得できる玉虫色の処罰を下す必要があった。結果的には、有力貴族との人脈を持つ貴族と俳優は無罪放免。国王一座は罰金程度の軽い処分ですみ、劇作家トマス・ミドルトンただ一人が投獄となり、事件は無事に解決したのである。

◉ミドルトンの敗北

ミドルトンは、一旦は捜査の手を逃れ、本人の代わりに息子が尋問を受けたという記録が残っている。しかし、結局、フリート監獄に投獄された模様である。獄中、ミドルトンはジェイムズ一世に宛てて嘆願詩を書き、釈放を乞い願っている。一六二五年、ロンドン市が、チャールズ一世の即位を祝うパジェントをミドルトンに依頼した記録から逆算すると、彼はほどなく釈放されたのであろう。嘆願詩の効果があったのか、有力貴族からの何らかの意向が働いたのか、ジェイムズ一世の崩御による恩赦によるものか、事情は明らかにされてはいない。しかし騒動の大きさから判断すると、劇作家への処罰も比較的軽微なものですんだようである。

しかし、なぜ劇作家のミドルトンのみが実刑の処罰を受け、投獄に処されたのであろうか。国王一座は、上演の際、ゴンドマール伯が持病のために使用した「特製の椅子」や輿を舞台に出すばかりでなく、本人とわかるような衣装を着用した俳優が動作の物真似までし、舞台上で戯曲の諷刺性を一層強調した。しかし、過剰な演技や装置は物的証拠とは見なされなかった。国王一座が有力貴族の庇護を受け、宮廷における支援者に恵まれていたから、枢密院は、演劇の過激な体制批判を危惧する一方で、劇団を支援する宮廷の有力者の不興を買わないように配慮したに違いない。また、劇団や俳優への厳しい処罰は、娯楽を期待する国民の反感を買う恐れもあった。国王一座と俳優への寛大な処分は、事件関係者全員に得策だったのである。検閲担当者と貴族の庇護を受けている国王一座への罰則を軽減した場合、見せしめとなる「生贄の羊」が必要だった。劇団に所属しないフリーランスの劇作家で、ピューリタン色の強いミドルトンに咎を負わせるという選択肢が最後に残ったのであろう。

スペイン政策に関して、国王と皇太子の見解の相違を知る者には、劇がジェイムズ一世の対スペイン政策への辛辣な批判であることは一目瞭然であった。体制批判を公然と行う者への厳重な処罰は、国家の秩序を維持する上で不可欠である。しかも、ジェイムズ一世の「取調べの上、最も罪の重い人物を投獄せよ」との命令を遂行した証として、犯人を特定する必要があった。そこで選ばれたのが、『チェス・ゲーム』の劇作家ミドルトンである。彼に事件の全責任を負わせてフリート監獄に投獄すれば、事件解決の証拠を国内外に証明できる。さらに、「思い上がった劇作家」への処罰は、スペインを納得させ、イングランド国王の威信を国内に周知させる上、枢密院の面子も保持できる。弱者にしわ寄せの行く政治的な処罰は、ブラック・ナイト顔負けのマキャヴェリ的解決法であった。劇の真の問題性を顕在化させることなく、国王や国家を無遠慮に批判する劇作家を処罰し、劇団関係者への見せしめにする効果もある。枢密院は、『チェス・ゲーム』事件をしたたかに解決したのである。

処罰後、ミドルトンは二度と戯曲を書くことはなかった。フリート監獄への投獄が彼の想像力を枯渇させたのか、劇団が彼の辛辣な諷刺性を危惧したのか、投獄中に病魔に冒されたのか、今となっては、その理由を知る術はない。『チェス・ゲーム』を上演した国王一座は莫大な利益を上げ、その後の上演に悪影響はなかった。スペインに反感を抱く観客は大いに溜飲を下げ、チャールズ皇太子の評判は上がった。事件の翌年、一六二五年、ジェイムズ一世が崩御し、皇太子はチャールズ一世としてイングランド国王に即位して、新たな時代の幕が開いたのである。

時代の大きなうねりの中で、体制批判というタブーに大胆に挑んだミドルトンが支払った代償は、実刑とはいえ、短期間の投獄という比較的軽い刑罰ですんだ。陰の権力者に与った可能性も考えられよう。しかし、作家生命を絶つ結果になったという意味では、重い代償を支払ったことになる。彼は、スペインの策謀に振り回されるイングランドの危機を描き、イングランド国王の無能さ、愚鈍さを切れ味のよい筆致で辛辣に諷刺し、英明な皇太子の策略によるイングランドの逆転勝利を描いた。皇太子の反スペイン、反カトリックの立場を観客に強烈にアピールして、上演を背後で支援した権力者に、自らの才能を印象づけるのに成功した。

ところが、上演禁止後、彼が賛美した皇太子側の勢力は、ミドルトンが描いた策謀家のブラック・ナイトを上回る巧妙な事件処理を行った。ブラック・ナイトさながらに、役目を果たした劇作家を冷酷に見捨てたのである。反スペインの立場を支持する勢力は、枢密院の審問に睨みを利かせ、有利な処罰を勝ちとる一方で、皇太子を賛美したミドルトンを「生贄の羊」に祭り上げるのを看過した。枢密院は、劇作家を生贄にして保身を図り、上演禁止をめぐる大事件の「円満解決」を勝ち取ったのである。『チェス・ゲーム』の劇場外でのゲームは、皮肉にも、劇作家ミドルトンの完敗で幕を閉じたのだった。

◉本章は、「『チェス・ゲーム』の問題性——トマス・ミドルトンの諷刺喜劇の真の標的を求めて」『英米文化』第四〇号（二〇一〇年）に大幅な加筆修正を施したものである。

◉註

（1）T. H. Howard-Hill, ed., *A Game at Chess* (Manchester: Manchester University Press, 1993). 本章における『チェス・ゲーム』の引用箇所の幕、場、行数はすべて本版に拠る。

（2）T. H. Howard-Hill, ed., *Appendix I: Documents Relating to A Game at Chess, A Game at Chess* (Manchester: Manchester University Press, 1993), 192-212. この事件に関する書簡、防備録等の第一次資料は上記資料に拠った。

（3）作品の分析の基本となる『チェス・ゲーム』のテキストに関して、ミドルトン自身の手になる写本を含め内容の異なる写本が六種類、さらに、一六二五年に三種類の内容の異なる四折判が出版された。テキストの比較研究は劇の分析に不可欠であるが、頁数の制約上、別の機会に譲りたい。

第四章　新聞税（知識税）と思想弾圧
――一七九〇年代から一八五〇年代において

閑田　朋子

一八世紀末、イギリスは危機の時代を迎えていた。産業革命は人々の生活を劇的に変化させ、社会は不安定な状態にあった。隣国でフランス革命が起こると、政府も民間保守富裕層も急進的思想に対する警戒を強めた。本章は、この急進的思想をめぐる急進派と保守派の思想的攻防を概観するものである。そのためにまず、新聞税とも知識税とも呼ばれた印紙税の増額とその事実上の撤廃を目安として、一七九〇年代から一八五〇年代までを一つの時代区分として同定する。次にこれを三期に分け、それぞれの時期について急進的思想を広めようとした活動とこれを抑圧しようとした政府の対応を紹介する。さらにその一例として、トマス・ペイン（一七三七―一八〇九）の『人間の権利』（第一部一七九一、第二部一七九二）出版にまつわる出来事にも言及する。そして最後に、労働者を危険思想から遠ざけるためには、彼らの識字率を抑えることが肝要である、つまり労働者は文字を読めない方が良いという考えが民間に流布していたことに言及して、結びにかえる。

◉新聞税

ジョン・ミルトン（一六〇八―七四）が一六四四年に出版した『アレオパジティカ』は言論と出版の自由をうたったものだが、この時代のイギリスには事前検閲制度があった。一六九五年に事前検閲を課す特許検閲法[1]そのものは廃止されたが、政府は一七一二年に新たな印紙税法を公布した。この法律は、従来の印紙税と異なって、新聞やパンフレットにも課税したので「新聞税」と呼ばれた。またこれら印刷物から得られる知識にかけられた税という意味で、「知識税」とも呼ばれた。

ここで新聞税の導入から事実上の撤廃までの経緯を見てみよう。一七一二年に導入された後（暦書に税金を課す印紙税は一七一一年に制定[2]）、新聞税は比較的ゆるやかなペースで増額された。当初（一七一二年）ハーフシート（二頁）の税額は半ペニー（一シート一ペニー）だったが、一七五七年に一ペニー（一シート一・五ペンス）になり、その約二〇年後にあたる一七七六年には一・五ペンス（一シート二・五ペンス）になった。この二回の増税は、七年戦争（一七五六―六三）とアメリカ独立戦争（一七七五―八三）の最中に行われたから、軍事支出を賄う財源確保の一環として考えることができる。アメリカ独立戦争に敗れたイギリスは、ウィリアム・ピット（小ピット）（一七五九―一八〇六）が一七八三年に首相になった時点で国庫に多額の負債を抱えていた。その上フランス革命戦争（一七九二―一八〇二）とナポレオン戦争（一八〇三―一五[3]）の戦費調達を目的として大量の国債が発行された。この間に増税のペースが速まり、一七七六年、一七八九年、一七九七年とほぼ一〇年に一度の割合で税率が上げられた。特に一七九七年の増税は、ハーフシートの新聞一部の税額を二ペンスから三・五ペンス（一シート二・五ペンスから四ペンス）へと大幅に引き上げた。一八〇四年にはシート数に関係なく新聞一部につき三・五ペンスの税額になったが、一八一五年にはこれが四ペンスに増額された（芝田正夫『新聞の社会史』一六〇）。

その後、一八三〇年代に入ると新聞税撤廃運動が高まりを見せた。一八三六年に新聞税は一部四ペンスから一ペニーに一挙に減額された。これを純粋に撤廃運動の結果と見るかどうかは難しいところである。政府は、新聞税を下げるなり撤廃するなりすれば税収が減るから、ほかの税を増やさなければならないだろうと言い続けた。だが実際に税率を下げたところ、新しい定期刊行物が次々と創刊され、新聞の発行部数が激増したので、税収はむしろ増えている。つまり政府は、この段階で税率を引き下げた方が得策だと知っていながら、世間の要求に苦渋の選択をもって応えたというポーズをとっていただけなのかもしれない。

新聞税増額の加速化から事実上の撤廃に至る期間は、政府が思想・言論の規制を強化し、やがてその警戒態勢を解いていく期間に重なる。一八五一年に新聞税の撤廃案が議会に提出されたとき、当時の首相ジョン・ラッセル（一七九二―一八七八）がこれに反対した理由は、大衆紙の出版や大衆教育が盛んになれば社会に無政府主義的な傾向が強まるだろうと懸念したからだと言われている（スミス『ザ・ニュースペーパー』一八四）。この時の撤廃案は却下されたが、一八五四年には、最後の一ペニーの納税が任意になり、納税すれば郵送料は無料になった。そして翌年に新聞税はついに廃止された。

新聞税に期待された主要な効果が、歳入増加と言論の規制のどちらであったにせよ、新聞税は新聞の値段を引き上げた。税が四ペンスならば当然それ以上の値段になった新聞は、庶民には高嶺の花になりがちだった。そもそも衣食住と直接には関係しない新聞は庶民にはぜいたく品であったし、書籍ともなれば労働者の家庭にあるのは聖書とジョン・バニヤン（一六二八―八八）の『天路歴程』（一六七八）くらいで、それらも金に困ればたちどころに質草に消えた。庶民の読者をターゲットにした急進的な出版社にとって、新聞税は手かせ足かせであり、この税のせいで新聞の販売数が落ちれば、新聞が廃刊になるだけではなく出版社そのものが破産する可能性もあった。

◉危機の時代の幕開け——一八世紀末から一九世紀初頭

ここまで本章では、新聞税が導入されてから事実上撤廃されるまでの経緯と、新聞税の影響を概観してきた。それではその初期の段階、すなわち新聞税が加速的に増額されていった時期に、政府が急進的な思想をどのように取り締まったのか、見てみよう。

イギリスは一七八八年に名誉革命一〇〇周年を迎えた。名誉革命は、ジェイムズ二世（一六三三―一七〇一）を追放しウィリアム三世（一六五〇―一七〇二）を即位させた革命[4]だから、かねて議会改革の気運が高まっていただけに、各地でこれを祝う声が上がると政府は不安を募らせた。翌一七八九年に隣国フランスで革命が起きると、政府は革命がイギリスに飛び火する危険性を恐れた。暴動が多発したばかりでなく、普通選挙権の獲得を目的として下層商工業者や労働者の結社が次々に設立された。中でも特にロンドン通信協会は、フランスの革命家や国内各地の改革団体と連携をとりながら、組織網を全国規模に拡大していった。

このような状況下、一七九四年五月に人身保護法[5]が停止された。人身保護法は国民の不当な逮捕を禁じる法律だから、停止すれば容疑者を告訴なしで無制限に拘束できた。同年に、トマス・ハーディ（一七五二―一八三二）をはじめロンドン通信協会の代表者たちが逮捕された。裁判には一三五一年、つまり約四五〇年前に制定された反逆法[6]が適用された。各地の通信協会は解散し、存続しても地下活動を強いられた。翌一七九五年七月に人身保護法の停止は取り消されたが、一二月にいわゆる治安二法[7]（別名弾圧二法）が導入された。さるぐつわ法とも呼ばれたこの二法は、扇動集会禁止法[8]と反逆禁止法[9]（反逆および扇動活動禁止法）のことで、前者は五一名以上が参加する集会を規制した。後者は前述の反逆法を母体にした法律だが、具体的な行為が伴わなくても国王または国王の下にある政体に対する反逆的思想を話したり書いたりするだけで法に問われるという点で異なっていた。結果として、政府が危険だと見なした文書を作成、印刷、または配布した多くの人々が逮捕され、罰金や流刑、死刑を言い渡された。たとえばロンドン通信協会のジョウゼフ・ジェラルド（一七六三―九六）は一四年間の流刑、ロバート・ワット（?―一七九四）やデイヴィッド・ダウニー（?―一七九四?）は、治世・政府の転覆を謀る集会を開き、不正かつ邪悪な反逆文書・声明書を作成、印刷、発行、配布し、国王統治国家において政府と法が持つ権限を己が持つものと偽った罪で、死刑になった。ただし嫌疑を掛けられた者全員が重罪を科されたわけではない。トマス・ウォーカー（一七四九―一八一七）は、改革協会の人々に家を開放して勉強会を許可した容疑で反逆罪裁判を受けたが、主要な証言が賄賂による偽証であったことが証明されて無罪になった。

人身保護法は再度、一七九八年四月から一八〇一年三月まで停止された。一七九九年にウィリアム・ピット（小ピット）内閣のもとで、団結禁止法[10]が制定された。この法律は、労働組合を結成したり、団体交渉などの組合活動を行ったりすれば、暴力を伴わなくても罪になり得ることを成文化したものだが、そもそもこれらの行為は、以前から判例法・制定法のどちらに照らしても違法であった。だからその狙いはむしろ、略式裁判による訴訟手続きの簡易化・迅速化だったのだろう。不穏な新世紀（一九世紀）の幕開けだった。

一八〇二年にウィリアム・コベット（一七六三―一八三五）が『コベッツ・アニュアル・レジスター』を創刊した。この隔週刊行の雑誌は、当初こそ保守寄りだったが、一八〇四年に『コベッツ・ポリティカル・レジスター』と改題し、議会改革を訴える急進的な週刊紙に変化していった。急進的なジャーナルを発行したのはコベットばかりではなかった。ジョン・ハント（一七七五―一八四八）、ジェイムズ・ヘンリー・リー・ハント（一七八四―一八五九）兄弟は、一八〇八年に『イグザミナー』を発刊した。彼らは毎号のようにその第一面で、新聞税のことを知識にかけられた税、すなわち知識税と呼び、知識税のせいで『イグザミナー』の値段が倍になっていることを嘆いた。一八〇九年にコベットは『ポリティカル・レジスター』で、イーリー暴動を治めるために政府がドイツ兵を派遣したことを批判した。その結果、反政府的扇動を行った罪で、コベットは二年間ニューゲート監獄に入れられたが、これに懲りるどころか、出獄すると政府の言論弾圧と新聞税を批判した。一方ハント兄弟は一八一二年に、摂政皇太子（のちのジョージ四世、一七六二―一八三〇）を非難する不敬な記事を出版した罪で、二年間の投獄と五〇〇ポンドの罰金を言い渡されたが、獄中で『イグザミナー』の編集は続けられた。

ハント兄弟が投獄されたのは、ラダイト運動（機械破壊暴動）に対して死刑を科す機械破壊禁止法案[11]が通過した年でもあった。産業革命によって機械が普及した結果、機械に職を奪われることを恐れた労働者たちは、工場を襲って機械を破壊した。この時に詩人のジョージ・ゴードン・バイロン（一七八八―一八二四）が、上院でラダイトに味方する演説を行ったことは、よく知られている。機械破壊禁止法案通過以後もラダイト運動は猛威を振るい続け、軍隊と衝突することもあった。ラダイト運動指導者を逮捕するための懸賞金は跳ね上がった。

◉危機の時代の再来と泥沼化――ナポレオン戦争後

一八一五年にナポレオン戦争が終わると、不況が始まった。戦時需要がなくなった上、戦費調達のために発行された大量の国債がだぶついていた。アメリカや欧州諸国も戦時疲弊や凶作などに苦しんで保護関税を強化したから、イギリスの輸出も振るわなかった。イギリスも自国の農業を保護する目的で穀物の輸入を規制したり高率の関税をかけたりしたし、さらに消費税を引き上げたので、パンの値段は高くなった。その一方で人口は急増し、帰還兵の影響もあって失業率が上昇した。生活苦にあえぐ民衆は、暴動や示威運動に走った。このような社会の状況は、一八世紀末の危機の時代の再来にも見える。実際に当時のリヴァプール内閣は、かつての小ピット内閣とよく似た対応策をとった。これから見ていくように、急進的思想の規制に躍起になったのだ。

ナポレオン戦争が終結した一八一五年に、ラダイト運動が再燃した。工業地帯では工場が襲われ、農業地帯では脱穀機が打ち壊された。「パンか血か」暴動と呼ばれる食糧暴動も多発した。「パンか血か」（食い物をよこせ、さもなければ血祭りだ）という言葉はプラカードに書かれている場合もあれば、そのスローガンを象徴する血染めのパンを掲げて示される場合もあり、機械打ち壊しを伴うこともあった。イーリーやリトルポートの農業労働者の暴動が有名だが、工業地帯のシェフィールドなどでも「パンか血か」暴動は起きた。一八一六年一一月一五日と一二月二日に、ロンドンのスパ・フィールズで、庶民の生活の窮状を訴え、選挙法の改正を求める大規模な集会が開かれた。この一二月の集会には、約一万とも二万とも言われる人々が集った。そのうちごく一部の者が商店で銃器を略奪してロンドン塔に向かったが、事前に情報を得ていた政府に逮捕された。全体として集会は、平和裏に幕を閉じたわけだが、大規模でありながらかなりのところまで統制がとれていたからこそ、革命は起こり得るという警戒心を政府に抱かせたのかもしれない。このほかにも、各地で普通選挙の実施などの議会改革を要求する集会が開かれた。

一八一七年一月に、トマス・ジョナサン・ウーラー（一七八六?—一八五三）が急進紙『黒い小人』を発刊した。[12] ウーラーは新聞税を無視して、同紙を四ペンスで売った。同月二八日に、摂政皇太子の馬車が襲撃された。前年から頻発していた暴動に加えて、スパ・フィールズの集会の記憶も生々しい時だった。前述の一七九五年の反逆禁止法はジョージ三世が死亡した時点で失効する予定だったが、政府はこれを恒久法に変更した。三月初めには人身保護法が停止された。するとこれに抗議すると同時に、ランカシャーで織物産業に従事する自分たち労働者の窮状を訴える目的で、請願書を携えてマンチェスターからロンドンまで行進しようと、織工や紡績工たちが三月一〇日にセント・ピーターズ・フィールドに集合した。道中の野宿に備えるために、かつ織工・紡績工という自らの立場を表すシンボルとして、彼らは毛布や丸めたオーバーを背負っていたので、この行進は「毛布たちの行進」と呼ばれた。集会は騎兵隊に蹴散らされ、何とか出発した人々も次々に逮捕された。この事件によってさらに警戒心を募らせた政府は、扇動集会禁止法を強化した。前述の一七九五年の扇動集会禁止法は、その後、一七九九年、一八〇九年と若干の修正を加えられていたが、一八一七年の同法によると、五一名以上の集会を開く場合は事前に三名以上の治安判事に通知し、その許可を取らなくてはならなかった。政府の対応が厳しさを増す中で、かねて政府に目を付けられていたコベットは、三月二七日にアメリカに向けて亡命した。コベットは新聞税をすり抜けるために、『コベッツ・ポリティカル・レジスター』を新聞ではなくパンフレットだと主張し、タイトルも『コベッツ・ウィークリー・ポリティカル・パンフレット』に改めて、わずか二ペ

『吊るされた自由の女神！　法の砦がありながら！』
タイトル内“suspend”は「(法を) 一時停止する」と「(首を) 吊るす」の二つの意味をかけている。女神が手にしている文字は「マグナ・カルタ (Magna Carta)／権利章典 (Bill of Rights)／人身保護令状 (Habeas Corpus)」(ジョージ・クルックシャンク、1817 ©Trustees of the British Museum)

ンスで売っていた。四ペンスの新聞税を収めて一部六ペンスの値段であった頃に比べて、購買数は飛躍的に伸びたのだが、彼の亡命後四月から六月まで休刊された。

同一八一七年六月九日に、ダービーシャーの村ペントリッチの労働者たちが武装して、ノッティンガムに向けて行進を始めた。彼らは、この行進が多くの賛同者を迎えてロンドンを目指す大行進になり、現政府の転覆と共和制の樹立を導くだろうと信じて、この行進を「ペントリッチ革命」と呼んだ。だがこれは、政府お抱えのスパイ「オリヴァー」(実名W・J・リチャーズ、一七七四?―一八二七)が労働者の中に潜入して、故意にあおった行進だった。オリヴァーのようなスパイには、その諜報活動に応じて政府から報酬が与えられた。だから「革命」参加者はすぐに一網打尽にされ、指導者のノッティンガム・キャプテンことジェレマイア・ブランドレス(一七八六/九〇―一八一七)以下数名が大逆罪で絞首刑になった。ほか一〇余名が流刑になり、それ以外にも多くの者が投獄された。この事件をどう見るかは難しいところだが、いたずらに「革命」行進を英雄視して政府を非難することも、逆に政府のやり方を肯定的に割り切ることも、歴史を見る目を歪めるのではないか。むしろこの示威行為が計画性に欠けることや、北部工業地域を統治するために政府が金銭によって雇ったスパイの情報に頼らざるを得なかった事実は、歴史の流れのなかで、双方が組織としていかに未熟であったのかを、私たちに考えさせる。

一八一九年八月一六日に「ピータールーの虐殺」と呼ばれる事件が起きた。不況の中で貧困にあえぐ人々は、選挙法改正や穀物法の廃止などを求めて、マンチェスターのセント・ピーターズ・フィールドで集会を開いた。女性や年少者も出席を勧められ、参加者は約六万人だったとも言われる。ここにも騎兵隊が出動し、死者は十数名、負傷者は数百名に及んだ。このときに逮捕を免れた講演者の一人にリチャード・カーライル（一七九〇―一八四三）がいた。彼は一八一七年から『シャーウィンズ・ポリティカル・レジスター』を週刊で発行していた。事件の翌日にはその宣伝ポスターがロンドンに張り出され、そこには「マンチェスターの恐るべき大虐殺」の文字が踊り、実際に次号にその記事が載せられた。当局は直ちに『ポリティカル・レジスター』を発行禁止にして、さらにカーライルの出版社兼店であった場所から、新聞やパンフレットの全在庫を没収した。それでもカーライルはタイトルを『リパブリカン』に変えて、新聞税を無視して発行を続けた。その第一号で、カーライルはピータールー事件の政府の対応を糾弾したが、その直後に人民の政府に対する憎悪を誘発しかねない文書を発行したという罪状で逮捕された。彼は息子をトマス・ペインと名付けるほどペインの思想に傾倒していたが、そのペインの著作『コモン・センス』、『人間の権利』、『理性の時代』を出版していたことも罪状に加えられた。三年の投獄と一五〇〇ポンドの罰金を言い渡されたが、牢獄の中でもカーライルは記事を書き続け、塀の外で妻のジェインが『リパブリカン』の出版を引き継いだ。カーライルの裁判が耳目を集めたため『リパブリカン』は売れに売れた。

同一八一九年にリヴァプール政府は、集会と言論の自由を規制する治安六法（別名弾圧六法）を制定した。この六法のうちの一つは、治安二法以来、度々修正を加えられた扇動集会禁止法である。繰り返しになるが、扇動集会禁止法は五一名以上の集会を規制した。六法の中で他に集会を規制する法としては、非合法軍事訓練禁止法がある。これは、武装訓練を目的とした集まりに参加した場合、その集まりが事前に合法的認可を受けていない限り、最長七年の流刑を科され得ることを定め

『生まれながらに自由なイギリス人！　世界の賞賛の的!!!　そして周囲の国々の羨望の的!!!!!』口に鍵をかけられた男のモチーフは、言論の自由を訴えるために18世紀末から19世紀にかけてしばしば用いられた（クルックシャンク、1819 ©Trustees of the British Museum）

たものである。さらに、非合法な集会を解散させるために当局が武力を行使して死傷者が出ても、その責任は問われないことになった。また武器押収法は、私有地・個人宅であっても武器の捜査を拒めないことをうたった。もちろん発見された武器は押収されたし、その所有者は逮捕された。また、誹毀および扇動文書禁止法によって、扇動的または不敬だと見なされた文書を出版した者には従来よりも重い処罰、具体的には最長で一四年の流刑が科されることになった。それにロンドンの出版社は三〇〇ポンド、地方出版社は二〇〇ポンドの保証金を、事前に政府に入れなくてはならなかった。さらに新聞および印紙税法が、税の抜け道をふさいだ。それまで多くの急進的出版社は、その定期刊行物について、掲載されているのは所見であってニュース（新情報）ではない、だからこれは新聞ではない、と主張して新聞税をかわしてきた。だがこの法は、公的な事件や出来事、または教会や国家に言及してさえいれば内容がどのようなものであれ、そのジャーナルに税金を課した。また二六日以下に一度の割合で発行される定期刊行物すべてに税が適用された。もちろん、この後、多くの急進的ジャーナルが週刊を月刊に切り替えた。リチャード・カーライルだけではなく、『黒い小人』のトマス・ウーラー、他にも「雄弁家ハント」として名高いヘンリー・ハント（一七七三—一八三五）などが次々に逮捕された。請願、示威行進、集会、ストライキなど、どれも目覚ましい効果を生んだとは言えず、もはや極端な手段を取らざるを得ないという考え方も現れた。

こうして一八二〇年に、自称「スペンス派博愛主義者」たちによる「カトー・ストリートの陰謀」事件が起きた。「スペンス派」の名はトマス・スペンス（一七五〇—一八一四）に由来する。土地の共有性を論じたスペンスの著作は政府の取締り対象であった。かねての経済的窮状に加えてピータールーの虐殺事件が起こり治安六法が制定されると、彼らは首相のリヴァプール卿と数多の閣僚の暗殺を計画した。さらに彼らは「公安委員会」なるものを設立して革命を導くつもりだったが、カトー・ストリートのパブで待ち伏せにあい、逮捕された。政府はこの事件を利用して、治安六法は行き過ぎた悪法だと非難する人々に反論した。このような陰謀事件を防ぐために、治安六法は正当にして必要なのだと強調したのだ。けれども下院議員のマシュー・ウッド（一七六八—一八四三）のように、この事件は、議会改革に対する要望のイメージ・ダウンを狙った計画的な逮捕だと、政府を批判する者も現れた。議会改革をめぐる政治的な思惑が絡んで、裁判は一層、世間の耳目を集めた。英国高等法院王座部の首席判事チャールズ・アボット（一七六二―一八三二）は、判決が出るまで陰謀事件の裁判の様子を報道しないように命じたが、これは守られなかった。概して政府寄りであったはずの『オブザーヴァー』紙でさえ裁判を報じた。結局、容疑者たちは反逆罪で絞首刑、または終身流刑を言い渡された。

翌一八二一年、獄中のリチャード・カーライルに代わって『リパブリカン』を出版していたその妻ジェインが、扇動的な文書を出版した罪で投獄された。カーライルの妹メアリー・アン（生没年不明）が後を引き継いだが、彼女も同罪で逮捕された。カーライルは牢獄の中から、『リパブリカン』を継続するための資金援助と、これを販売する有志を募った。『モーニング・クロニクル』紙は、投獄の危険を冒してまで協力する人間はいないだろうと予想したが、多額の金がカーライルの店に送られ、多くの販売協力者が現れた。もちろん彼らは次々と逮捕・投獄され、その数は男女合わせて一五〇名を超えたと言われる。

一八二二年に経済状況が好転し、一八二四年に団結禁止法は撤廃されて、労働組合の結成と活動は合法になった。撤廃に向けて大きな役割を果たしたフランシス・プレイス（一七七一―一八五四）は、かつてのロンドン通信協会のメンバーだった。だが翌一八二五年に再び経済恐慌に見舞われて暴動やストライキが多発すると、新団結禁止法が通過した。これは労働組合を認めはするが、その活動を賃金・労働条件に関する話し合いに制限し、それ以外はすべて共謀罪と見なす法律だった。同年一一月にリチャード・カーライルは釈放された。彼は『リパブリカン』で、自身の長期に渡る投獄が出版の自由の礎になることを願った。

◉選挙法改正と知識税撤廃運動

一八二九年にカトリック教徒の政治的・社会的権利を認めるカトリック教徒解放法が成立した。だが、この時の見解の不一致が、トーリー党（後の保守党）内の分裂とその弱体化を招いた。一八三〇年代に入ると、不況と貧困を背景に、農業労働者のスウィング暴動がイギリス南部および東部に広がった。彼らは、干し草に火を放ち、脱穀機を打ち壊し、十分の一税として納められた穀物を貯蔵する納屋を襲った。この頃、政府は議会改革をめぐってリフォーム・クライシス（改革危機）と呼ばれる不安定な状態にあった。一八三〇年一一月にグレイ内閣が発足し、政権がトーリーからホイッグ（現在の自由党）に移ると、いよいよ選挙法改正法案の作成が始まった。これと時を前後して、ウィリアム・コベットとヘンリー・ハントによって急進主義議会改革協会が、またトマス・アトウッド（一七八三―一八五六）を中心にしたバーミンガム政治同盟が、さらにウィリアム・ラヴェット（一八〇〇―七七）、ヘンリー・ヘザリントン（一七九二―一八四九）とジェイムズ・ワトソン（一七九九―一八七四）の労働階級全国同盟が、設立された。これら三つの団体の構成メンバーを見ると、議会改革が、中産階級から労働者階級にわたって支持されていたことが分かる。翌一八三一年にノッティンガムやブリストルで選挙法改正を要求する暴動が起きた。一八三二年五月には、バーミンガム政治同盟の巨大集会が開かれ、社会不安と政治的緊張はともにピークに達した。この時期は、後に「かの五月の日々」と呼ばれた。結果として選挙法は改正され、新興都市は議席を、産業ブルジョワジーは選挙権を獲得したが、選挙法改正に向けて共に闘ったはずの労働者は取り残された。彼らの間には不満が高じた。裏切られたという思いさえあっただろう。労働者たちはチャーティスト運動を起こして、成人男子普通選挙制度の導入など、さらなる社会改革・議会改革を求めた。

一八三四年三月にロバート・オウエン（一七七一―一八五八）を議長とする全国労働組合大連合が発足した。この連合は労働者に、ストや暴動をやめて協同組合を立ち上げることを推奨した。イギリス南部ドーセット州の村トルパドルの農業労働者たちは、賃金カットに不安を覚えて友愛組合（共済組合の一種）を作って、オウエンの全国労働組合大連合と提携しようとしたが、入会者に違法な宣誓を行わせたという罪状で、六名の者が七年の流刑を言い渡された。これを行き過ぎだと感じた人々は、この「トルパドルの殉教者」のために抗議運動を行った。オウエンはロンドンのコペンハーゲン・フィールズまでデモ行進を率いたし、チャーティストとして有名なラヴェットらも抗議運動を続けた。

この時期、特に一八三〇年から三六年に、新聞税を知識税と呼びその撤廃を求める運動がかつてないほどの盛り上がりを見せた。前述のリチャード・カーライルや、『貧しき者のガーディアン』紙を発行したヘンリー・ヘザリントン、その編集を引きついだジェイムズ・オブライエン（一八〇四―一八六四）、『労働者の友』紙のジェイムズ・ワトソン、『ポリス・ガゼット』のジョン・クリーヴ（一七九四／五―一八五〇）など、新聞税の支払いを拒絶して投獄されたことがある面々が運動を続けていた。彼らの主な目的は急進的な政治思想を普及させること、そして言論の自由を獲得することであったが、中産階級からは別の目的で知識税撤廃を求める声が上がった。たとえばレッセフェール（経済における自由放任主義）の原理から税に反対する者もいた。だがそれ以上に多くの者が、中産階級の人々が重視する勤勉・節約・節制・清潔などの道徳的規範を、新聞を通して労働者階級に浸透させることを考えて、知識税に反対した。中産階級の人々にとって法は遵守すべきものだったから、彼らは新聞税を無視できなかった。それで彼らが出版する新聞は、知識税を払わない急進紙よりも値が張った。値が張れば労働者階級の読者には手が届かない。だから、彼らは税そのものの撤廃を目指したのだ。公衆衛生改革で有名なエドウィン・チャドウィック（一八〇〇―九〇）や下院議員のジョン・アーサー・ローバック（一八〇二―七九）も、税に反対した。

ローバックは、「トルパドルの殉教者」のために抗議運動を行った人々のなかの一人でもあった。「殉教者」に特赦と帰国が認められた一八三六年に、新聞税は一部四ペンスから一ペニーに減税された。その後も最後の一ペニーの撤廃を要求して、撤廃運動は続けられた。一八四九年にヘザリントンが、出版社仲間と新聞印紙廃止委員会を立ち上げ、一八五一年にはソーントン・リー・ハント（一八一〇―七三）らが知識税撤廃推進協議会を創立した。そして一八五五年に、ついに新聞税は撤廃された。

◉トマス・ペイン『人間の権利』出版事情とその後

ここまで一八世紀末から一九世紀半ばまでを概観したが、今度はもっと詳しく一つの事件を眺めてみよう。取り上げるのはトマス・ペインの『人間の権利』をめぐる出来事である。

フランス革命が起きた翌一七九〇年一一月初めに、エドマンド・バーク（一七二九／三〇―九七）が『フランス革命についての省察』を出版した。保守派の父と呼ばれるバークはフランス革命を否定し、労働者や貧困者層を「豚のような民衆」と呼んだ。これは世間に大きな波紋を投じ、「豚のような民衆の一人」（実名不明）による『バーク信奉者への鞭』（一七九二？）、ジェイムズ・パーキンソン（一七五五―一八二四）の『バークによって投げられて、老ヒューバートがかき集めた豚に真珠』（一七九三？）と『エドマンド・バーク閣下に送る豚のような民衆からの声明』、「貧民の友」（実名不明）による『豚の権利――貧民に向けて』（一七九四）、ダニエル・アイザック・イートン（一七五三洗礼―一八一四）の週刊『豚の洗濯』（一七九三―九五、のちに改題）などが次々に出版された。

フランス革命を支持するトマス・ペインは、バークに反駁しようと『人間の権利』を執筆、バークの『省察』出版の約三か月後、一七九一年一月末に第一部を脱稿し、印刷業者ジョウゼフ・ジョンソン（一七三八―一八〇九）に渡した。ジョンソンはこの原稿を印刷することはしたのだが、未製本のまま失踪した。二月二一日の出版予定日を過ぎてから、ジョンソンからペインに『人間の権利』を刊行しないという通知が届いたが、それでもペインは、ウィリアム・ゴドウィン（一七五六―一八三六）らの助けを得て、J・S・ジョーダンに出版を引き受けてもらい、三月一六日に出版にこぎつけた。値段は一冊三シリングだった。続けてペインは九月末に第二部を完成させたが、これも出版予定が遅れた。ペインが二部の付録で語ったところによると、一七九二年一月一六日に印刷業者のチャップマンは、全三七五頁中の三二七頁までの印刷をすませていた。そして三四二頁までの校正刷りをペインに渡し、残りは一月末までに仕上げると約束した。ところがチャップマンは翌日に原稿をペインに送り返してきて、仕事を続けることはできないと言う。ペインは仕方がないので第一部の印刷業者、ジョーダンに依頼した。一月三一日、まだ第二部は未出版だったにもかかわらず、議会開会に際してピット首相はペインの原稿に部分的に酷似した演説を行ったという。特にペインのこの最後の指摘は、首相が原稿を事前に入手して読んでいたこと、ひいては出版の妨害をしたのは政府であることを示唆している。

二月一六日に『人間の権利』の第二部が出ると、飛ぶように売れた。廉価版も出版された。五月一四日にペインは、印刷業者ジョーダンが訴えられたという知らせを受ける。二一日にピット首相は、王室声明を発表して、反乱を醸成する悪質な文書を執筆・印刷した者に対して直接的措置を講じるように命じた。同日にペインは、嫌疑に答弁するために六月八日に王座裁判所に出頭することを命じられた。ペインを支持する人々やフランス革命を支持する人々が、次々に逮捕された。一七九二年九月、ペインが友人の家を訪問している時に、詩人のウィリアム・ブレイク（一七五七―一八二七）がやって来て、ペインに死にたくなければ帰宅しろと促したというエピソードがある。ペインは直ちにフランスに亡命した。

暴動には反体制的なイメージが付きまといがちだが、この時は、保守体制派が暴動を扇動して急進派を襲わせた。民衆は「教会と国王のために」と叫びながら、フランス革命を支持する人々の家に石を投げ、窓ガラスを割った。政府寄りの新聞はペインを弾劾した。悪魔と親交があるなどと言ってペインを中傷するビラやパンフレットが巷にあふれた。サフォークの英国国教会牧師は、貧しい人々に二ギニーを与えて、ペインの肖像画を焼かせた。保守富裕層の中には、T・Pの文字を鋲でブーツの底に打たせた者もいた。一足ごとにトマス・ペインを踏みつけにできるわけだ。リーズでは頭はペインで胴体は蛇という見世物がもてはやされた。一一月五日はガイ・フォークスの日である。フォークス（一五七〇―一六〇六）は一六〇五年の同日に議会爆破未遂で逮捕された。それ以来、爆破予定日だったこの日に、ガイ・フォークスの人形を「火あぶり」にする習慣があったのだが、一七九二年に子供たちが焼いたのは、ペインの人形だった。そうすると子供たちは小銭をもらうことができた。

一七九二年一二月一八日に、ペインの欠席裁判が行われた。スペンサー・パーシヴァル（後の首相、在任中に暗殺、一七六二―一八一二）がトマス・ペインの追訴を開始すると、対するトマス・アースキン（皇太子法務顧問、一七五〇―一八二三）は、言論や出版の自由は人間の生まれながらの権利であり、これを抑圧すれば内乱と無秩序がもたらされることを述べて、ペインの弁護を行った。だが裁判官のロイド・ケニヨン（一七三二―一八〇二）は国外追放の判決を下した。また『人間の権利』を出版した人々は三か月から四年の投獄を、トマス・フィッシュ・パーマー（生没年不明）はペインの著作を配布した罪で七年間の流刑を、トマス・ミュアー（生没年不明）はその購読を勧めた罪で一四年間の流刑を、言い渡された。ペインの欠席裁判の間、裁判が行われたギルドホールのすぐ外の階段に多くの人が集まり、「ペイン万歳、新聞の自由万歳」と叫んでいたと言われる。その一方で、またもペインの人形があちこちで焼かれた。

ここで、ペインの『人間の権利』の内容をのぞいてみよう。ペインは次のような主張をしている。

一、人間は生まれながらにして自由であり、死ぬまでそうである。諸権利に関しても平等であり、したがって市民生活上の相違は、公的な貢献度にのみ基づくものである。

二、あらゆる政治団体の目的は、人間の生まれながらの死ぬまで変わらぬ諸権利の維持にある。そうした権利とは自由、財産、安全、それに抑圧への抵抗である。

三、国民が基本的にはあらゆる主権の源泉である。いかなる個人および人間の集団といえども、国民に由来すると明言されていないなら、どのような権力も持つ資格はない。（エイヤー『トマス・ペイン』大熊昭信訳、一三九）

ペインは、世襲制ではなく代表制議会によって憲法は制定されるべきであり、その機能は人民ばかりでなく政府をも規制すべきだと考えた。そして、そのような憲法を持たない政府を、あってはならない不自然な権力だと見なした。また財源確保の方法として第二部最終章でなされた累進課税の提案は、富裕層には耳が痛い提案である。加えてペインは、皇室を廃止してその乱費に終止符を打ち、さらに対米仏軍事支出予算をプールすれば、政府の支出は五分の一に縮小できるはずだ、そして浮いた差分を、教育や六〇歳以上の者への年金など社会福祉のために使うべきだと主張した。たとえば青年の教育について、ペインは次のように述べている。

彼らは道徳教育も受けずに育ち、何の希望もなく社会に放り出されて、悪徳や残酷な法の犠牲になっているのだ。政府のために浪費する何百万もの金があれば、これらの弊害を是正し、全国民の状態を改善するのに足りて余りあるのだ。（小松春雄『評伝トマス・ペイン』一六六）

前述のように『人間の権利』は、バークの『フランス革命についての省察』に反駁するものだった。ペインの文体は平明であるが、バークの文体はそうとは言えない。保守派には、庶民に向けてできるだけ分かりやすく書かれた反ペイン論が必要だった。そのような要望に応えて書かれたのが、国教会福音主義作家ハナ・モア（一七四五―一八三三）によるパンフレット、『村の政治』（一七九二）である。この物語には、「イギリスすべての機械工、職人、そして労働者におくる」という副題が付いていて、冒頭に説教からの引用がある。

もろもろの物事の中で、命令されることは、特権である。さもなければ我々の精神は、さまざまな不安と恐れのなかで波間に揺られる小舟のように翻弄されるだろう。ありがたいことに、私は民間で崇拝されているあの偶像、「自由」を盲愛することなど断じてない。だからどのような服従であれ、制限のない自由以上の苦痛にはなり得ないだろうと考えている。〔……〕真の制約がなかったら、人は誰も〔……〕自らの主人に刃向かう狂った暴君になり、そうなれば、人の悲しみは何倍にも膨れ上がるだろう〔……〕。（『村の政治』一五七）

この後の本文は、鍛冶屋のジャック・アンヴィル（アンヴィルは金床の意味）と石工のトム・ホッド（トムはトマスの愛称、ホッドはレンガや漆喰を運ぶための道具）の会話からなっている。作者は「田舎の大工、ウィル・チップ」（チップは木片の意味）ということになっているから、鍛冶屋と石工の登場人物を使って、大工を名乗る作者が物語という構造物を作ったことになる。主筋は、トマス・ペインの『人間の権利』を信奉するトムを、良識あるジャックがいさめるというものである。冒頭でトムは、「俺はとても不幸でとてもみじめだ。もし運良くこの本に出会わなかったら、俺はそのことに気づかなかっただろう」（一五七）と言う。これに対してジャックは、エドマンド・バークの思想を分かりやすいたとえで話して、トムをいさめる。つまり二人の会話は、ペインとバークの論争の簡易縮小版である。バークは社会の秩序は階層的であるべきだと考えていたし、モアは「各人がおのれの立場にふさわしく、目上の者に進んで敬意を払う時〔……〕社会の秩序は実に美しい」（サイモン『二つの国民と教育の構成』一三三）と考えていた。

◉優秀な生徒は犯罪者になるという考え

ハナ・モアは、「読み」「書き」の二つの技能のうち、識字のみを聖書を読むために必要だと考えた。書くことを学んだ労働者は危険思想を流布しかねないが、その一方で文字を読めなければ彼女自身のパンフレットもただの紙である。義務教育がなかった時代に、モアは彼女の日曜学校で労働者に「読み」の初歩を教えようとしたが、まわりから大変な反対をされた。この時代には、労働者が読書によって学ぶ楽しみを知れば、うぬぼれて働かなくなるだろうという考えがあった。それればかりでなく、労働者の識字率が上がれば、トマス・ペインの『人間の権利』のような危険思想にかぶれ、自由を求めて現状に不満を抱き、暴動を起こして略奪・破壊の限りを尽くし、末は団結して社会秩序全体を揺るがしかねないという恐れがあった。たとえば一八三四年の『フレイザーズ・マガジン』で、オックスフォードで教職に就いていたチャールズ・ホレス・ウォール（一七八四―一八五一）は、民衆の教育を論じて、学校で勉学に秀でた男の子たちは「牢屋行きの道を誰よりも早く歩み始める者たちだ」(「民衆の現状」『フレイザーズ・マガジン』九巻七四)と断言している。

一八一五年以降、穀物法問題が絡んで、識字率に関する論争は複雑になっていった。穀物法は特定の穀物の輸入をある条件下で禁止したり、関税をかけたりして国内の農業を保護する法律である。穀物の輸入を規制する法律は中世末期から存在したが、一八一五年の輸入法はひときわ厳しいものだった。概して農業を経済基盤とする人々は賛成し、商業・工業の関係者は反対した。反対派は、穀物法のせいで食糧の価格が高騰すれば、賃上げ要求の声も大きくなるだろうと懸念した。彼らは、この懸念を強調して労働者の穀物法反対運動をあおり、なかには暴動をあおる者もいた。選挙権を持たない労働者であっても、圧倒的多数を誇っていたから、政治的圧力として利用価値があったのだ。だから穀物法賛成派は、反対派が危険文書によって労働者を「汚染」することを恐れた。彼らにとって危険思想とは、トマス・ペインよりもむしろ穀物法撤廃論だった。これにさらに選挙法改正問題が絡んだ。法改正支持派は、選挙法が改正されて商工業関係者から多くの議員が選ばれるようになれば、穀物法が撤廃されてパンの値段が安くなるという論法で、やはり労働者の選挙法改正運動をあおった。やがて労働者階級は自分たちが利用されていることに気づいた。たとえばチャーティストの新聞である『ノーザン・スター』には、穀物法が撤廃されてパンの値段が下がっても工場主はそれを理由に賃金を下げるだろうから、自分たちは穀物法反対に安易に利用されてはならない、と述べる読者からの手紙が掲載されている(「穀物法アジテーター」『ノーザン・スター』一八三九年三月三〇日)。

イギリスで、八歳から一三歳までの義務教育をうたう初等教育法が成立したのは、一八七〇年のことである。その翌年に労働組合法が通過し団結権が法認された。当たり前のように義務教育を受け、教育を社会的な善としてとらえている現代の私たちからすれば、思想弾圧の時代は暗黒の時代に見えるかもしれない。たとえば危険思想とされたペインの主張にはもっともだと思われる点が多い。だからと言って私たちが、当時の政府の方針や、識字率を低いままに抑えようとした人々を、そのまま悪と評価することもまたどうであろうか。歴史の歩みは時に遅く、細くもろい川に激流を放てばダムが瓦解し人が溺れることもある。その逆に流れを無理にせき止めれば、これもまた洪水を呼ぶ。さまざまな視点に身を置くことができるのは、歴史を振り返る者だけが持つ特権である。

◉註

（1）An Act for preventing the frequent Abuses in printing seditious treasonable and unlicensed Bookes and Pamphlets and for regulating of Printing and Printing Presses (Licensing of the Press Act 1662) (14 Car. II, c. 33)

（2）An Act for laying down several Duties upon all Sope and Paper made in Great Britain or imported into the same (Stamp Act 1711) (10 Anne, c.19) 印紙税に関する制定法は非常に複雑であり税の対象もさまざまであるが、本章では、一七一二年から新聞にかけられた印紙税を従来の印紙税と区別する目的もあって、特に新聞にかけられた税を意識する場合には新聞税の呼称を用いる。ただし知識にかけられた税としてこの税が非難された場合には、知識税の呼び名を併用する。

（3）ナポレオン戦争の起点については、一七九六年、一七九九年、一八〇三年の諸説があるが、本章ではイギリスが対フランス戦費を必要とした時期を問題としているため、単にフランス革命戦争との期間の重複を避けるために一八〇三年と表記した。

（4）イングランドでは血を流すことがない革命だったので、「名誉革命」の名がついたが、アイルランドやスコットランドではそうではなかったので、現在、別の呼称が提唱されている。この革命と清教徒革命をあわせて「イギリス革命」と呼ぶ場合もある。

（5）An Act to empower his Majesty to secure and detain such Persons as his Majesty shall suspect are conspiring against his Person and Government (Habeas Corpus Suspension Act 1794) (34 Geo. III, c. 54)

（6）Declaration what Offences shall be adjudged Treason. Compassing the Death of the King, Queen, or their eldest Son; violating the Queen, or the King's eldest Daughter unmarried, or his eldest Son's Wife; levying War; adhering to the King's Enemies; killing the Chancellor, Treasurer, or Judges in Execution of their Duty (Treason Act 1351) (25 Edw. III, c.2)

（7）Two Acts (Gagging Acts)

（8）An Act for the more effectually preventing Seditious Meetings and Assemblies (Seditious Meetings Act 1795) (36 Geo. III, c.8)

（9）An Act for the Safety and Preservation of His Majesty's Person and Government against treasonable and seditious Practices and Attempts (Treasonable and Seditious Practices Act または Treason Act 1795) (36 Geo. III, c.7)

（10）An Act to prevent Unlawful Combinations of Workmen (Combination Act 1799) (39 Geo. III, c. 81)

（11）An Act for the more exemplary Punishment of Persons destroying or injuring any Stocking or Lace Frames, or other Machines or Engines used in the Framework knitted Manufactory, or any Articles or Goods in such Frames or Machines; to continue in force until the First Day of March One thousand eight hundred and fourteen

(Destruction of Stocking Frames, etc. Act または Frame-Breaking Act 1812) (52 Geo. III, c. 16)

（12）『黒い小人』というタイトルは、ウォルター・スコット（Walter Scott, 1771-1832）の同名の小説 *The Black Dwalf*(1816）に由来する。

第三部　猥褻と発禁

第五章　ロレンスは猥褻な作家か？

中林　正身

一七世紀に起こった清教徒革命によって一時的ではあるがイギリスの政権を握った清教徒は性的放縦を嫌悪し勤勉を尊重した。この態度は一九世紀になるとキリスト教の福音派に受け継がれた。この考え方と一七世紀後半から識字率が上がってきたことで、悪徳撲滅協会のターゲットにあらたに猥褻文書が含まれるようになった。ヴィクトリア女王（一八一九―一九〇一）自身の家族を大事にする姿勢が模範とされて家庭が重んじられるようになったことにともなって家族団欒が重視された時代に、家庭において父親が文学作品を子供たちに読み聞かせをするという習慣ができた。このような場合には、子供に聞かせたくない箇所がある作品は当然ながら敬遠され、作家たちは自然この点を無視することはできなかった。このような時代を背景にしてD・H・ロレンス（一八八五―一九三〇）は生まれ育った。思春期において自分の性的欲望を抑えつけ、そんな欲望を抱く自分を憎んでいた青年は、やがて性的感情は人間にとって自然なものであり、それを抑圧することは誤りであると考え、それを自然なものとしてありのままに表現しはじめた。その結果、『虹』（一九一五）が猥褻出版物禁止法に基づいて押収されて発売禁止とされた。出版社がこのことでロレンスを警戒するようになったことは当然のことである。それでも執筆活動を続けていたロレンスは、一九二五年三月六日に結核の第三期にいることを宣告された――「余命は一年ないし二年」。このような厳しい状況のなかで命を削って書き上げた『チャタレー夫人の恋人』（一九二八）のなかで主張しようとしたことのために、ロレンスは従来の伝統を破らざるを得なかった。その現われの一端がここで取り上げている性描写と、タブーとされていた四文字語の自由奔放な使用である。これは画期的であると同時に衝撃的でもあり、このためにこの小説は当時の良識、言い換えれば文化的因襲によって激しく非難されて糾弾された。ここでは、（一部ではあるが）削除された箇所を精査しながらこの小説に猥褻文書の烙印が押されたことの妥当性を二一世紀という時代に立脚しつつ再検討して、ロレンスが当時の社会に落とした「爆弾」の意義を再考する。

●チャタレー夫人、来日する

職場のエレベータのなかでこんなやり取りがあった。

「先生は、新しく来られた方ですよね？」

「はい、そうです」

「そうそう。先生のお名前は存じ上げなかったんですけど、『チャタレー夫人の恋人』をご研究されているんでしたよね」

意味深長な笑みを浮かべた相手は、そう言ってエレベータから出ていった。

——いいえ、その作品だけというわけではなくその小説を書いたロレンスという作家です、と言おうと思ったが黙っていた。相手を引きとめてまで、このような訂正を敢えてするのも大人げないと感じたのだ。それよりも——そうなのだ、この小説は日本での知名度が思いのほか高い。どうしてかというと、それは「芸術かワイセツか」で日本中を湧かせた「チャタレー裁判」によるものであることはいうまでもない（この「事件」についての詳細は、一九九七年に晶文社より発行された伊藤整『裁判』、上・下巻、そして二〇〇七年に彩流社から刊行された倉持三郎『「チャタレー夫人の恋人」裁判——日米英の比較』などを参照していただきたい）。

この「チャタレー裁判」について、ここで簡単に記しておきたい。上・下巻に分けて小山書店から一九五〇年四月二〇日と五月一日に発行販売された『チャタレイ夫人の戀人』の販売部数は、発売から二カ月余りで一五万部を超えた。警視庁は、この翻訳本を「わいせつ物頒布等の罪」（刑法第一七五条）の容疑で摘発することを決め、これを受けて六月二六日に最高検察庁は全国の警察にこの本を押収するように指令を出し、七月八日には発禁処分とした。これにとどまらず、東京地検は版元である小山書店社長の小山久二郎と翻訳者の伊藤整を九月一二日に起訴したのである。

一九五一年五月八日（第一回公判）に始まった思想表現の自由をめぐる問題を包含したこの裁判の公判は、一二月三日の小山・伊藤両被告の最終弁論を経た翌年の一九五二年一月一八日（判決）

までに三六回にわたって開かれた。この日の東京地方裁判所における判決で、翻訳者の伊藤整は無罪で出版者の小山久二郎は有罪（罰金二五万円）となったのだが、これに対して検察側と被告側の双方が控訴したことにより、この裁判は東京高等裁判所において争われることになった。そして、同年一二月一〇日の第二審の判決で被告両者ともに有罪判決（小山久二郎は罰金二五万円、伊藤整は罰金一〇万円）が言い渡された。この判決を受けて被告の両名は上告したが、一九五七年三月一三日に最高裁判所の大法廷判決が上告を棄却したために、被告人二人の有罪が確定したのだった。

◉チャタレー夫人はこうして生まれた

原作の『チャタレー夫人の恋人』（以下『チャタレー』と表記する）の執筆および出版過程をみてみたい。ロレンスは一九二七年一一月二六日頃にこの小説の書き直しを再びはじめて、翌年の一月八日に書き終えた。それから約二カ月のあいだにその手書き原稿は数人の知人の手によってタイプされ、一九二八年三月九日にイタリアのティポグラフィア・ジュンティーナという英語をまったく理解しないイタリア人の植字工が働く印刷所にそのタイプ原稿は持ち込まれた。そしてジュセッペ・オリオリの手助けを得て、この小説は同年の六月に内々に刊行された。初版は一〇〇〇部刷られて、イギリスでは二ポンド、アメリカでは一〇ドル（当時一ポンドは九円、一ドルは二円）の価格で売られた（一九二八年当時の日本の公務員の初任給が七〇円、白米一キロが二円三〇銭という記録がある）。一九二八年に出版されたこの初版を、本章では「オリジナル版」と呼ぶことにする。

前の段落の三箇所に傍点をつけたが、それぞれの点について説明したい。まずロレンスが『チャタレー』を「再び」書き直したということについてだが、「チャタレー夫人は三人いる」といえる。どういうことかというと、ロレンスが二回の書き直しをした結果、第一稿、第二稿、そして第三稿といったぐあいに『チャタレー』には三種類あるのだ。ついでながら述べておくと、第一稿は『第一チャタレー夫人』として一九四四年四月一〇日にニューヨークにあるダイヤル・プレス社から、そして第二稿は『ジョン・トマスとジェイン夫人』というタイトルでロンドンのウィリアム・ハイネマン社とニューヨークのヴァイキング・プレス社から一九七二年八月二九日に刊行された（『第一チャタレー夫人』は、増口充が『初稿　チャタレー卿夫人の恋人』として翻訳して二〇〇五年五月に彩流社から出版されている）。ちなみに第一稿は一九二六年一〇月二三日頃から一一月下旬にかけて、そして第二稿はその直後の一二月初旬から一九二七年二月二五日にかけてそれぞれ書かれた。日本における「チャタレー裁判」の原因となった翻訳は第三稿のものである。

どうしてロレンスはこの小説を書き直したのだろうか、それも二回も。詳細な理由をロレンス自身はどこにも残してはいないので、残念ながら推理するほかはない。ロレンスという作家は作品を頻繁に書き直すことでも知られているが、それは原稿にちょこちょこっと修正を加えるというものではなく、新しい紙やノートに冒頭から新たに書き直すというやり方だった。『チャタレー』についても、それぞれのヴァージョンが作品として成立していて各々の手書き原稿が完全な形で保存されていることから、三種類ともケンブリッジ大学出版局から刊行されている『ケンブリッジ版ロレンス全集』のなかに含まれていて、第一稿と第二稿は『第一と第二　チャタレー夫人小説』（一九九九）という一巻本として刊行されている。第一稿は習作として書かれたのかもしれないが、第二稿をロレンスは本気で書いたと思われる。その傍証としては、第一稿は章分けされていないこと（ロレンスは章分けしていない長編小説を書いたことはない）、第二稿は第一稿のようにふつうのノートにではなく、素敵なノートにこの上なく優美な手書きで書かれていること（六：一二三）[1]、そして第二稿をロレンスは三か月という異例ともいえる長い時間を費やしてじっくりと書き上げたことが挙げられる。自信作が出来上がり（五：六〇五、五：六二一、六：一二三）、そしてそれを私家出版するという方法も知っていたにもかかわらず、ロレンスは第二稿を棄てて（六：二一）第三稿に着手したのだ。「かなり違ってはいるが、同じもの」（七：四七七）である小説を三度も書いたことから、作者ロレンスのこの小説への強い思い入れ、意地を感じる。

私家出版という方法を知ったからこそ、もう一度『チャタレー』を書き直したいという気持ちに駆られたとは考えられないだろうか。私家出版ならば誰の目を憚ることもなく書きたいことが書きたいように書けるのだ。なんの制限も規制もない、出版社の校閲の顔色を窺う必要もない――このような完全な自由が与えられた状況で、思い切った野心作を執筆しようとしない作家などいるだろうか。そして手書き原稿の総頁数が七二八頁にもなるこの第三稿を六週間足らずという尋常ではない速さで書き上げたことを考えれば、ロレンスが第三稿にいかほどの執着をもって没頭していたかを想像することは難くない。

つぎに、ロレンスがこの小説のタイプ原稿を「英語をまったく理解しない」イタリア人が働く印刷所へ持ち込んだことについて考察したい。「dind't, did'nt, dnid't, dind't, din'dt, didn't とまるでバッハのフーガのようだ」（六：三五三）というほどの植字ミスが厖大にあって校正に苦労しても、ロレンスとしては物語の内容を知られて印刷を拒まれるよりはましだった。手書き原稿の清書を依頼したタイピストたちに途中でその作業を放棄されたように、印刷所で活字にすることを拒まれでもしたら万事休すだ。『チャタレー』は、当時の人々にとってそれほどまでに「不道徳」で、「怪しからぬ」もので、そして「衝撃を与えるほど不快な」（五：六五一）作品だったのであり、作者自身もそのことをよく承知していたのである。

ここまで解説すれば、最後の「内々に」出版したという部分についても容易に理解していただけると思う。ロレンスのほかの作品の出版を引き受けていたイギリスのマーティン・セッカー社とアメリカのアルフレッド・クノプフ社は送られてきたタイプ原稿を読んで、この小説は出版できないという結論を出した。頼りにしていた出版社の忌諱（きい）に触れてしまったからには、どうしても出したいとなれば残る道は私家出版しかない。ロレンスは私費を投じて本に使う紙を自ら探した。購入申込書も自分で作成して友人知己に送った。注文書を返送して代金を支払った人たちにロレンス手ずから本を梱包して発送もした。こうすれば書店に並んで不特定多数の読者の目に触れるのを避けられて、好ましくない風評がいたずらに流伝するのを抑えることができると考えたのだ。ロレンスはかつて『虹』という小説によって筆禍の憂き目に遭っている。発禁などということは、作家にとって名誉なことなどではない。だから検閲のことを気にかけて危ないと思うような作品を書く場合には、当然できる限り内容や表現には細心の注意を払うはずだ。しかし筆禍の前科のあるロレンスはそういったことではなく、頒布方法に留意したのだった。

だが『チャタレー』を私家出版することによって、当然のことながら著作権をめぐる問題が発生した。著作権を取得するための申請とその認可を蔑ろにしたために、この小説は著作権で庇護されない状態で産み落とされたのだ。だから出版されたイタリアではもちろんのこと、イギリス、アメリカ両国でもこの小説は著作権によって保護されていなかった［イギリスには現在、ロンドン、オックスフォード、ケンブリッジ、ダブリン、エディンバラ、アベリストウィス（ウェールズ）に「著作権登録図書館」なるものがあり、ここに著作物が提出されると審査ののちに公的な認可が下りることになっている。この過程を経ていない著作物が著作権によって保護されることはない］。著作権で保護されていない以上、『チャタレー』から「私生児」が産みだされたのは当然の結果なのである。このようにして、『チャタレー』は海賊版とのいつ果てるとも知れない闘いを余儀なくされた。

ここで、ロレンスが敢えて第三稿を執筆して出版しようとしたそのこだわりについて触れておきたい。私家出版を決めたことによってロレンスは、思いの丈を注いで第三稿を仕上げた。第二稿と第三稿を比較検討することによって、ロレンスの挑戦というか野心の本質がみえてくる。注目すべきは、妻フリーダ（一八七九―一九五六）のコメント――「第三稿を書くにあたって、ロレンスは同じ時代を生きている人々の考え方や関心をとても意識していた」（『第一チャタレー夫人』一〇）――である。ロレンスはこの小説を読むであろう読者の存在をはっきりと自覚していたうえで、彼らに向けて直接に訴えようとしていたという姿勢が窺える。ロレンス自身が書簡のなかで、第三稿は「革命を起こすようなものだ――まあ、ちょっとした爆弾だ」（六：三〇八）とか「必然的で、絶対になくてはならないもの」（六：二二六）だと述べている。これらの言葉は、第三稿が世間にとっていかに必須であるかをロレンスが認識していたことの証左である。

そして、『チャタレー』はよく売れた。九月にはすでに初版を二〇〇〇部だけを残すほどで、これを受けて廉価版二〇〇〇部が急いで刷られたが、これも一二月には完売したのだった。[2]

◉チャタレー夫人、虐待される

『チャタレー』はどのように世間に受け入れられたのだろうか。その頃のイギリスの風潮については本書においては第一章で詳細に述べられているので、ここでは簡述するにとどめる。

一八五七年に制定された猥褻出版物禁止法は、あからさまな表現に対しての一般常識的な禁忌観を拠り所にしていた。制定法上の具体的で明確な、そして意識的な尺度や根拠といった公正な判定基準などを備えたものではなく、公的秩序を維持するためのコモン・ローのもとで個々に判断されていたのである。時局下の道徳観や倫理観に根づいた曖昧かつ慣習的な不文律によって、タブーに対する市民的良識が検閲という攻撃となって顕在化したといえる。こういう流れのなかで猥褻出版物禁止法は成立した。この法律は裸体と性器と性行為についてのあらゆる叙述を猥褻であると規定して排除しようとするもので、その適用範囲は芸術や医学書にまで及んでいた。書店などは違反書籍を押収されるだけですんだが、出版社の場合は違った。警察に急襲されて、猥褻であるとされる著作物を公然と捜索されたのだ。出版業者たちはこぞって告発や摘発を恐れ、著作物の出版を引き受ける際には過度なまでに慎重にならざるを得なかった。たとえば一八七七年には男女の生殖器の図版入りの医学書の出版をめぐる裁判が起こったが、これは著作者側の敗北に終わっている。また貞操が脅威にさらされたと判断したときには、一般大衆の好悪感情による検閲は偏屈で仮借ないものになり、真摯な芸術家にまでその触手を伸ばすことも辞さなかった。
『チャタレー』をめぐる評価には好意的なものもあったが、それでも大半は否定的かつ攻撃的なものだった。後者の例をいくつか挙げると、一九二八年一〇月一四日付の『サンデー・クロニクル』紙上では「これまで活字になったもののなかでもっとも卑猥で忌まわしいもの」と評され、同年同月二〇日の『ジョン・ブル』誌では「有名作家の恥ずべき本」という見出しがついて、「我が国の文学の名を汚すもっとも嫌悪をもよおすもの」で「低俗なフランスのポルノでさえ忌まわしさという点では敵わないだろう」と酷評され、ロレンスを「人間心理の探究者として現代作家のなかでは秀逸で、文筆家としても抜群である」と評しているにもかかわらず、作家の「精神は病んで」いて「セックスに取り憑かれている」と激越な調子で評し、一九二九年一月一九日の同誌では「言語に堪えない堕落性」が取り沙汰されて、イギリス税関は「このような汚物」(ドレイパー『クリティカル・ヘリテイジ』二七八—八〇)を即刻に押収すべきだと勧告している。『チャタレー』はこのように、穢れたもののように扱われた。

ここでちょっと、知っておいていただきたいことがある。『チャタレー』に向けられた法的な仕打ちについてなのだが、研究者も含めて多くの人々が頓着なしに「この小説は発禁になった」とずっと言ってきているが、これは適切な言い方ではない。先に述べたように、この小説が出版されたのはイタリアであってイギリスではない。だから、この著作が(『虹』とは違って)イギリス国内において発禁になったとは言えないのである。イギリス国内で出版されていない著作物がイギリス国内において発禁の処分を受けることはないので、「『チャタレー』は発禁になった小説だ」という言い方は正確ではない。輸入品あるいは郵便物のなかに税関や郵便局が発見した場合、そしてまた警察が書店を捜索した際に発見した場合には、このような出版物は押収されたり差し押さえられたりして処分されて、その後はその国での輸入も販売も不可能になる。『チャタレー』のケースはこれに該当する（この意味では、発禁文学を取り扱っている本書に『チャタレー』を扱ったものが含まれているのは矛盾するのだが、ご宥恕を請いたい）。税関や警察による処分に対して異議が申し立てられることがなかったので、法的な手続きに則った裁判所命令が出されたわけではない。だから厳密に言うと、『チャタレー』は発禁文学には該当しないのである。このようなわけで、「『チャタレー』は法律により発禁処分を受けた」と言うのは止したほうがいい。『チャタレー』については「差し押えられた」または「押収された」、そして小山書店による『チャタレイ夫人の戀人』についてならば「発禁処分を受けた」という表現を使うのが適切だといえる。イギリス国内における一九六〇年の「チャタレー裁判」で、もし出版社のペンギン・ブックス社が敗訴していたならば、そのときには（晴れて？）『チャタレー』は法律により発売禁止になっていたのだが。

◉チャタレー夫人、凌辱される

『チャタレー』は一九二八年六月に内々に出版されたが、その海賊版は早くも一一月には出回りはじめた。その種類は五〇を超えるが、[3] ここで言及するものはニューヨークのウィリアム・ファロ社から一九三〇年に出版された「サミュエル・ロス版」（以下「ロス版」と表記する）[4] と二年後の一九三二年二月にロンドンのセッカー社がフリーダの承認を得て「公認英国版」と銘打って刊行した削除版である(同年九月にクノプフ社がこの「公認英国版」をもとにして売り出した「アメリカ刷」)というものもある)[5]。そしてひどいことに「ロス版」も「公認英国版」も、ともに「削除版」だとも「縮約版」だとも明記していない。

ロレンスは『チャタレー』を擁護するエッセイのなかで、この小説を書いたのは「男性にも女性にもセックスについて十分に、徹底的に、正直に、そして誤魔化さずに考えることができるようになってもらいたい」(ケンブリッジ版『チャタレー夫人の恋人』三〇八)からだと明言している。教師の経験があるロレンスはそれらしく、一般人の性意識を刮目させようと「考える」という動詞を斜字体にして強調しているのだが、肝心要のセックスシーンが削除されている海賊版では、そんなことは不可能である。セックスシーンが削除されただけでなく、猥褻あるいは不謹慎とされた言葉が別の言葉で書き換えられてもいる。これは削除や縮約にとどまらない改竄であり、章分けが変わったり、削除を示す伏字すら置かれずに文章がつなげられたりしている箇所もあるとなれば、ロレンスが書いた『チャタレー』だとはもはやいうことはできない。セッカー社の「公認英国版」に対しては、一九三二年二月二五日付の『タイムズ紙文芸付録』上で「このようなものでは、作者の意図が描出されてはいない」との書評が寄せられ、また一九三二年四月一日付の『フォートナイトリー・レヴュー』誌上では、「かなりの量の抒情的な散文のなかでも重要なものが割愛された」ことによって、「公認英国版」はもはや「ロレンスの書いた『チャタレー』などではない」と憚ることなく述べられている。一九三二年九月七日付の『ネイション』誌はクノプフ社刊行の「公認英国版のアメリカ刷」に対して、「編集者は細大漏らさずに外科手術の正確さをもって、性行為の描写をことごとく切除した。またこの人物は、検閲官が顔をしかめることが大いに予想される四文字語も根こそぎ取り除いたのだ」と厳しく指摘したうえで「『縮約』などという誤解を招く紛らわしい言い方はせずに『削除』だと誠実に言うべきだ」（『クリティカル・ヘリテイジ』二八七―九〇）と非難している。

「オリジナル版」の『チャタレー』には主人公のコンスタンス（コニー）・チャタレーとチャタレー家の使用人で森番のオリヴァー・メラーズがセックスするシーンが全部で一三箇所あるが、それらはすべて第一〇章からの後半（全部で一九章ある）に現われる。そしてたとえば第一〇章には以下に引用するようなセックスシーンがあるが、「ロス版」と「公認英国版」からは見事に「切除」されている。ロレンスの修錬された表現を生硬な日本語訳にしてしまうと原文のもつ雰囲気を損なうことは承知のうえだが、敢えてこの暴挙に出ることをお許しいただきたい。

そのまえに、単語レベルではどのような改竄がこれらのテキスト間にみられるのかに触れておきたい。身体の部位を指す単語、性行為そのものを意味するもの、俗に四文字語と呼ばれるものがどのように置き換えられたのか――どこをどのように修正すれば『チャタレー』を出版可能な著作物に変えることができるのかと、それぞれの出版社が頭を絞って考えた様子を窺い知ることができる。「オリジナル版」での bed が「ロス版」と「公認英国版」では house に、fuck が love に、sleep with も love に、intercourse は affair に、womb は heart に（または削除）、cunt は love に、loins は body あるいは limbs に、penis は passion に、shit は things に、sleep は rest に、そして feel は touch などといったようにそれぞれ修正されている。(6) これらの修正に加えて、第一〇章からは以下のふたつのセックスシーンが削除されているのだが、紙幅の都合でこれについての解説は省かせていただく）。

第一回目のセックスシーン。「オリジナル版」を翻訳すると次のようになる。

「そこへ横になって」男は静かに言って扉を閉めた。すると小屋のなかは暗く、かなり暗くなった。

ふしぎなことだけどなにかに動かされるままに、わたしは毛布のうえに横になった。すると肌触りのいいまさぐるような、抑えようのないくらいに性欲で昂ぶった手が身体に触れて、顔をてさぐりするのをかんじた。その手は心からなぐさめてくれるように、あんしんさせてくれるように顔をそっとやわらかくなでて、それからほほにそっとキスされるのをかんじた。

（この段落は「ロス版」一二四頁からは削除され、「公認英国版」一三六頁には残存している——筆者註）

まるで眠っているように、ゆめでも見ているようにただじっとよこになっていた。それから男の手がやさしく、ためらいがちにぎこちなく着ているもののなかをさぐっているのをかんじてからだが小刻みにふるえた。でもその手はちゃんとどのように服をぬがすのかも知っていた。男はうすい絹のドレスを、ゆっくりと気をつけながらきちんとあしもとまでおろしていってぬがせた。それからつよい歓喜に慄えながら男は女の温かくやわらかい肉体に触れ、そして女の臍に一瞬だけキスをした。すると男は矢も楯もたまらずにすぐさま女のなかへ、滑らかで弛緩している女の肉体のもつこの世の平安のなかへ入らずにはいられなかった。その女の肉体に入るのは、男にとって純粋な平安の瞬間だった。

ねむっているように、ずっとねむりつづけているようにおとなしくよこになっていた。そのこういも、よろこびも男のものだった、ぜんぶ男が手にいれたのだった。わたしは自分でも手に入れようとはりあうことはもうできなかった。からだをつつむ男の腕のつよささえも、男のからだのはげしいうごきさえも、そしてからだのなかに飛びだしてくる男のせいしさえもがねむっているあいだにおこったことみたいで、男が果てたのちにわたしの胸にからだをあずけて静かにあえいでいると、やっとわたしはその状態から目覚めてきた。

（このふたつの段落は「ロス版」一二四頁と「公認英国版」一三六頁の双方から削除されている――筆者註）

それから、不思議に思った、ぼーっとだけど考えることができた。どうして？　なんでこんなことが必要なの？　どうしてこんなことが私から大きな暗雲を取り去って安らぎをくれるの？　これは本当のこと？　これは本当のことなのかしら？

（「オリジナル版」一三七頁。この段落は「ロス版」一二四頁と「公認英国版」一三六頁の双方において残存している――筆者註）（網かけは筆者）

◉これが削除に値する淫猥な描写だろうか？

そして、第一〇章のなかの三回目のセックスシーンは次のように描出されている。

メラーズが私をきつく抱きしめると、彼のせっぱ詰まった性欲を感じた。私の内にある生来の本能は、自分自身の自由のために抵抗しようとした。でも私のなかには、なにか別の未知で、どっしりとした重たいものがあった。男の肉体が私を欲しがって居ても立ってもいられなくなってきて、私にはもう抵抗する意志がなくなった。

彼はあたりを見まわした。

「こっちだ――こっちへ来るんだ！　ここを通り抜けて」彼は言うと、葉はつけているがまだ成長しきっていない若木の樅の木々の茂みの奥のほうへ射抜くような視線をやった。

男がわたしのほうをふり返った。あせっているようなつよくぎらぎらした眼光を放ち、愛情などは感じさせない男の眼が見えた。しかし、わたしから意志はすでにきえてなくなっていた。なんだかわからないおもみが腕や脚にかんじられた。わたしはくじけつつあった。わたしはあきらめつつあった。

男がわたしの手をひっぱってチクチクする木がしげっているところを抜けると、そこはちょっとした空き地になっていて枯れ枝がつみかさねてあった。男はそこからかわいているやつを一、二本ほうり投げて、枯れ枝の山のうえにコートとベストをひろげたので、わたしは動物のように木のえだを見上げるかっこうで横にならなくちゃならなかった。そのあいだ男はシャツとズボン姿で立ってまちながら、とりつかれたような眼でわたしをじっと見つめていた。しかしそれでも男はわたしへのおもいやりを忘れなかった――わたしをちゃんと、きちんと横たわらせた。だけどわたしの下着についているひもを切ってしまった。わたしはじっと横になっているばかりで、男がふくをぬがせやすいようにしてあげなかったから。

男もすでにからだの前をはだけていたので、男が入ってくるときにそのはだかの肉体がかんじられた。ちょっとのあいだわたしのなかで、ふくれあがってブルブルしながらじっとしていた。それからどうしようもないオルガスムスにおそわれて男がうごきはじめると、ワタシのなかにあたらしい今まで知ることのなかったゾクゾクするかんじがサザナミがひろがるようにわき起こってきた。ゆらゆら、ゆらゆら、ゆらりゆらりとウモウのようによわよわしくたよりないほのおがチロチロしながら甘くトロけそうにあまいキモチのパッとかがやくヒカリの先っぽにたっして、トロけはじめていたワタシのなかみはかんぜんにトロトロにとけてしまった。べルの音がおおきくおおきく鳴りひびいてクライマックスにたっするようだった。わたしは終わりに発したみじかいさけび声にきづきもしないでよこたわっていた。それにしても早すぎて、あまりにも早く終わってしまって自分で動いて私だけの快楽を味わうこともできなかった。これは違う、ぜんぜん違うわ。何もできなかったじゃない。うねりに流されたりしないで、男の身体のうえで自分の満足を求めてこらえることはもうできなかった。彼が退いて引き離れていき、縮まって、そうして私の身体からするりと抜けていなくなってしまうんじゃないかという不安に襲われたときも、私にはただ待って心のなかで悲しい声をあげることしかできなかった。そのあいだ私の子宮は潮汐のなかに生きるイソギンチャクのように滑らかに開ききって、また入ってきて満足感を与えてくれることを切なく、でも熱烈に求めた。ワタシはネッジョウのままにオトコにしがみつくとオトコは完全に離れはしなくて、ワタシのカラダノナカでやわらかいアレが動きだすのをカンジルと、ふしぎなリズムがしだいにおおきくなってくるふしぎなリズムといっしょになってドッといきおいよく流れ込んできて、ふくらんでふくらんで、ついにはワタシのいしきのワレメをみたして、それからまたじっさいにはウゴキなんかじゃない、なんていったらいいのかわからないミャクドウがはじまって、ピュアでセンセーショナルなカンジだけがグルグルととぐろをまきながら底なしになってふかくさらにふかくなっていってワタシの細胞というサイボウ、意識というイシキにまでとどいたかとおもうと、ついにワタシはグルグル回るフィーリングのながれになって、よこになったまままきづかないうちにコトバにならないおおきな声をだしていた。遥か遠くの夜の暗闇からの声、命だ！　自分の生命が女のなかへと放たれていくときに、男は畏怖の念をもってその声を自分の身体の下に聞いた。そしてその声が聞こえなくなると、男も退いていき放心してまったく動かずに横になっていた。男にしがみついていた女の手も徐々に緩んでいって、ぐったりとして動かなくなった。そしてふたりは横たわったままでなにも判らない状態に、互いのことすら理解できない忘我の境地にあった。それからやっとメラーズは我に返って無防備な裸の自分に気づきはじめ、コニーのほうも自分を抱いていた男の身体から力が抜けていくのが判った。彼が離れつつあった。しかしメラーズがわたしを素っ裸のままにしておくのはゴメンだと胸のうちで感じた。男は今もこれからもずっと女をつつみ込まなければならないのだ。

しかし、ついにメラーズは離れて、それからコニーにキスして服をかけてやると、自分も服

を着はじめた。コニーは木の枝を見上げながら横になっていた。まだ動けなかった。**メラーズは立ち上がってあたりを見回しながらズボンを穿いた。**すべてが濃密で静寂につつまれていた。ただ畏れを抱いた犬だけが前足を鼻先に置いて伏せていた。メラーズはまた枯枝に座り黙ってコニーの手をとった。

（「オリジナル版」の一五七―五九頁。ゴシック体の太文字の部分は「ロス版」一四二頁と「公認英国版」一五二頁の双方から削除されている――筆者註）

（網かけは筆者）

どうだろうか。二一世紀の氾濫する性的刺激のなかに生きるわたしたちにとってみれば他愛もない描写ではあるが、これが出版当時に問題視されて削除された箇所の一例である。いずれのセックスシーンも視覚的な描写とはいえないし、わたしたちにエッチなイマジネーションを喚起させるような煽情的な描写ともいいがたい。身体の露わな描出は最小限度に抑えられていて、写真や映像といったメディアに置き換えづらい観念的な言語表現だといえる。これを読んで性欲が掻き立てられてペニスが屹立するだろうか、また肉体の深淵から愛液が滲み出てくるだろうか。官能的な描写というものは、性衝動に衝き動かされた男女が互いに本能的かつ肉体的に求め合い、男の性器が女の性器に挿入されて射精するまでの行為を微に入り細を穿って工夫を凝らして描き出しているものを指すのであり、またそのような描出がわたしたちを性的に煽動するのだろう。たとえば、つぎのような描写はどうだろうか。

両膝を床についたまま、咥えたまま上を向いて視線を送る。すると、昂ぶった顔で哀願するように見つめ返してる。……待ってるんだわ……そう、きっと我慢できないのよ……口元に思わずうっすらと笑みが浮かんでしまう。口に咥えこんだ逞しいものは刻一刻と硬くなって膨れ上がって、熱い脈動を小刻みに打ち始める。焦燥感を見抜かれたようだった。

彼女はゆっくりと立ち上がると両手を背中に回して、顔を上げて口づけをせがんできた。唇を重ねながらブラウスをスカートからたくし上げて裾から両手を入れる。邪魔なブラジャーを強引に押し上げて、ふたつの乳房をじかに鷲づかみして揉みしだく。豊かな乳房はじっとりと汗ばみ、乳首はわかるほどに突起している。腰が激しく前後左右に揺れてきた。「ああ、気持ちいい…我慢できない。焦らさないで下も触ってください…」

片方の胸の膨らみに吸いつきながら、右手を下ろしていく。ストッキングの感触を楽しみながら太腿の上側や付け根部分を擦り、それから内側を撫で上げる。内腿が攻められてたかと思うと後ろからストッキングをくぐり抜けて手が入ってきた。円を描くようにお尻を愛撫してから谷間に沿って中指が入り込んだところはすでに濡れていて、狭間に沿ってなぞると熱いと感じられる膣肉がまとわりついてくる。亀裂から肛門にかけての筋を人差し指と中指が何度も往復していると、手が勃起しているペニスに再び伸びてきた。互いに手淫し合う格好になった。

大きくって、ぁあ、それに固い……もう、ダメです……。

ペンやメモ帳、電気スタンドまでもが床の上に散らばる。それらを一つ一つどかしている余裕もなく、闇雲に腕でガーッとデスクの上にあったものを払い落としたのだった。

膝のあたりまで下がっている網目の細かいストッキングと赤紫色のパンティのせいでバランスがとりにくいのか、両手をデスクについてお尻を突き出して立っている。滑らかな生地の黒のタイトスカートは艶めかしい衣擢れの音とともに腰までたくし上げられている。もう、ダメ……欲しくなっちゃった……。惚けたように、甘さの濃い吐息とともに息衝く。

窓から射し込んでくる街灯の薄明かりのなかですらもうっすらと桃色に染まって見える臀部の谷間に熱り立って硬直しているペニスを這わせ、そして腰をゆっくりと押し込んでいく。掌をお尻にあてがって揉みながら、ほどよいその弾力を楽しみながら――潤みに濡れてめくれた肉襞が先端に絡みついて、そして奥へと導く。

三三歳の肉感的で柔らかだけど張りのある双つの臀肉が一瞬凝固したと思ったら次の瞬間にはビクビクっと弾み、下肢はガクガクっと痙攣し、艶めく背中がぐっと反り返って汗ばんで大きく波打つ。オクまで届いてる……カラダが貫かれちゃうみたい……ああっ、グルグルする、目がまわる……落ちるっ……溶けちゃう……。静まった棟内にこれ以上喘ぎ声が響き渡ることを心配してか手の甲を強く口に押し当てているようで、パンッ、パンッという乾いた音とともにウッ、ウッという荒い息遣いだけが漏れ聞こえてくる。

両膝がさらに深く折れて腰が落ちそうになる。ああっ、ダメっ、もう立ってられない、あっ、ゆ、許して……イクっ……イッちゃう！　狂おしく身悶えて、ひときわ激しく背中を反らして硬直すると、そのまま全身をガクガクと震わせて、やがてぐったりと上半身ごとデスクに倒れかかって動かない。紅潮した横顔は眉間に浅い皺を見せているものの、唇を軽く開いて満足気な表情を滲ませている。フワフワしてる……カラダが宙を舞ってるみたい……。ねっとりとして絡みつくような湿った吐息交じりの低い囁き声を耳にしながら、華奢な肩に唇を這わせて汗に光る背中に倒れ込んで弾力と張りのある乳房を愛撫しているうちに、また性的興奮が形になってくるのがわかる。

猥褻だと判断されて『チャタレー』から削除された性描写との比較を明確にするために、敢えてポルノ小説風の淫靡な表現や言語感覚に依拠して読者の淫心を刺激するような創作を試みた。レイプや暴力、痴漢といったジェンダー的な意識に抵触するようなセッティングや性表現を極力排除したが、それでも嫌悪感を抱く読者がいないとは限らない。だが、嫌悪感を抱かせることこそが狙いなのである。一方で『チャタレー』の性描写には抵抗感を覚えないものの、他方で創作の官能描写に眉をひそめた読者がいたとしたら、是非ともその理由を自ら追究してほしい。おそらく、それはそれぞれの描写が醸し出す質感が違うと感じるからではないだろうか――センシティヴな体験とフィジカルな体験という違和に帰着するといえないだろうか。『チャタレー』はその独特の表現や文体によってコニーの内面、感覚的な体験を描出することを主たる目的としているが、創作は明らかに違う。カメラはいわゆる「神の視点」と呼ばれる位置にまあ固定していて、ひと組の男女が寝室ではない部屋で着衣のままセックスしているその行為をありのままに映し出すような描き方をすることで臨場的な肉感を伝えようとしている。セックスするという行為そのものを描写の主軸に置き、意図的に性的欲求を発動させ、思惑通りに淫心を燃え上がらせたうえで男性だったら勃起する、女性ならば濡れるなどの身体的な反応を引き起こすことを唯一の目的としているのだ。

だからといって、同様の任務を負っている一般のポルノ小説を白眼視してはならない。ポルノ小説にはさまざまに細分化した性的嗜好にマッチするように多種多様なジャンルの作品があり、ターミナル駅の売店などでは絶えず文庫本が売られているし、大きな書店では特別にコーナーが設けられていて新刊本などは平積みされているほどで、この分野が廃れていくとはとうてい思えない。北原武夫、川上宗薫、宇能鴻一郎らにはじまって、豊田行二、神崎京介、草凪優、霧原一輝などの作家もいるが、ポルノ小説はなにも男性の専売特許ではなく、一条きらら、藍川京、菅野温子、鷹澤フブキ、柊まゆみといった女流作家の作品も人気がある。こういった作家たちによるポルノ小説は仕事帰りの疲れ切った頭を癒したり、肩の凝りをほぐしたりするような軽い読みもので、性の深淵を覗かせるたぐいのものではないと考えられがちだが、わたしたち人間の生活動のひとつである性、そしてセクシュアリティを真正面から扱っているこの分野は明らかに文化の一要素であり、その時々の社会構造の変化を的確に捉えながら今に至っているので、この分野に携わっていくことで社会学的または文化人類学的に、あるいは歴史学的に戦後の日本における文化史の一面を詳らかにすることができる。

『チャタレー』の表現と創作の描写のあいだに存在するこのような厳然たる違和――感覚的な質感と肉感的な質感――を、猥褻の規制が比較的緩んでいる二一世紀に生きるわたしたちが感知し損なうはずはない。本章の狙いは、現代の読者にイギリス文学における「検閲史」または「発禁史」

を披露すること、つまり「当時はこのような表現でも狩られたのです」というように一世紀近くも昔を生きていた人びとの性意識を紹介することではない。そうではなく、二一世紀を生きているわたしたちにとって猥褻な表現（ひいては猥褻自体そのもの）とはどのようなものであるかを認知し、それについて考察し、そのうえでわたしたちは『チャタレー』をどのように受容して解釈するべきなのかに役に立つであろうヒントを提供することこそが目的なのである。つまり、「どうしてこの作品は出版当時に猥褻というレッテルを貼られたのだろう」ではなく、「この小説から今を生きているわたしたちはなにを学ぶべきなのだろう」ということを考えてもらいたいのである。『チャタレー』の性描写の独自性を相対的に際立たせることが本来の目的ではないので、この小説と同時代のイギリスで書かれたポルノ小説を引き合いに出して比較対照することはしていない。くり返して言うが、一九二〇年代のヨーロッパやアメリカで「猥褻書」として話題となった『チャタレー』が、二一世紀を生きているわたしたちにとってどのような読みの可能性を拡げてくれるのかを考える機会となることに本章の意義がある。

一九四五年の終戦を経てそれまでの言語統制は一応の解除をみたが、それでも二一世紀においてそうであるほどに自由な性表現が可能になったわけではなかった。戦後に性表現の解放が見事に実現されたわけではないことを示す一例としての「チャタレー裁判」にはすでに触れた。既述した削除部分が猥褻と判断されたわけだが、どのような読み方をすればそのような描写が猥褻にあたるのか理解できない二一世紀の読者がほとんどではないだろうか。二一世紀という文脈で読む『チャタレー』の描写はしたがって、「いたずらに性欲を興奮または刺激させて一般人の正常な性的羞恥心を害して、善良な性的道徳観念に反する」という執筆当時の猥褻に対する定義には当て嵌まらないとわたしたちは認識する。猥褻に対する意識や考え方は時代的に流動的なのだ。ましてや現代においてわたしたちはこんな言語表現とは比べものにならないほどの多種多様で煽情的な映像を含む過激に刺激的な情報を自由に入手することが可能で、それによって手軽に性衝動に身を委ねることができる。となれば、今となっては性的興奮を求めて『チャタレー』を読むなどということはあり得ないし、猥褻に対する概念が時代の流れと共に推移することを考えれば、今まで幾度となくくり返されてきた「『チャタレー』は猥褻か否か?」という議論をここで蒸し返すことはもはやナンセンスなのだ。そのような議論を掘り返すのではなく、わたしたちなりに『チャタレー』を「利用する」方法を探る方がよほど前向きだといえる。

わたしたちが生きながら性について考え表現すること、セックスを言語化すること、『チャタレー』のような言語芸術を映像化したり鑑賞したりすること——日本文学や英米文学という文脈のなかだけではなく日本文化や英米文化というコンテクストのなかで性にまつわるいろいろな事柄を、さまざまな国、それぞれの時代において文学的のみならず文化的に紐解きながら社会構造の変化に伴うジェンダー論なども交えながら研究対象とすること——このような言説や行為はこれからも決して絶えることはないだろう。綿々と引き継がれていくこのような文化的行為は変わらない一方で、それを実践したり、享受したりするわたしたちは変わっていく。つまり、受け容れる文脈は絶えず変わっていくのだ。だからこそ、刹那的ではあるが、今を生きているわたしたちはわたしたちなりの文化的立脚地に基づく視点をもって文化的産物である『チャタレー』を読んで、「自分の文化史に合致する『チャタレー』論」を語らなければならないのである。

それでは、なにが語れるかを考えてみたい。創作ポルノの描写が既述したように煽情的かつ視覚的で、読者を性的に興奮させる描写のたぐいだとすれば、『チャタレー』のセックスシーンはいったいなんだというのだろう？　なにを描出しているというのか？　わたしたちはそんな描写からなにを読みとればいいのだろう？

◉チャタレー夫人をここで精密検査する

『チャタレー』のセックスシーンでは、「感情をもつ」という現象を言葉を使ってどのように描くことができるのかに主眼が置かれているのであって、肉欲を晒して読者の性のはけ口となるようなエンタテイメント的な官能表現そのものがその目的となっているわけではない。「感情をもつ」を具体的に言い換えるならば、『チャタレー』の場合には性的な感情のなかで我を忘れているさまを描出している、ということになる。

セックスシーンをよく読んでみると、「眠っているように、ゆめでも見ているように」という表現や、「もう抵抗する意志がなくなった」とか「くじけつつあった。あきらめつつあった」などという言い回しが使われている。ここが重要なところで、これは、これからセックスしようとしているときに（すでに性的に興奮しつつある）コニーが忘我の境地に陥っていることを示唆している。三回目のシーンの言葉遣いを精査してみると、コニーの心的状況が（おそらく興奮しているために）非日常的なものに徐々に変わっていくそのプロセスがよくわかる。「メラーズ」という主語が「男の肉体」に変わり、やがては「なんだかわからないおもみ」になっている。コニーの視点から語られる文章の主語をこのように具体的なものから抽象的な言葉へ言い換えていくことで、彼女がどのようにメラーズを捉えているのか、その認識の程度が頭で理解して認知する知的なものから、体感することしかできない感覚的なものへと変わっていっていることを描出しようとしているのだ。はじめは目の前にいる男を「メラーズ」だと頭脳（知性または理性）で理解できているのが、最後には人ではなく「おもみ」としてしか感じなくなっているのだが、これだけコニーの通常の知的能力が麻痺してきているのだと考えられる。コニーはセックスの最中に気を失っていたり、眠ったりしているわけではないのだが（これではメラーズがコニーをレイプしていることになってしまう）、限りなくそれに近い意識レベルにまで陥っているといえる。性衝動が覚醒して昂揚するなかで、気を失っているわけではないが、かといって意識がしっかりと機能しているわけでもない、考えるための正常な知的機能は一時的に失われているが、知覚神経は機能しているので感じることはできるというような、いわば半睡半覚の精神状態にコニーはいるのだ。

コニーのこのような心的状況を読者になんとか理解してもらうために、翻訳する際にひらがなを多用し、ときにはカタカナも用いた。彼女の意識内に起こっているこの特殊な現象とそれに伴って理性が脆弱になり狂ってきているさまをデモンストレーションするために、敢えてこのような訳し方をしたのである。理性の抑えが利かなくなるがゆえの純粋に感情的な経験を描写するうまいやり方はないかと苦慮しているうちに、客観的で写実的な描写ではだめなので、彼女自身のなかに生起していることをあるがままに読者が共有できるような言葉遣いを考えたというわけだ。半睡半覚という曖昧な精神状態を文章語で表わすためには、知性や理性が働いていることを裏づけてしまうので漢字を多用しない方がいいだろうと思ったし、また適切な読点の使用を避けることでコニーの論理的かつ意識的な思考力が働いていないことを暗示することが可能になるのではないかと思い至ったのである。コニーに視点が置かれて、彼女自身がなにをどのように受容しているのかが彼女の立場から描かれていることから、ここにおいて作家が（読者にとって）効果的かつ印象的に描こうとしているものはコニーの内面なのだと断定できる。そしてこの結果、読者はコニーに感情移入することになる。(7)

このように、自分の身に起こっていることなのに理性的に分別理解できないこと、感情に身を委ねてしまうことが確かにわたしたちにはあるということを改めて気づかせてくれるのが『チャタレー』であり、なかでも第三回目のセックスシーンのなかのとくに網かけした部分（一五三―一五四頁参照）である。原文ではこの一文は従属句が連なる、文法的正当性を欠いた九四語（！）からできていて、「彼女」や「コニー」という主語ではなく無生物を主語に多用することで、オルガスムスがまるでコニーの意志とはまったく関係なく、自発的に湧き起こっているといった印象を読者に与えることに成功している。しかし同時に「あたらしい今まで知ることのなかった」という形容詞が示唆するように、自ら体感している体験がまったく新しいものであり、未知のものであるということがわかる程度にコニーの理解力は機能していることもちゃんと示されているのである。この文体は、自意識そして理性の抑圧からコニー自身が解放されて、感情の波にさらわれてしまっているという感情的体験の実相を言語化している究極的なデモンストレーションだといえる。そもそもわたしたちが衝動に駆られたり感情に流されたりするおりには、喜怒哀楽も含めて、そんな心的現象をもし文章で表現するとすれば正しい文法に則って言語化することなんてできやしないことに気がつくと、この文体は無意識的（または忘我的）で波状的な感情的体験を言語化することに適したものであるということに首肯できる。コニーがオルガスムスをどのように感じているかというよりもむしろ、彼女のオルガスムスはいったいどのように体感されているのかが描出されているのだ。性的快楽に愉悦しているコニーのさまを客観描写するのではなく、彼女自身のプライベートな体験を読者に直感的に疑似体験させようという意図が、この場面での視点の選択と特異な文体に隠れている。

肉体的な刺激や精神的な衝撃を受けたときに、わたしたちの身体はわたしたちの意志とは無関係に反応することを、わたしたちは経験則として知っている（たとえば性的に興奮すると否応なしに、男性ならばペニスが勃起して尿道からカウパー腺液が滲み出てくるし、女性ならば愛液なるものが分泌されて「濡れて」きてクリトリスが膨らんでくるなど）。『チャタレー』のほかの箇所で使われている「身体が慄える」や「膝がガクガクする」というのがその一例だし、これ以外にもロレンスは瞳孔の動きを人間の自発的な身体的反応として好んで使用している。デカルトの「我思う、故に我在り」をロレンス流に言い換えるならば、「我感じる、故に我在り」なのだ。意志や理性などといったものがその支配力を失うことによって抑圧されていた本能が優勢になる——意識や思考こそが存在の基盤であるように考えられている人間にとって、実は理性以前に本能がリアルなものとして根源的に在るのではないかと考えさせられる。体感したことは疑いようもないのである。いわゆる忘我の境地に近い心的状況にいるコニーが襲われた感情的体験は頭で理解する類いのものではなく、身体の反応をとおしてはじめて経験知となるのである。

「感情をもつ」あるいは「感じる」というありさまを言語化するために、セックスして感じていることを自ら意識しているコニーではなくて、喜悦によって一時的かつ部分的に自己意識が剝奪された（あるいは不活動状態にある）心的状況で感じているコニーそのものを描く必要があった。彼女のそんな自己意識の機能していない（アンセルフコンシャス）心的状況（便宜上「無意識」あるいは「忘我状態」と呼んでもいいかもしれない）での体験の実相を描きだすためには、新しい言葉遣いや文体が必要だった。描かれるべき実相と描かれた小説世界とのあいだに生じるこのような違和を埋めるために、ジェイムズ・ジョイス（一八八二―一九四一）なども独自の言語や文体を開発・進化させたといえる。

「ロス版」と「公認英国版」から怪しからんとされて削除された既述の箇所が描き出しているのは、内在化された個人的な、あくまでも他人には知り得ようもないプライベートな経験である。この経験は性的な感情に衝き動かされたときの短い時間に発生しているのであり、この小説は、そんな思考活動の真空状態におけるコニー（やメラーズ）の心理的状況を直截に反映するユニークな文体が理解されなかったために猥褻のレッテルを貼られたのだ。性衝動に駆られたさいに起こる自然発生的な身体的反応を描出することで、自己意識や知的理解によって意味づけをしたり把握したりすることができない純粋に感情的な体験というものを人間は経験し得るのだということを、論文などではなく小説というジャンルのなかで知らしめているところに『チャタレー』の文体のオリジナリティがある。読者が感覚的に登場人物と同化することができて、小説に描かれていることをあたかも自分のことであるがの如くに受け止めて、そこから「性にまつわる感情」を感覚的に感じ取ることができるように意図された描写なのである。小説世界のなかの仮想現実を直感すること、言い換えれば「ああ、たしかにこのときにはこんな感じがするな」と読者が登場人物に寄り添うことができること――仮想現実を読者の現実とリンクさせることによって、コニー（やメラーズ）といった登場人物の体験を一人ひとりの読者が現実的かつ感覚的に再構築していくことを助ける効果をもつ描出方法だといえる。

第三者にも見える登場人物の行動を描くことによって、彼あるいは彼女がどのような気持ちでいるか、またはどのような心的状況のなかにいるのかを読者に伝えるというやり方は小説においては珍しいものではないし、登場人物の行動を目の当たりにする読者は、当事者の気持ちを推し量る責任を負わされる。たとえば『チャタレー』には、コニーがメラーズの前でしゃがみこんで泣き出すとメラーズが泣いてはいけないと言いながら彼女の膝に自分の手を置く、というシーンがある。使用人が主人の、しかも女性の身体に触れるのだ。これはタブーだ。こんなことをされたらコニーはふつうだったら置かれた手を振り払いメラーズへの怒りを露わにするはずだし、雇用者としての権力を行使するだろう。しかしこのシーンでのコニーはメラーズの手を振り払うのではなく、顔を両手で覆うのである。コニーのこのような行動に直面する読者は、支配階級に属している社会的存在としての枠から外れた、個的存在としてのひとりのか弱い女性像を彼女のなかに見るだろうし、同時にそのような彼女のその瞬間の意識状態を知ることができる。ふつうに考えてとるべき行動をとらないコニーは、ふつうの精神状態にはないと客観的に判断できる。使用人に触れられているということに応じて適切な行動を選択して対応することができていないコニーの意識レベルはゼロに近いといえるだろう。まるでノンレム睡眠中の、脳の活動が全体的に低下していて感覚系から得た情報を適切に判断して常識的な行動をとることができていないという、まるで無意識の状態にあるようだ。この場に応じた適切な行動を選択するための意識が機能しているならば、コニーのこの場違いな両手の使い方はあり得ないだろう。このシーンのコニーの行動から判断できることは、われわれ人間が行動する際に意識は必ずしも必要ではない、ということだ。

『チャタレー』から不用意に削除されたセックスシーンで主として描出されているものは、登場人物の行動ではなく主観的な感情だといえる。言葉にして発するということも含めた行動となって顕在化しない感情の芽生えであり動きであるがゆえに、ロレンスはこの感情の動きというやつをどう描けばいいのか悩んだに違いない。というのも小説のそもそもの目的は、常識的かつ道徳的な登場人物の意識的（意図的）な言動をとおして読者を啓蒙することにあったのだから。そしてまた、意識的でもなく意図的でもない、そんなわれわれ人間の内に潜在する無意識と呼ぶことができるかもしれない原始的な意識（または自由意志）の実相をありのままに小説のなかに描きだそうとしたのは、ロレンスという作家より以前にはいなかったのだから。

お読みいただいたように、感情的な経験を言語化している原文本来の言語感覚を損なわないようにと、セックスシーンを翻訳する際には主語を意図的に省いたり、語尾を工夫したり、指示代名詞の訳し方に気を配った。英語では主語を省くことは簡単にはできないが、日本語の場合は主語を省くことであたかも自分自身がそうしているような感覚を読者は味わうことができる、つまり読者が登場人物に接近・同化または感情移入しやすくなる。波のように起伏しながらクライマックスへと突き進んでいく、「感情に流される」というピュアな感情的体験がどのように感じられるのかを言語化しようとしているこのような文体の特性に気づき、読者として同じ経験を仮想現実的に体験できるかどうかでこの小説に対する意見は分かれる。「レディ・チャタレー・プロジェクト」ともいえる「感情をもつこと自体（しつこいようだが『感情的になっていることを自覚しているようす』ではない）を言語化すること」を目的として、『チャタレー』はユニークで芸術的な文体を使って、感情的な体験に身を委ねるためには理性や自意識といったものの抑圧から解放されなければならないということを読者に訴えているのである。理性や知性によってわたしたち人間は制御されて社会的存在であることを演技させられているが、これは人間が在るべき本来の姿ではないと説いているのだろう。(8)

『チャタレー』は人間の欺瞞あるいは虚偽を剝ぐことで、一つの真実を読者のまえで露骨に表白してみせている。感情的に昂ぶって我を忘れてしまう——そんなことがあなた自身にもあるでしょう？　わたしたち人間の意識の奥底にふだんは気づかれずにそっと息を潜めている感情に思いをめぐらせてその存在を知らしめている、人間を人間たらしめるそんな感情の存在をわたしたちに突きつけている——ロレンスによってアンセルフコンシャス（the unselfconscious）の実相が描出された瞬間に、わたしたちの前にその主体、すなわち「理性から、自意識から解放されたときの己」が誕生したとさえいえる。猥褻ではなく感情的な体験の描出に立ち向かう姿勢を貫いたロレンスは、新たなる表現の地平に達したのである。

◉註

（1）括弧内の数字は『ケンブリッジ版ロレンス全集』に含まれている書簡集の巻と頁数を表わす。この場合は、第六巻の二三頁。以下同様。

（2）ロレンスは九月末までに五六〇部の売り上げで六三〇ポンドを、そして一二月までには一〇〇〇ポンドを超える儲けを手に入れた。

（3）この小説の爆発的な人気にあやかろうと、一九三一年には『チャタレー夫人の夫たち』（*Lady Chatterley's Husbands*）、一九三五年には『チャタレー夫人の二番目の夫』（*Lady Chatterley's Second Husband*）などの「続編」も出版された。なお、海賊版のなかには五〇〇〇フラン（約二〇〇ドル）という信じられない高値で売られていたものもある。

（4）サミュエル・ロスはニューヨークに住む詩人、評論家、起業人という肩書をもつ人物で、フランスで出版されたジェイムズ・ジョイスの『ユリシーズ』（*Ulysses*）の多くの章を出版者に無断で自分の雑誌に転載したことで訴えられたこともある。猥褻物を売ったことで一九二八年に逮捕され（たが仮釈放となった）、一九三〇年には刑務所に入れられたという過去をもつ。

（5）セッカー社の「公認英国版」は「正式に認可された」と銘打っているにもかかわらず、一九二八年に出版された「オリジナル版」ではなく海賊版の「ロス版」を元にしている。ノッティンガム大学図書館が、「ロス版」に茶色の布製の表紙をつけてセッカー社用に製本したものを所蔵している（この二冊の頁組はまったく同じ）。そこにはセッカー自身と当時のエージェントだったローレンス・ポリンジャー（Laurence Pollinger）が鉛筆や赤色のクレヨンなどで修正や削除を施した直筆の痕跡がはっきりと残っている。そしてこの「公認英国版」を元にして、四つの異なる出版社から合わせて六〇刷を超える数の『チャタレー』が増産された。

（6）*A Descriptive Bibliography of Lady Chatterley's Lover* 参照。

（7）作者のロレンスにもこのような意図があったであろうことが判る。第一回目のセックスシーン（一五〇頁参照）のなかの網かけした「その手」という単語だが、この単語は手書き原稿では「彼」という単語になっている。「彼」から「その手」という単語に書き換えられたわけだが、これはメラーズを「彼」という人間とは認識できずに、「手」というモノとしてしか受容できていないコニーの認識能力の低下または麻痺を示唆するものである。

（8）詳しくは拙著 *The Rhetoric of the Unselfconscious in D. H. Lawrence: Verbalising the Non-Verbal in the Lady Chatterley Novels*. Maryland: UP of America, 2011 をお読みいただきたい。

第六章　ありのままを書くジョイス

小田井　勝彦

一九世紀後半より社会の風紀を取り締まろうとする社会浄化運動が始まり、文学作品は検閲され、発禁処分が下された。ジェイムズ・ジョイス（一八八二—一九四一）が創作を開始した二〇世紀初頭は、社会浄化運動が最高潮に高まった時期である。多くの作家は、発禁処分を受けないように自己検閲していたのに対し、ジョイスはあえて露骨な性描写を注ぎ込むことによって、社会浄化運動の間違った価値観と正面から闘う作家であった。

ジョイスと社会浄化運動の関わりについてはこれまであまり研究がなされていなかったが、今世紀に入り、キャサリン・マリンの『ジェイムズ・ジョイス、性、社会浄化運動』（二〇〇三）、シリア・マーシックの『イギリスモダニズムと検閲』（二〇〇六）などが出版された。本章では、それらの先行研究を活かしながら、『ユリシーズ』についての検閲、発禁、裁判の経過を再検証していきたい。まずは、『ユリシーズ』裁判に至るまでの社会背景、ジョイスの初期の作品『ダブリン市民』

（一九一四）『若い芸術家の肖像』（一九一七）（以下、『肖像』）の出版事情を辿り、その後『ユリシーズ』の創作過程、裁判について考察する。

◉社会浄化運動とモラルパニック

社会浄化運動は、二〇世紀前半に国際的な拡がりをみせたが、そもそもの始まりは一九世紀の中頃である。ロナルド・ハイアムは、サー・チャールズ・ネイピア（一七八二―一八五三）という将軍がその最初であったとしている。一八四五年に彼は、「カラチ〔パキスタン南部の都市〕の男娼館が自分の指揮する部隊に及ぼす『腐敗的な』影響について、不安感を持つ」（『セクシュアリティの帝国』本田毅彦訳、二〇〇六）ようになり、現地の売春宿を閉鎖させようと試みたのである。

このように自らの国の軍隊が、性病を患ったり、精神的な腐敗を被るのを防止しようというのが起源であり、それが国内の若者を腐敗から守ろうという運動へと発展した。健全で健康な国民を育成しようとする、ある種の帝国主義的な運動であったのである。その活動内容は、性病の蔓延を防ぐこと、女子の性交に関する承諾年齢を一八歳まで引き上げること、男子の自慰や性行動の抑止、売春の客引き行為の禁止などを目的としたもので、それらと共に猥褻出版物への規制も行なわれた（『セクシュアリティの帝国』本田毅彦訳、九八―一〇五、二〇〇六）。

一八五七年に猥褻出版物禁止法が成立した。その法律は、本書第一章で考察した様に猥褻性の定義づけが曖昧なままであったが、一八六八年に行われた「国王対ヒックリン」（Regina v. Hicklin）と呼ばれる猥褻裁判によって、大きく方向付けられることになる。この裁判の判決が「ヒックリン基準」と呼ばれ、英米の猥褻裁判で使用されたのである。三島聡は『性表現の刑事規制』（二〇〇八）の中で、「ヒックリン基準」の要点として、平均的な人ではなく反道徳的な影響を受けやすい読者を基準とすること、著者の意図・目的は猥褻性の判断と無関係であること、全体的に評価せずに作品の一部をもって判断すればよいことの三つを挙げ、「性的な内容の記述が少しでもあれば、著者の意図にまったく関係なく、ただちに文書全体がわいせつ」（『性表現の刑事規制』五〇）であると判断されることになったと述べている。

一八八五年七月、ウィリアム・T・ステッド（一八四九―一九一二）が新聞『ペル・メル・ガゼット』紙（一八六五―一九二三）に「現代バビロンの処女の貢物」という記事を五日間連載し、出版を取り巻く状況がさらに悪化した。その内容は、少女がクロロホルムなどの薬物を使用されて誘拐され、暴行や監禁を受けて売春をさせられるという売春産業に関する暴露記事であり、「モラルパニック」と呼ばれる社会現象を引き起こすこととなった。ステッドは政府に働きかけ、「一八八五年改正刑法」を法制化させ、さらに自らは「国民自警協会[1]」という団体を組織した。この国民自警協会がイギリスでの社会浄化運動の最大組織として、モダニズムの作家活動を大きく阻むことになる（『イギリスモダニズムと検閲』一―二）。

一八八八年、国民自警協会は文学作品への攻撃を開始する。社会浄化運動は、退廃した外国の小説が「芸術」や「古典」の名の下に国を汚染しているという主張を掲げた。さきほども述べた様に、帝国主義的な発想を持っている。そこで、最初の攻撃対象となったのは、ドストエフスキー（一八二一―一九〇二）やゴーリキー（一八六八―一九三六）などの翻訳を主に出版しているヘンリー・ヴィジテリという人物で、エミール・ゾラ（一八四〇―一九〇二）の『大地』（一八八七）と『ナナ』（一八八〇）を出版した廉で、逮捕され、裁かれる。二五〇ポンドの罰金と訴訟費用を支払い、また翌一八八九年にはゾラの他の作品や『ボヴァリー夫人』（一八五七）を出版したことで再び訴えられ、三か月服役し、出所後すぐに亡くなるという痛ましい最期を迎えることになった。この裁判が、その後の出版事情に大きく影響し、作家だけでなく、出版者、印刷業者までもが、社会浄化運動を意識して自己検閲するという状況を作り出した。このような状況下で、伝統的な価値観に抵抗しようとするモダニズムの作家たちは、困難な出版事情と闘うことになったのである（『ジェイムズ・ジョイス、性、社会浄化運動』六―八）。

●出版の難航――『ダブリン市民』と『若い芸術家の肖像』

一八八二年に生まれたジョイスは、まさにモラルパニックの全盛期に創作活動をし、検閲との闘いに明け暮れることになる。

短編小説集『ダブリン市民』は、ジョイスがまだダブリンにいた一九〇四年から創作が開始され、いくつかの短編が雑誌に掲載された後、一九〇六年三月にロンドンのグラント・リチャーズ（一八七二―一九四八）と出版の契約が結ばれた。しかしながら、あとから送った短編「二人の伊達男」について、印刷屋が印刷することを拒否、また他の「対応」や「恩寵」の中にbloodyなどの不適切な表現があるとして、それらを削除するように要求してくる。これは、さきほど述べたように、猥褻文書を出版した時に印刷業者までもが刑事訴追を受けるという事情によるものである。ジョイスは、部分的には削除要求に譲歩の姿勢を示したりして決着を図ろうと試みるものの、結局リチャーズとの交渉は決裂することになった。

『ジェイムズ・ジョイス書簡集』に収録されたこの時の度重なるリチャーズ宛の手紙を読むと、ジョイスの創作の意図を窺い知る事ができる。

もしそれらを削除したら、私の国の道徳史の章はどうなるのでしょうか。私はそれらを残すために闘います。なぜなら、私が創作するまさにその方法で道徳史の私の章を創作する時、私の国の精神的解放への最初の一歩を踏み出すことができるのです。（一九〇六年五月二〇日付）

アイルランド人が私の良く磨かれた姿見鏡で彼ら自身をしっかり見ることを、あなたによって妨げられることによって、アイルランドの文明化の進行を遅れさせることになると、私は真面目に信じています。（一九〇六年六月二三日付）

これら二つの引用は、『ダブリン市民』を論じる際によく使われている一節である。『ダブリン市民』の創作は、アイルランドの精神史を描くことによってその国の精神的解放を行うことが目的であり、そのためにこの作品でありのままのダブリン市民の生態を描いたのである。『ダブリン市民』において、ジョイスはダブリンでの人々の生態をそのまま映し出すことによって、すでに国内に腐敗が存在することを示し、外国が腐敗の源であるとする社会浄化運動やナショナリストたちの間違った道徳観にメスを入れようとしたのである。

そのためには手段を選ばずというわけで、五月二〇日付の手紙の上記で引用した部分の少し前には、次のような過激な一節がある。


さらに金銭的な成功という観点からすると、報道機関による本に対する攻撃は、たとえ激しく組織化された攻撃であっても、信仰や道徳に害のないすべての本の出版に対して批評家が与える退屈な出版許可の合唱よりも、大衆に興味を持たせる効果を持つという、よい目的がありそうである。(一九〇六年五月二〇日付)

ここでは、検閲により攻撃されるものの方が、大衆が興味を持つだろうと、攻撃をかわすのではなく、むしろ受けて立とうという姿勢が窺える。ここが、他の作家とジョイスの明らかに違う点であり、他の作家は検閲を受けないように自己規制したのに対し、ジョイスは検閲を受ければ受けるほど、作家に対する迫害だと被害者意識を持ち、さらに刺激的なものを書こうという傾向がある。また、刺激的で攻撃される作品であった方が話題になり、利益が得られるであろうという目論見も窺えるのである。しかしながらこの一節は、『イギリスモダニズムと検閲』や『ジェイムズ・ジョイス、性、社会浄化運動』で指摘されているように、ジョイスが当時の出版事情をあまり理解していなかったことを露呈させるものであると言えよう。

引用の一週間前の五月一三日付の手紙では、「出版社のリチャーズが受ける被害はなく、自分がアイルランドのゾラと呼ばれるだけだ」、また六月一六日付の手紙では、「印刷業者に発言することを許す国は、ヨーロッパでは他にどこにもない」とも書いている。しかしながら、出版社や印刷業者は利益を得るどころか、罰金を命じられたり、投獄されたりすることになるのである。この認識のズレが出版社との交渉を決裂させることになった。

その後、複数の出版社と交渉するがいずれも断られ、一九〇九年、ダブリンのモーンセル社のジョージ・ロバーツ（一八七三―一九五三）と出版の契約を結ぶが、またしても最終的には決裂する。ロバーツは、刷り本を三〇ポンドで買い取り、自分で出版するよう勧め、ジョイスもそれを受け入れる。しかし、ジョン・ファルコナーという印刷業者は悲愛国的な作品の印刷代は受け取りたくないとして拒否し、ジョイスに渡さずに刷り本を処分してしまうのである。

このときは裁断機にかけられて処分されたのだが、ジョイスは燃やされたのだと主張し、魔女裁判のように異端扱いされた被害者のイメージを作り、「バーナーのガス」（一九一二）というロバーツとファルコナーを諷刺する詩を作るのである。そして、ジョイスは、被害者としての自己像を作り出すことによって、支援者を得ることに成功した。『ダブリン市民』出版の窮状を伝え、援助を要請していたW・B・イエイツ（一八六五―一九三九）の紹介で、エズラ・パウンド（一八八五―一九七二）と知り合うことになる。一九一三年一二月一五日、パウンドからジョイスへの初めての手紙が書かれ、その翌年一月一五日には、『エゴイスト』誌に『ダブリン市民』出版の窮状について述べた「奇妙な歴史」と題するパウンド宛の書簡が、パウンドによる序文とともに掲載され、そして二月二日から『肖像』の連載が開始された。『ダブリン市民』は、この『肖像』の連載が追い風となり、グラント・リチャーズのもとで一九一四年に出版されることになった。

このような一〇年にわたる紆余曲折を経ても、最終的に出版できたことで、ジョイスは、検閲は好機を待っていればしのぐことができるという認識に至ったと、マーシックは分析している。それゆえジョイスは、自己検閲をすることなく、あからさまな性描写を作品に注ぎ込むことになる（『イギリスモダニズムと検閲』一四二）。

『肖像』の連載についても問題がなかったわけではない。次の引用は、一九一五年六月二四日の『エゴイスト』誌編集者ハリエット・ショー・ウィーヴァー（一八七六—一九六一）宛のジョイスの手紙である。


あなたが印刷業者を変えたと聞いてうれしい。（パトリッジとクーパーが印刷した）一月号は、校正係によって（そもそも校正されたなら）とても注意深く校正された。いくつかの段落から、文がまるごと省かれている。私の原稿はトリエステにあるが、私はテキストを覚えていて、代理人にこの文章の正しいものを送っている。バランタインとハンソン（二月号から七月号）はもちろん注意深く行ってくれた。私がまだ見ていない号は彼ら以外の印刷業者が印刷したのではないことを望んでいる。（一九一五年六月二四日付）

ジョイス自身は、印刷業者の不注意で省かれたと考えているようだが、この書簡集の編者リチャード・エルマンの注釈によると、事実はそうではない。印刷業者の役員たちが、問題のある箇所を印刷しないことに決定したのだ。ウィーヴァーが業者を変えたのもそれが理由である。今現在から考えるとありえないことであるが、印刷業者が勝手に作品を削除し、製版したのである。こうして、作者や編集者の意図とは関係なく、削除版が完成したのである（『ジェイムズ・ジョイス伝』四〇〇）。

問題は、連載が終わって本として出版しようという時により深刻になった。ロンドンの出版社はどこも引き受けようとせず、それまで雑誌しか出版していなかったエゴイスト・プレス社が出版を引き受けた。しかし、ロレンスの『虹』が起訴されたばかりの時期であり、今度は印刷業者を見つけることができず、結局、アメリカから印刷したものを輸入して販売することになったのである（『ジェイムズ・ジョイス、性、社会浄化運動』一六）。

この『肖像』は、『ダブリン市民』の出版交渉と同時期に創作されたものであり、その第五章で繰り広げられる芸術理論で主人公スティーヴンが、芸術とポルノについての定義をしている。自らの目標について「精神が制限されることなく、自由にそれ自身を表現する生活、芸術の様式を見つけること」と述べていることに関して、マーシックは次のように述べている。

> スティーヴンの理論と目標は、主人公自身にバイロンを悪い男と非難する読者との暗黙の対決をさせている。このような文章を通してジョイスは、道徳と文学に対する広く行き渡った前提を拒否するように勧めており、ジョイス自身の作品に対する先制の弁護としても役立っていた。
> （『イギリスモダニズムと検閲』一四五）

つまり、『肖像』の芸術論は、芸術作品に不道徳や猥褻のレッテルを貼り付ける社会浄化運動に対しての反論となっているのだ。そしてのちに、この第五章のスティーヴンの芸術論は代表作である『ユリシーズ』の裁判においても弁護に使用されることになる。

◉『リトルレヴュー』誌

『ダブリン市民』と『肖像』は、出版社や印刷業者による自己検閲によって出版が難航していたが、『ユリシーズ』は政府による検閲、発禁、裁判というはるかに苦難の道を歩むこととなった。戦いの舞台はアメリカへと移る。

『ユリシーズ』は、アメリカの雑誌『リトルレヴュー』誌（一九一四—二九）に掲載され、発禁処分を受けることになるのだが、まずは、『リトルレヴュー』誌がどのような雑誌なのか、『ユリシーズ』が掲載される以前のこの雑誌の状況を見ていくことにする。

この雑誌は、マーガレット・アンダソン（一八八六—一九七三）とジェイン・ヒープ（一八八七—一九六四）という二〇代の若い女性により、一九一四年にシカゴで創刊された。創刊号に載せられたアンダソンによる創刊の辞によると、芸術家の視点から書籍や音楽、美術などの批評を生み出すことが目的であると明言されている。女性編集者ということもあり、発刊当初はフェミニズム志向の強い雑誌であった。

発刊から一年後には、「私たちの最初の年」という記事が巻頭に掲載され、さらにこの雑誌の方針が述べられている。そこでは、雑誌の目的が明確ではないという読者や周囲の批判に対して、一つの主義にこだわることなく、アメリカの伝統になじみのないものを生み出すことがこの雑誌の存在理由であり、権威に対抗し、正気ではないとされるものに取り組み、マイノリティを代表するものでありたいとしている（『リトルレヴュー』誌、一九一五年二月号）。その言葉の通り、編集者たちの関心は次々と移り変わり、廃刊となる一九二九年までに、イマジズム、ダダイズムなど、二三のイズムを紹介していくことになる。

この雑誌は、『ユリシーズ』の没収や裁判になる以前にも、社会浄化運動や国の検閲との闘いの姿勢を鮮明にしている。一九一五年四月号では、マーガレット・サンガー（一八七九—一九六六）が「家族制限」というタイトルの避妊法を広めるパンフレットを発行し、前年に逮捕されたこと、またその夫のウィリアム・サンガーがそのパンフレットを流通させたとして逮捕されたことに抗議し、裁判費用のための寄付を呼び掛けている。一九一六年一・二月号、同年三月号でも夫妻の逮捕、裁判にたいする抗議文を掲載し、ニューヨーク悪徳撲滅協会の会長で彼の名前で呼ばれる「コムストック法」成立に尽力したアンソニー・コムストック（一八四四—一九一五）、そしてその後継者のジョン・S・サムナー（一八七六—一九七一）を名指しで非難している。

一九一七年五月号からは、パウンドが海外編集長として、雑誌の編集に加わる。パウンドがその職を引き受けた最大の理由は、ジョイス、ウィンダム・ルイス（一八八二—一九五七）、T・S・エリオット（一八八八—一九六五）の最新の散文作品を発表する場を得ることである。しかし、これによりいよいよ『リトルレヴュー』誌自体が検閲の対象となっていくことになる。

一九一七年一〇月号に、ルイスの短編小説「キャンテルマンの春の友」が掲載されたが、郵便局により没収された。没収処分の取り消しを求めて法廷で争われるが、敗訴する。オーガスタス・N・ハンド判事（一八六九—一九五四）による判決文が一九一七年一一月号に掲載され、一九一八年三月号にはパウンドによる「古典は免除」と題する抗議の文章を載せている。この判決文は、この短編小説の猥褻性には疑いがないとし、同じ基準を適用すると古典作品も処分の対象となってしまうが、古典作品は年月による認可を得ているので免除されると述べている。パウンドは、「生きている人は誰も古典に貢献することも、貢献しようとすることもできない。出版前に明らかに名声を得ていたとしても、年月の認可を得ることはできない」と憤りを示した。

この文章が掲載された一九一八年三月号はまさに、『ユリシーズ』の連載が開始された号であり、連載には初めから検閲の影が付きまとっていたのである。

◉『リトルレヴュー』誌での連載

一九一七年一二月にはジョイスは、パウンドに『ユリシーズ』の第一挿話の原稿を送っている。この後三年間、パウンドは『ユリシーズ』の編集者として、ジョイスの原稿に目を通し、時には手を加えて、大西洋の対岸にいるアンダソンたちへの中継の役割を果たした。

パウンドは、第一挿話の原稿を読んだ時点ですでに、検閲の危機を予感している。次の引用は第一挿話の原稿を受け取った後のジョイスへの手紙の一節である。

もし私たちがそのまま文章を印刷したら、出版禁止になるだろうと思う。しかし、その価値は十分にある。アンソニー・コムストックが、彼の祖父母がセックスをし、腰布だけで気ままにふるまっているのを見て驚愕したからといって、国民は暗闇の中で座っているべきだという理屈はないと思う。（一九一七年一二月一九日付）

このように、ジョイスの文章を支持している一方で、熟慮した結果なのか、アンダソン宛ての手紙には、反対の態度が見て取れる。

問題のある個所では、空欄を設けておくとよい。はっきりと、「文学がアメリカで許可されるまで、ジョイス氏の文を印刷することはできない。ジョイス氏は、文学として認識されている『肖像』などの作者であるが、年月の認可を得ていない」と付記して。（一九一八年一月一七日付）

パウンドは、芸術家としてジョイスを応援したい気持ちと、編集者として雑誌が検閲の対象となるのを避けたい気持ちの間で揺れ動いていた。一二月二一日付のアンダソン宛ての手紙では、「ジョイスは、気ままにふるまっているが、好きなようにしてもらってもよいと思う」と述べている一方で、一月二三日、二月二三日には、空欄を設けるように再度指示を繰り返している。結局、アンダソンらは、パウンドの忠告を無視して、第一挿話をそのまま印刷することにした。

しかし、徐々に編集者たちも態度を変えることになる。第四挿話の原稿を受け取ったパウンドは、ジョイスに次のような批判の言葉を送っている。

　このセクション（第四挿話）では、いくつかの部分は悪文にすぎないと考えている。なぜ悪いかというと、激しい言葉を無駄に使いすぎているからだ。必要以上に強い言葉を使っている悪い芸術だ。（一九一八年三月二九日付）

第四挿話の最初の段落は、主人公レオポルド・ブルームが食事の想像をしている場面で、「尿」の匂いがする羊の肝臓が一番好きだという描写で終わる。この引用の後でパウンドはさらに、最初の段落から「尿」が必要なのかとジョイスを責めている。

当時パウンドは、『リトルレヴュー』誌でコンドーム博士について言及したことを弁護士ジョン・クイン（一八七〇―一九二四）に責められていた。クインは、パウンドとジョイスの経済的な支援をしてくれていた人物であり、パウンドはクインの気分を害するのではないかと不安になっていた、とジャクソン・R・ブライヤーは状況を分析している（「ジョイス、ユリシーズ、リトルレヴュー」一五一）。

パウンドは、ジョイスに対しての批判の言葉だけに止まらず、編集者として実力行使に出た。ブルームが排便をしている場面を中心に二〇行ほどを削除したうえで、ニューヨークのアンダソンらのもとに送ったのである。もちろん、女性の性器をずばり表す cunt などという語は印刷するわけにいかず、「下腹部」（belly）と変えられている。

しかし、これらの削除はジョイスの目指す芸術を阻害するものである。

> 我慢しながら、静かに一段目を読み、出したり止めたりして、二段目を読んだ。途中で、ついに止めるのをやめると、読みつづけたまましずかに腸が排出するのにまかせ、じっと我慢しながら読んでいると、昨日の軽い便秘がすっかりなくなった。大きすぎて再び痔にならないことを望んで。いいや、ちょうどよい。そう、ああ。カスカラサグラダの便秘剤一錠。人生はそんなものかもしれない。心を動かしたり、感動させたりはしないが、すばやく適切だった。今はあらゆるものを印刷する。話題のない季節。彼は読み続け、彼自身の匂いが上ってくる上に静かに座ったまま。確かに適切だ。マッチャムはしばしば、笑う魔女を説き伏せた適切な行動を考える。道徳的に始まり、終わる。今や手に手を取って。彼は読み終えたものから目を離し、小便が静かに流れるのを感じながら、それを書いて、三ポンド一三シリング六ペンス受けとったボーフォイ氏をこころからねたんだ。(『ユリシーズ』六六―六七)

右の引用のうち、傍線部分は削除され、次のような部分のみになってしまっている。

> 人生はそんなものかもしれない。心を動かしたり、感動させたりはしないが、すばやく適切だった。彼は読み続けた。確かに適切だ。マッチャムはしばしば、笑う魔女を説き伏せた適切な行動を考える。道徳的に始まり、終わる。今や手に手を取って。彼は読み終えたものから目を離

し、それを書いて、三ポンド一三シリング六ペンス受けとったボーフォイ氏をこころからねたんだ（『リトルレヴュー』誌一九一八年六月号、五一）

このシーンは、ブルームが排便をしながら、新聞の懸賞小説を読み、そのふたつの事柄に対する意識が混在する「意識の流れの技法」が使用された典型的な例であり、ジョイスのテクニックが巧みに駆使されている一節である。また、朝食後に排便をするという平凡な市民の平凡な一コマをありのままに描こうとするジョイスの創作意図が読み取れる部分でもある。しかしながら、削除後は新聞の懸賞小説への感想だけになってしまっているのである。

パウンドからジョン・クインへの手紙には、パウンドの後悔の念がにじみ出ている。

わずかな変更を提案しましたが、もし考えられる限りの体の分泌物が作品の中に提示されることになるならば、この惨事はミスター・ブルームにも起こらなければいけないということは実によく理解できる。

ひょっとすると、あらゆることが一度英語で書かれるべきである。少なくともジョイスは、熱心にそう訴えているように思える。天才の作品を書きかえる私はいったいなにものなのか。一部は偏屈な芸術家のためなのだが。

（『エズラ・パウンドからジョン・クインへの書簡選集』一八五）

◉郵便局による没収、裁判へ

その後、パウンドによる懸命な努力にもかかわらず、第八挿話を掲載した一九一九年一月号はついに郵便局に没収されてしまった。

猥褻であると判断されたのは、ブルームが妻モリーとの若いころの思い出を回想する次のような場面である。確かに官能的ではあるが、この程度で発禁になるのなら、現代小説はほとんど発禁になってしまうだろう。

狂喜して彼女の上に覆いかぶさり、ふっくらした唇をいっぱいにあけ、彼女の口にキスした。おいしい。そっと彼女は僕の口に温かく噛み砕いたシードケーキを入れた。彼女が噛み砕いた唾液で甘酸っぱい、吐き気をもようさせるどろどろのもの。喜び、ぼくは食べた、喜び。若い生命、突き出してぼくにくれた彼女の唇。柔らかく、温かく、ねばねばしたガムゼリーの唇。彼女の目は花のよう、私を受け取って、望んでいる目。小石が崩れる。彼女はじっと横たわったまま。山羊。人はいない。ホースの丘のシャクナゲのなかを、雌山羊が確かな足取りで、スグリの実を落としながら歩く。シダの茂みに身を隠した彼女は、温かく抱かれて笑った。大胆に彼女の上に被さり、彼女にキスをした。目、唇、伸ばした首、心臓の鼓動、ナンズベイリングのブラウスにいっぱいに広がる女の胸、大きく硬くなった乳首。ぼくは熱くなって、彼女を舐める。彼女がぼくにキスをした。ぼくはキスされた。すっかり屈して、彼女はぼくの髪をかき乱す。キスをされ、彼女はぼくにキスをした。

(『リトルレヴュー』誌一九一九年一月号、四七)

つづく第九挿話は、一九一八年末から一九一九年二月頃に執筆され、第八挿話の郵便局での没収と同時期である。しかしジョイスは決して自ら抑制することなく、むしろもっと直接的な言葉をつぎ込んでいる。第九挿話以降は、パウンドが編集作業から外れ、アンダソンらが『ユリシーズ』に手を加えている。一九一九年五月号では、「馬丁が種馬のためにする聖なる職務を、彼のために、他のすべての各々の処女の子宮のためにすることを望んだ時」という一節を削除した上で、

郵便局は『ユリシーズ』の一月号掲載のある文章に反対し、その号のさらなる郵送を禁止した。同様の干渉を防ぐために、すべての人に知られている自然の事実に彼が触れている部分を削除することで、ジョイス氏の物語をめちゃくちゃにした。

(『リトルレヴュー』誌一九一九年五月号、二一)

と検閲への対抗姿勢を示した脚注を付けている。しかしながら、この一九一九年五月号も郵便局に没収された。没収理由は、『ユリシーズ』だけではなく、雑誌全体が猥褻であるということだが、のちの裁判で指摘された箇所を考えると、削除された一節ではなく、挿話の終わり近くで登場人物のバック・マリガンが歌う「妻を娶るのを怖がって、自慰していた」という一節や、「すべての人は自身の妻、あるいは手の中の新婚旅行(オーガズム三回の国民不道徳劇)、作バロキー・マリガン」

という架空の芝居のタイトルに表れている自慰への言及が問題であったのだ。

その後、第一〇挿話、第一一挿話は何事もなく掲載された。もっともパウンドは、第一一挿話最後の放屁について「フーガ形式の最後がおならなのか」とジョイスに怒りをぶつけたが、パウンドが第四挿話でも懸念し削除した糞便的なものは、検閲の対象ではなかったようだ。

しかしながら、第一二挿話の場面はパブであり、登場人物たちにアルコールが入っていることもあり､卑猥な表現が当然含まれることとなる。アンダソンらはやはり､「検閲による発禁を防ぐため、二〇行ほどの文章が削除された」(『リトルレヴュー』誌一九一九年一一月号､四九)と注釈を付け、絞首刑によって死亡後に陰茎が勃起するという卑猥な会話を削除している。「抑止効果のないものがある」と登場人物のひとりが言い、「何だ、それは」ともうひとりが聞いた後、解答が削除されたため、『リトルレヴュー』誌の読者は答えを知らないままにされたのである。

当然のことながら、ジョイスは「これは私のテキストではない」と周囲に不満をもらした。ジョイスが原稿を送らず、連載中止になるのではないかと恐れたヒープは、一九二〇年一月初め、謝罪の手紙を送った。「私たちに対するあなたの態度はわかりません」と認めたうえで、「私たちはあなたの作品の読者を生み出していると感じています」と述べ、『ユリシーズ』だけでなく、未発表の詩などの作品も送ってくれるように頼んだのである。これまではパウンド経由でやりとりしており、これがジョイスと『リトルレヴュー』誌の編集者たちとの初めての手紙であった。二通目の手紙は、残念ながら一九二〇年一月号が三度目の郵便局による没収を知らせるものだった。今回は猥褻ではなく、ヴィクトリア女王とエドワード七世(一八四一―一九一〇)への不敬が原因であった。

ヒープの手紙によって、アメリカの検閲の状況を認識したジョイスだが、決して弱気になることなどない。同時期のウィーヴァー宛ての手紙で「今回は、地上で焼かれる楽しみを得た二回目である。そのため、ぼくの守護聖人であるアロイシアスと同じくらい早く、煉獄の火を通ることを望んでいる」と述べ、むしろ得意気である。

第一三挿話以降は、シーンが夜へと移っていくということもあるが、検閲を逆なでするかのようなシーンが続く。第一三挿話は浜辺でスカートの中をのぞかせる少女を見て、ブルームがマスターベーションをするというシーン、第一四挿話は語りが英語の文体史という体裁をとってはいるものの、出産を待ちながら酒に酔った学生たちが生殖についての会話をするものである。第一五挿話は売春宿での幻想でブルームがＳＭなどの自らの性癖を暴露する挿話で、fuck が連発されている。最後の第一八挿話はモリー・ブルームが独白の形で女性が自らの性遍歴を語るという、女性には性欲がないとされていた時代においては最もセンセーショナルな挿話である。

第一五挿話は、第一三挿話を掲載した『リトルレヴュー』誌が起訴され、裁判で判決が出るまでの不安な時期に書かれている。また、最後の第一八挿話は、裁判後に執筆された。自己検閲などせず、攻撃を受ければ受けるほど、ありのままの性を作品の中につぎ込もうとするのがジョイスなのである。ロレンスの作品と比べてみてほしい。ロレンスの作品が官能的であるのに対して、ジョイスの作品は、男子学生の猥談（第一四挿話がまさにそうである）であるかのように卑猥で、性にまつわる秘密をあからさまに披露しているだけといった趣がある。

そのような表現をした要因として、『ユリシーズ』は社会浄化運動への非難であるという論を展開しているのが前述のマリンの『ジェイムズ・ジョイス、性、社会浄化運動』である。彼女は、『リトルレヴュー』誌の没収の対象となった第九挿話、第一三挿話、そして一九三三年の裁判で大きく議論の対象となる第一五挿話を取り上げている。彼女の論は次のようなものである。

第九挿話は、神智学協会への攻撃である。アイルランドでの神智学のメンバーは、社会浄化運動での中心人物でもあった。彼らは、性的なものへの抑圧を訴えていた一方で、神智学の降霊会は性の解放の場所となっており、一三歳の男子へ週二回のマスターベーションを指示する指導者もいた。この挿話は、そのようなスキャンダルにまみれている状況を暗に示したものである。（一一六―三九）

第一三挿話は、当時流行していた「のぞきめがね映画」が大きく利用されている。それらの映画の多くは、覗かれているとは気づかない女性が日常生活の中で下着などを露出するという内容である。それを演じている女優は当然シナリオを知り、自ら見せているわけであるが、男性による犠牲者であるふりをするのである。ガーティも、自ら体を反らしてスカートの中の下着をブルームに見せるわけであるが、あくまでも見られていないふりをし、無垢であることを終始装うのである。ガーティは、社会浄化運動が保護の対象としている無垢な女性として描かれているが、実際にはのぞきめがね映画の女優と同様に、自らを性の対象として商品化している。若い女性の道徳の廃退を描くことで、無垢な女性を守らなければならないという社会浄化

運動の主張への反論となっている。（一四〇—七〇）

第一五挿話は、前述のステッドに代表されるように、売春宿の実態を暴いて改革を求める物語の作者への攻撃となっている。ステッドの「現代バビロンの処女の貢物」はモラルパニックという現象を引き起こしたほど衝撃的であったが、実際には被害者の母親と共謀して自ら売春宿に連れて行って救い出すという自作自演のものであり、物語の発表後すぐに発覚し、有罪判決を受けている。また、「売春婦」たちを救うためと言いながらも、決してのぞき趣味とは切り離すことができない。ブルームは、スティーヴンを救う目的で夜の街へと向かう点で、物語の作者たちと類似しており、幻想の中でブルームは社会改革者として称賛を受けるが、その後は役割転換して性癖をさらし、改革を受ける側となり、裁判で裁かれて転落する。ブルームは、ステッドの姿と重ねられている。第一五挿話の主な舞台であるベラ・コーエンの売春宿は、「白十字自警協会」という売春改革組織本部のすぐ隣にあるという設定なのは大きなアイロニーである。（一七一—二〇二）

マリンがこのように指摘しているように、ジョイスは作品を通じて、社会浄化運動に対する批判を行ったと考察することもできるのである。

◉『リトルレヴュー』誌裁判

第一二挿話までは郵便局による没収および郵送禁止という処分であったが、第一三挿話を掲載した一九二〇年七・八月号は裁判へと発展する。アンダソンらが、雑誌の購買者を増やそうと、無作為に雑誌を送りつける作戦が裏目に出た。ある弁護士の娘が雑誌を手にし、父親によりその雑誌が地方検事のもとへ届けられ、アンダソンらは起訴されることとなったのである。

問題とされたのは以下のようなシーンである。ガーティは体を反り返して、スカートの中の両足、ストッキング、ガーターをブルームに見せつける。そして、ブルームの視線を感じて、オーガズムに達したかのように興奮する。

彼女は息苦しくて彼に向かって叫ぼうとし、彼を迎えようと雪のようなほっそりしたうでを差し出し、彼の唇が彼女の白い額に触れるのを感じた。若い少女の愛の叫び、押し殺された叫びが彼女から絞り出された。時代を超えて響いてきた叫び。その時ロケット花火が闇の中で打ちあがり、爆発音が。おお。そしてローマ花火が爆発、ため息のよう、おお。みんなが歓喜で叫ぶ、おお、おお。花火から金髪の雨がほとばしり出て、流れて、ああ。金色になって落ちる露のような緑の星。おお、なんてすてき。おお、とても柔らかで、甘く、柔らか。

（『リトルレヴュー』誌一九二〇年七・八月号、四三―四四）

このようにスカートの中を見せつけ興奮するガーティとそれを見てマスターベーションするブ

ルームが猥褻であると判断されたことに加え、無差別に無垢な少女のもとへ送りつけられたことが、「無垢な少女を悪徳から守る」という社会浄化運動のスローガンに抵触し、起訴へと至ったのである。

編集者たちは、『リトルレヴュー』誌上で起訴への抗議文を掲載した。まず、アンダソンは、法律などあらゆるものに対する芸術の優越性を宣言した。また、ヒープは、「私たちは、若い少女の心の中の思考を印刷して、告発されている」と述べ、第一三挿話について、以下のように擁護する。

いくらか人生に長けた人の考えでは、ジョイス氏の章は、健全な体をした、恥じるところのない人間にとって可能な、最も単純で、最も防ぎえない、最もまとまりのない性的な思考の記録であるように思える。ジョイス氏は、古代エジプトの性的倒錯を伝えているわけでも、新しいものを編み出しているわけでもない。少女たちは、あらゆるところで体を反らし、レースとシルクのストッキングを見せ、胸のあいたそでなしガウンとはっとするような水着を着ている。男性たちは、いたるところにあるこれらのものについて、考えをめぐらし、感情を持っているが（ブルーム氏ほど繊細で想像的であることはめったにない）、誰も腐敗しない。彼の思考が腐敗していないのに、彼が考える思考を読むだけで腐敗するということがありえようか。すべての作用力は芸術家に帰すが、腐敗させるのは彼の作用ではない。

（『リトルレヴュー』誌一九二〇年九―一二月号、六）

一九二一年二月一四日、公判が行われた。アンダソンは公判前に、新聞社のインタヴューに対して、

「一二五年後、世界の人々は道徳的な観点からジョイスの物語にわずかでも疑問を抱いた一九二一年の人々に驚き、仰天するでしょう」と答えている（「ジョイス、ユリシーズ、リトルレヴュー」一六〇）。

弁護を引き受けたのは、クインである。クインとふたりの女性編集者たちは、お互いに気が合わなかった。クインは、『リトルレヴュー』誌は元々発刊していたシカゴの家畜収容所（シカゴは当時食品加工業で有名な場所。かなり軽蔑的発言である）に戻ればよいとパウンドへの手紙に書いた。パウンドが遠く離れたヨーロッパから、両者の関係を修復しようと手紙を書き続けなければならなかった。そのような状態であったので、勝敗は初めから決まっていたようなものかもしれない（『ジェイムズ・ジョイス伝』五〇二）。

公判でクインは、ジョイスについての経歴やこれまでの作品などの基本情報から話し始めた。しかし判事たちは、『ユリシーズ』の中のある文章が法を犯しているかどうかを判断するにあたって、このような情報は無関係であると遮った。その後、一人目の証人ジョン・クーパー・ポウィス（一八七二―一九六三）は「『ユリシーズ』はきわめて難解で哲学的な作品であるので、いかなる意味でも堕落したものではない」と説明、二人目の証人フィリップ・モエラー（一八八〇―一九五八）は、「フロイトの流儀で、潜在意識を明らかにしたもの」と第一三挿話を説明し、「媚薬的な影響を与える」可能性はないと述べた。その時、判事のひとりは、「ほら、ほら、あなたはまるでロシア語を話しているかのようだ。あなたの述べていることを理解して欲しければ、簡単な英語で話しなさい」と叫んだ（「ジョイス、ユリシーズ、リトルレヴュー」一六〇―六一）。のちのジョン・M・ウルジーによる裁判とは違って、判事たちは初めから作者の意図や作品全体の内容を考慮するつもりはなく、ヒックリン基準に照らして裁こうという考えだったのである。そのことは、判事たちの態度に顕著に表れている。

その後、もうひとりの証人による証言は中止され、クインが三〇分ほど弁護を続けた。「未来派の文学と呼んでもいいかもしれない」、「女学生のために書かれたのでも、女学生に読まれるものでもない」、「おそらく部分的に不快感を感じさせるものだが、スウィフト、ラブレー、シェイクスピア、聖書と同じだ」、「怒りや嫌悪を引き起こすが、淫らな行為を引き起こすものではない」などである。「私自身は『ユリシーズ』を理解していない。ジョイスは、この実験でかなり彼の技法を追求したと思う」と弁護を締めくくったとき、判事のひとりは、「病気の人間の戯言のように聞こえる。なぜそれを出版しようとした人がいるのか理解できない」と非難の声を挙げた（『リトルレヴュー』誌一九二一年一―三月号、二四）。

その後、検察側の弁論となった。地方検事補のジョウゼフ・フォレスターは、不快な部分を朗読すると宣言した。すると判事のひとりが、女性（アンダソンとヒープ）の前で朗読を許可することはできないと述べる。クインが彼女たちは編集者であることを告げると、その判事は、「彼女たちは出版したものの重要性を理解していなかったにちがいない」と返答した。そして最終的に文章が朗読され、挿話全体を読んで精査するために法廷は一週間延期された。

クインの作戦により、編集者たちは公判中一言も発言しなかった。彼女たち女性が自分の出版したものを理解していたとなると、社会規範から逸脱していることを示すことになる。無垢を装い、沈黙を保つことによって、無罪を勝ち取ることができると考えた、とアダム・パークスは『モダニズムと検閲の劇場』（一九九六）で分析している。フェミニストであるアンダソンにとってこれらは、屈辱だったのであろう。裁判すべてが笑劇であったと、裁判後に彼女は語った（『リトルレヴュー』誌一九二一年一―三月号）。

二月二一日、公判は再開された。弁護側、検察側双方が主張を述べたが、クインの弁護は成功を収めることはなかった。唯一の成功は、フォレスターが弁論に熱くなり、興奮した時だった。クインは、フォレスターの様子を取り上げ、『ユリシーズ』は人々を堕落させるものではなく、怒らせるものだと指摘したのである。クインはこの指摘で勝利を確信したようだが、結果は逆になった。クインは、編集者たちが禁錮刑になるのを防ぐために、第一三挿話は『ユリシーズ』の中でも最悪のエピソードであると証言させられるはめになったのである（「ジョイス、ユリシーズ、リトルレヴュー」一六二―六三）。

この判決により、『ユリシーズ』は『リトルレヴュー』誌での連載も禁じられ、アメリカ、イギリスでの出版は不可能となってしまった。翌一九二二年、『ユリシーズ』はフランスで、シェイクスピア・アンド・カンパニー書店より出版された。

◉『ユリシーズ』解禁へ

フランスでの『ユリシーズ』出版より一〇年が経過した一九三二年、アメリカで『ユリシーズ』が禁止されているのは恥であるとして、ひとりの弁護士がその合法化のために名乗りを上げる。モリス・アーンスト（一八八八―一九七六）である。そして、ランダムハウス社がアメリカでの出版の許可をジョイスより得て、裁判に乗り出した。訴訟費用はランダムハウス社が持ち、報酬は発売後の印税の一部を受け取るという出来高払いであり、アーンストは検閲と闘う信念の人であった。

一九三二年四月より、裁判に向けての準備が開始された。ジョイスの友人であり、事務的な代理人としての役割を果たしていたポール・レオン（一八九三―一九四二）に、アーンストはフランスから『ユリシーズ』をランダムハウス宛てに送るように指示をした。そして、税関に関税法に違反するものではないので、没収して精査するように通知し、五月三日にニューヨークに到着した『ユリシーズ』は無事に没収された。

実は、この没収された本には仕掛けがあった。当時アメリカでのこの種の裁判においては、批評本を法廷に持ち込んではいけないというルールが確立されていた。そのままでは、一九二一年の裁判と同じ結果になってしまいかねない。そこでパリで出版されている最新版の表紙の裏など最初の数ページに、さまざまな言語で書かれた『ユリシーズ』に関する新聞記事や作家たちによる海賊版への抗議署名などを貼り付け、表紙が膨らんだ状態のものをわざと税関で没収させたのだ。それによって、これらの批評も本の一部として扱われることとなったのである。

また、全米の大学図書館、公共図書館に対してアンケートを行った。質問は、『ユリシーズ』をすでに所蔵しているかどうか、『ユリシーズ』に対して需要があるかどうか、アメリカでの出版は価値があると思うかどうかなど、九つの項目である。回答した図書館員たちのコメントは、裁判所に提出された原告の意見書に転載された。さらには『ユリシーズ』の所蔵を希望する図書館の所在地を表した地図を作成し、希望している図書館が全米にわたっていることを示したのであった。

さらには、著名な作家に対して、『ユリシーズ』についての意見を求める手紙を送った。回答をくれた作家には、ジョン・ドス・パソス（一八九六―一九七〇）、セオドア・ドライサー（一八七一―一九四五）などの名前がある。これらも、意見書の資料として提出された。

没収から半年以上経った一九三二年一二月九日、『ユリシーズ』は法に違反する猥褻文書であり、起訴しないわけにはいかないと検察側により判断され、文書誹毀の裁判が始まる。その後、自由主義者で好ましい判決が期待できるジョン・M・ウルジー判事（一八七七―一九四五）が当番となるときまで延期が繰り返され、判決までにはさらに約一年の歳月がかかった。

その間にアーンストらは、裁判を決定的に有利にする手続きを行った。もう一冊『ユリシーズ』をパリから送らせたのである。その本は税関をすり抜けてしまったが、没収すべき本であると税関に届け出たうえで、関税法三〇五条の規定による輸入の許可を求めた。この条文は、科学的価値や文芸的価値のある古典を財務長官の判断により輸入を許可するというものである。一九三三年六月二二日、文芸的価値が認められ、商業目的ではない個人的な輸入が許可された。アーンストらは、『ユリシーズ』は古典であると政府が判断したことになり、裁判での大きな後ろ盾を得たのである。

この輸入許可によって裁判の取り止めもあり得たわけであるが、検察側は「汚い言葉がある」ということで、結局法廷で争われることとなった。一九三三年八月三〇日、弁護側、検察側双方が出廷し、ウルジーの前で申し立てを行い、ようやく裁判が動き出した。

その後、ウルジーが『ユリシーズ』を読むためにしばらく時間が必要となった。その間、一〇月一六日には、弁護側によって意見書が提出されている。その主張を要約すると、以下のようになる。

一　『ユリシーズ』は今日の道徳規範によって裁かれなければならない。
二〇世紀に入ってからの道徳規範が変容した。例えば、女性の水着については、一九〇〇年には袖やロングスカートのない水着を着用した者は投獄されていたが、一九一一年までには膝を出すことも合法となり、ワンピース型の水着やわずかしか体を隠さないサンスーツを着るようになった。タブロイド紙も一世代前にはなかった情交や色欲を扱った物語を掲載し、映画や舞台、絵画などで性的なものを扱ったものが増え、大衆が性に対して大胆かつ寛容になってきている。

二　『ユリシーズ』は法的に猥褻ではない。
猥褻裁判においては近年自由主義的な判決が下される傾向にあり、それらを考慮すべきである。すなわち、作品が読者に猥褻な欲望を掻き立てるかどうかで判断すべきであり、一部分ではなく作品全体で判断すべきである。また、文芸的価値のあるものに適用すべきではない。

三　『ユリシーズ』は現代の古典である。
『ユリシーズ』はアメリカ政府により古典であると判断され、六月二二日輸入が許可された。ウェブスター大学生用英語辞典によると、古典とは「特に文学や芸術における、最高級で、素晴らしさを認められた作品」であり、猥褻とは対極の概念である。したがって、古典である以上猥褻ではない。

四　『ユリシーズ』は内容においても、外面的な環境においても猥褻性が否定される。『ユリシーズ』は、好色なタイトルでもないし、イラストも含んでいない。本の長さは七三二ページもあり、ジョイス自らが造り出した理解不能な語を多く含み、「意識の流れ」の技法は平均的な読者を追い払うものであり、読者は知的な限られた人々のみである。『ユリシーズ』は、多くの批評家が称賛している作品であり、すでにフランス語、ドイツ語、スペイン語、日本語に翻訳されている。ハーバード大学の学生向けのリーディングリストにも載せられている。また、『ユリシーズ』を出版しようと企画しているランダムハウス社は、ポルノを出版する会社ではなく、古典を出版する会社である。

五　『ユリシーズ』は社会に受け入れられ、法を犯していない。一般社会の道徳観念に基づいて、猥褻法の適用を決定すべきである。そして、社会が受け入れているものは道徳的であり、社会が拒絶しているものが非道徳的である。アメリカを代表する多くの図書館がすでに『ユリシーズ』を所蔵しているなど、『ユリシーズ』はすでに一般社会に受け入れられており、法を犯しているはずがない。

六　『ユリシーズ』は全体として、一般的な目的と影響により判断されなければならない。『ユリシーズ』は部分的に好ましくない表現があることは認めるが、個々の部分や章のみで判断すべきではなく、本全体で判断されるべきである。（モスカート、ル・ブラン『アメリカ対ユリシーズ』二三五―七二）

一一月二五日、聴聞が行われた。非公式なものであったため、タバコを吸いながら、判事、弁護側、検察側が自由に意見を交換しあう形で行われた。アーンストは、彼と裁判長との二つの会話が勝訴の決め手であったとのちに回想している（『アメリカ対ユリシーズ』三五）。彼は、ジョイスが使用した fuck について元々は「耕す」という意味であると語源的な説明をし、時代と共に意味は変化することを述べた。その上で、裁判長と次のようなふたつのやりとりをする。


「判事、実際、現代の作家たちが同じ出来事を暗示するのに使う文句より正直です」

「アーンストさん、例えば？」と判事は尋ねた。

「一緒に寝た、です。それは同じことを意味しています」

判事はほほ笑んだ。「それはたいていい真実でさえない」（『アメリカ対ユリシーズ』二一一）。


私は言った。

「判事、それが『ユリシーズ』です。私はジョイスのテクニックを新たに認識して、読み直しました。意識の流れが言葉になっています。そして今、判事、この裁判に勝つために弁論しながら、この本のことに集中していると私は考えていますが、率直に言って、あなたの前で弁護している間、あなたのネクタイの周りの環について、ガウンがあなたの肩幅にどれほどあっていないかについて、そしてあなたの椅子の後ろのジョージ・ワシントンの絵のこともずっと考えていました」

判事はほほ笑んだ。

「私はその本の最後の部分に困惑していましたが、疑問を持っていた多くの部分が今理解できました。私はできる限り熱心に聞いていましたが、あなたの話を聞いている間、私はあなたの後ろのヘップルホワイト〔一八世紀イギリスの家具デザイナー〕様式の椅子のことも考えています」(『アメリカ対ユリシーズ』一二三)。

一九三三年一二月六日、ついに『ユリシーズ』が解禁となる判決が出た。ウルジー判事は、『ユリシーズ』を何週間もかけてすべて読み、アーンストによって提供されたジョイスの伝記など『ユリシーズ』に関する参考書も読んだ。その上で、作品の意図を判断し、「好色家の色目」を感じさせるものはなく、ポルノではないと結論付けたのである。

判決文は、すばらしい文芸評論であると当時から評価されてきたものであり、判事が『ユリシーズ』の特徴をしっかりと理解していることが窺われる文章である。ウルジーは、ジョイスが新しい文芸ジャンルでの真摯な実験を追求しており、自らの意識の流れの技法に忠実であったために不潔な言葉も使用することとなり、これまで誤解を受けてきたと述べる。そして、不潔と批判される語は、古代サクソン語を起源とする言葉で、すべての男女が知っている言葉であるとアーンストの弁護の主張を取り入れたうえで、作品の舞台はケルトで季節も春なので、人物の意識の中に性的なものがたびたび出てくるのもしかたがないと断じた。また、「平均的な性的本能」を持つ人物への影響を判断基準とし、『ユリシーズ』を読了したふたりの友人が性的衝動をかき立てられることはなかったとして、『ユリシーズ』は猥褻ではなく、アメリカへの輸入が認められるべきであるとウルジーは判決を下したのである。

この判決はニューヨーク州の地方裁判所で出されたもので、他の州ではまた裁判になる可能性があった。そこで、ウルジーの判決文が本の最初に転載される形で、『ユリシーズ』は一九三四年一月二五日ランダムハウス社から出版された。

◉新たなる時代の到来を告げて

『ユリシーズ』裁判は、実はもう一度行われている。ウルジー判決を不服とした検察側が控訴し、一九三四年に高等裁判所で争われたのである。今回は三人の判事によって裁かれたが、判事たちの態度は『リトルレヴュー』誌の裁判とは真逆のものである。検察官は、猥褻であると考えられる二五の部分を延々と朗読したが、朗読の途中で昼食のため判事たちが退出してしまったのである。判事のひとりは「ヒックリン基準」に基づき、猥褻な文章があるから法律違反であると結論付け、他のふたりはウルジーの判決を支持し、二対一で弁護側の勝訴となった。

支持したふたりのうちのひとりは、前に述べたルイスの短編小説を発禁処分にしたオーガスタス・N・ハンド判事である。ウルジーと同様に作品全体の内容を考慮したものであり、時代の流れとともに法曹界の考えが変わってきたということもできるし、ルイスの時と同じく古典と見なされていなければいけなかったわけで、法的に認められるためにはやはり一〇年以上の時が必要とだったともいえる。

『ユリシーズ』裁判以前にもウルジーのような自由主義的な判決は見られたし、一九五九年に法改正されるまで「ヒックリン基準」を基に解禁されなかった作品も数多くあり、『ユリシーズ』は、最初の作品でも最後の作品でもない。しかしながら、二〇世紀最大の古典とのちに呼び称されるこの作品が与えるインパクトは大きなものであった。

ジョイスには先見の明があったのであろう。窮屈な道徳観念の時代が過ぎ、自由に表現することが認められる時代の到来を信じていた。『ダブリン市民』が一〇年を経て出版できたように、自らの作品の発禁が解かれることを信じて、ジョイスはあえて、性や糞便といった生理現象を含めたありのままの人々の生態を作品に注ぎ込むことによって、帝国主義的な社会浄化運動に先導された時代に抵抗したのである。

アメリカでは、ウルジーの判決が出た一九三三年一二月六日と同じ週に禁酒法が廃止された。『ユリシーズ』は、自由主義へと大きく転換する時代の金字塔的な役割を果たしたのである。

◉本章は、「社会純潔運動とジェイムズ・ジョイス」『専修人文論集』第八六号（二〇一〇年）に大幅な加筆修正を施したものである。

◉註

（1）The National Vigilance Association

第四部　アメリカにおける検閲と発禁

第七章　コムストック法とＹＭＣＡの時代

宗形　賢二

アメリカ文化史を振り返ると、時折理解しがたいほど極端な言動で世の中を共鳴させる人物が登場し、一時代を築き上げてしまい、その当時の社会の特徴をくっきりと映し出してくれることがある。その一人がここで論じるアンソニー・コムストック（一八四四―一九一五）である。晩年のコムストックの、頬から続く口ひげを伸ばした写真は一般に流布しているが、これは、後任のジョン・サムナーが事務局長となり、コムストックが引退する年の、「ニューヨーク悪徳撲滅協会」[1]の年次報告四一号と四二号（一九一四年と一五年）に掲

アンソニー・コムストック

載されたものである。コムストックの協会への功績を称えたものだ。しかし、日本流にいえば、このいかにも悪代官風の風貌が独り歩きをし、アメリカの悪法を実践した奇異な人物としてアメリカ文化史の一項目に埋もれてしまっている。文学・文化史上でのコムストック評価は、いわば当時の性表象に過剰に反応する清教徒的な偏執的厳しさ、異様さばかりが誇張されやすく、また、その評価が見直されることも少ないといえる状況である。本章では、コムストック法が生まれた背景をYMCA（the Young Men's Christian Association）、すなわち「キリスト教青年会」の活動を中心に再度検討し、都市化と新移民の増加によるニューヨークの腐敗と堕落、猥褻物とされる新聞や雑誌等の普及と販売方法、新興悪徳撲滅協会の活動、売春や堕胎からの青少年の保護、そして中産階級の生き残り戦略までを考察し、その時代的必然性を明らかにすることで、一九世紀転換期の道徳と検閲および権力機能の実態理解を深めたい。

◉寓話のレトリック

一九世紀後半から二〇世紀初頭にかけてアメリカ社会を震撼させたいわゆる「コムストック法」は、いわばヴィクトリアニズムのアメリカ的実践であった。若年者への悪影響を理由に、郵便法改正という方法で、性的表現を含むほとんどあらゆる文書を猥褻取締りの対象とし、文学では、チョーサーの『カンタベリー物語』や『アラビアンナイト』から、バルザック、オスカー・ワイルド、セオドア・ドライサー、ユージン・オニール、ジョイス、ロレンス、ヘミングウェイ、フィッツジェラルド、フォークナー、スタインベックなどの作品まで発禁の対象とした（グリーン、カロライズ

『検閲事典』一一三）。その他、絵画、広告、雑誌、新聞、さらにマーガレット・サンガー（一八七九―一九六六）らの産児制限運動のためのパンフレットまで取り締まった。この中・上流階級をも巻き込んだ社会運動を推進したアンソニー・コムストックの名は、その徹底した取締りの厳しさと当時の広範な人々への影響の大きさのため、もはや単なる固有名詞ではなく、アメリカ文化史の一時代を示す象徴となっている。

しかし、コムストック法の不思議さは、服地屋で働く熱心な清教徒気質の一人の若者が、YMCAから大きな支援を得、ほとんど独力でアメリカの議会を動かし、四〇年以上にわたり恐れられた存在であり続けたことである。ある意味彼は、アメリカンドリームの達成者と呼べる面をもっている。郵政省の特別執行官であった期間を振り返り、「この職にあった四一年の間に、六一輛の客車が満席になるくらいの人間を有罪にした。六〇輛には六〇人ずつ、六一輛目もほぼ満員であった。猥褻文書は一六〇トン破棄した」（ブラウン、リーチ『アンソニー・コムストック――神の番人』一五―一六）と一九一三年のインタヴューで自己の業績（逮捕者三五〇〇人以上）を振り返っているが、多数の自殺者も含め、その取締りの数に驚くとともに、そのレトリックにもコムストック独特の物の見方が表れている。

コムストックは、一八八〇年の『暴かれた欺瞞――いかに人々が騙され奪われ、若者が堕落するか』の序論では、自らの文学的才能の弱さを認めながらも、猥褻物を「吸血鬼」、「毒」、「癌」、あるいは九つの頭を持つ海蛇ヒュドラを連想させる「猥褻という多頭のヘビの化け物」と、単純ながらも分かりやすい視覚的比喩を次々と繰り出し、率直にコムストック流の正義感を伝えている。『若者への罠』（一八八三）もまた、二元論的な単純なレトリックで仕上がり、文体のみならず思考も含めてきわめて理解しやすい内容となっている。たとえばその序論では、次のような思考を展開している。要約すれば、「歴史とは子供の誕生によって始まる。その子供は、食物と同じように、読み物によって大きな影響を受ける。もしそれが邪悪なものであれば、黄熱病や天然痘などの伝染病のように子供たちに感染し、最終的には死を迎えるしかない」（五―六）となる。あるいは「道徳上のハゲワシ（死肉を常食する）は、まるで癌のように若者の想像力に取り付き破滅させてしまう」（一三二）という。また、犯罪者の取締りを「狩猟」に見立て、「罠」をしかけ、それを「狩る」。まさにコムストック自身の子供時代のリスやウサギ狩りと同じ比喩である。悪徳は「ねずみを狩るように容赦なく」（一五八）狩らねばならないと考えていた。対象の不道徳性の根拠を示すのではなく、一貫してヴィクトリア朝的道徳観・宗教観に基づく、いわば直観によって、不道徳なもの、猥褻なものを判断し、ほとんど理論的根拠も示さず、議論も深めないまま、日曜学校の寓話の世界の比喩のように、「罠」、「癌」、「伝染病」といった恐怖心を煽る言葉を多用し、善悪の区別を視覚化し単純化する。おそらく同様の言葉づかいをしていたコムストック周辺の人々にとって、最も分かりやすいこの「寓話のレトリック」は、結果的にきわめて力強いメッセージを生み出すことになった。ブラウンとリーチの伝記によれば「コムストックは、成長しなかった」という。たとえば、悪魔は子供時代の概念だが、コムストックが悪魔というとき、それは単に悪の本質や罪の象徴ではない。角や尻尾、三叉を持った赤い現実の人間を考えていたのだったという（『アンソニー・コムストック――神の番人』二一一）。

コムストックの著作の文体と思想がたとえ単純素朴かつ稚拙なものであったとしても、その文体の力強さはまさにコムストックの情熱に相応しいものであったことは否定できない。服地屋の店員がまるで在庫管理をするかのように、取り締まった物品を正確な数字と簡潔なメモで記し、そのレトリックは、保守的な性道徳を説く「南北戦争前の生理学書の文体」(ホロウィッツ『性の再読』三九四)であったという。これらが、ＹＭＣＡの福音主義キリスト教と交わり、神対悪魔という戦いの図式の文体を生み出したのであった。当時の前提として、読者は白人の成人男性である。周知のように、当時選挙権は男性のみであり、一九二〇年になってようやく女性にも参政権が認められた。当然、裁判官も陪審員もすべて男性のアメリカ社会では、ある意味、戦闘的で単純で教訓に満ちた文体こそが受け入れられやすい条件だったと考えられる。

コムストックのゴーストライター説はある。[2] しかし仮にそのような状況があったにしても、マーク・トウェインの『ハックルベリ・フィンの冒険』のハックや、サリンジャーの『ライ麦畑で捕まえて』のホールデンなどの少年が無垢な世界に住み続け、いつまで経っても旧世界的な大人に成長できないのと同様に、コムストックの道徳観は子供時代の寓話の中にとどまっていた、と文学的に推論してしまうのはいささか早計かつ紋切り型すぎるだろう。あまりに多くの人々が彼の推進した法律に関わっていたし、現実の犠牲者が多すぎた。この社会改革の理想に燃える青年の勧善懲悪的二元論を現実に受け入れざるを得なかった背景は何か、そこには一定の社会的必然性があったと思われる。

コムストックは、ニューヨークで猥褻出版物を取り締まる際に一八七三年の郵便法を利用したが、この巧妙な戦略によって、性的暗示を含む作品に正面から対峙せず、したがって言論の自由の問題も避けることができた。それは、この検閲官がその文体のレトリックほど単純ではなく、むしろ一筋縄ではいかない策士の部分があったことを示している。猥褻に関する各州の立法を待てば時間がかかる上、猥褻そのものの定義に多くの議論を費やさなければならないのは自明であって、当時最も迅速に全国的に一律の規制がかけられる唯一の方法が郵便法上の規制であったのだ。

◉若き清教徒の活躍

ジョージ・バーナード・ショー（一八五六―一九五〇）によって、このあまりにも過度な検閲を『ニューヨーク・タイムズ』紙でComstockeryと揶揄され、現在では、「コムストック」＝「文学や芸術に対する行き過ぎた道徳的検閲」を意味するようになってしまったが、この男、ショーの考えるほどは単純ではなかったようだ。むしろ自分の目的を遂行するためには、得意のおとり捜査を始め、ありとあらゆる手段を取ることのできたマキャヴェリストであった。もっともそのために恨みも買い、一八七四年にチャールズ・コンロイによって頭部を切られるという傷害事件に巻き込まれることもあった。コムストックの友人が、コンロイの販売する猥褻な本によって堕落し死んでしまったと考えたコムストックが、復讐のため自分をおとりにして警察に逮捕させたことがあったからだ。コムストックとはどのような人物なのか。

アンソニー・コムストックは、一八四四年、コネティカット州のニュー・カナンの農場主の家に生まれた。両親のトマスとポーリーの生まれ育った一八二〇―三〇年代は、第二次大覚醒による信仰復興の時代であり、その結果、アンソニーは会衆派のきわめて宗教的な環境の中で育つことになった。その清教徒的な生活のために、後年南北戦争のため軍に入隊中、誤ってカトリック教会に入ってしまった際、「まるで劇場のようで、気分が悪くなった」と日記に記している（『アンソニー・コムストック――神の番人』三八）。プロテスタント教会の素朴さと比べ、あまりにも装飾的に感じたのだった。

宗教こそがコムストックの人生にとって最も重要な影響力を持つようになったが、それはひとえに母の記憶と結びついたからであると言われている。幼いころ敬虔な清教徒気質の母ポーリーの膝の上で教訓話を学んだ思い出は、母親への愛情と相まって、「道徳的ヒロイズム」や宗教的精神を鼓舞させてくれたに違いない。南北戦争を経、母の死を知ったこの青年は、一八六六年、ニューヨークに出てポーターから仕事を始めた。六九年には服地屋の販売員になるが、ここで上司E・W・スペルマンに認められ、ＹＭＣＡ会員になる。一八七一年に二六歳で一〇歳年上のマーガレット・ハミルトンと結婚するが、どこかに母親の面影を見ていたとも言われる（ベイツ『神の園の草取り人』五五）。

切手収集や家具作り、日本製の陶器収集、時にはリスやウサギ狩りなどが趣味のコムストックは、いかにも典型的なヴィクトリア朝的アメリカ人の典型であったし、その範囲で妻にも優しい家庭的なこの人物が、後に、人の死も顧みないある種残酷な法の番人と変化することは想像しがたい。ただ、子供好きだったコムストックにとって、ようやく生まれた我が子を二歳にもならないうちに亡くし、他に子供に恵まれなかったことは大きな心の痛手であったに違いない。後に養子にしたアデルも知的障害があることが判明する。後年書くことになる『若者への罠』にしても、コムストックの取締りの原点は、「子供への悪影響」であったが、自身の子供の夭折は、その後のコムストックの人生に少なからぬ影響を与えたであろうと推測できる。

後年、ヴィクトリア・ウッドハル（後述）との裁判に負け、自立した新しい女性とその価値観に対して強い懸念を抱き、あくまでも妻マギーが代表するようなヴィクトリア朝的女性像（子育てや家庭生活を大切にする女性像）に固執したために、避妊や堕胎に強く反対したとか、あるいは、より広い社会史的コンテクストでこの現象をとらえ、コムストックの反産児制限運動は、「民族的自殺」への強い懸念により引き起こされたと指摘する歴史家もいる（ブロディ『一九世紀アメリカの避妊と堕胎』二六二）。しかし、コムストックにとって、より具体的な形として立ち上がる問題は「子供への悪影響」であったことは強調しても良いと思われる。

結婚後、コムストックとマーガレットはブルックリンの自宅近くの福音主義教会の会員になるが、ここでウィリアム・アイヴス・バディントン牧師に出会い大きな影響を受けることになる。「教区牧師というだけでなく、賢明な助言者であり、ほとんど父親に近い存在」（『神の園の草取り人』五七）であったバディントン牧師の影響により、いよいよコムストックは教会活動にのめり込むことになった。ここからコムストックの検閲の人生が始まった。

コムストックは一方で服地屋の販売員として働きながら、暇を見つけては一種の慈善活動として社会浄化活動を開始する。警察の協力を求めながら、まず始めに教区近くの違法酒場の取締り（日曜営業など）、次に猥褻な書籍の取締りを始めていく。これは前述したようにコムストックの親しい友人が、この類の本によって悪の道に走り人生を失ったという出来事から抱いた復讐心からだと言われているが、真意は定かではない。このような悲しい経験も一つの原因になったことは確かであろう。この時期、ニューヨークＹＭＣＡの働きかけにより、一八六八年、ニューヨーク州の新しい猥褻取締法が成立したが、現実にはほとんど効果が上がっていなかった。さらに猥褻物の蔓延するニューヨークでは、『マーキュリー』、『ナショナル・ポリス・ガゼット』、『デイズ・ドゥーイング』、『ニュー・ヴァラエティーズ』などの大衆雑誌や大衆新聞がこれらの品々の広告を掲載し、売り上げを伸ばしていた。これらの新聞雑誌の中には、「フランス式プロテクター」すなわち産児制限用の「ゴム製品」やそのカタログ、また「女性用解毒剤」、すなわち堕胎薬まで掲載するものもあったという（『性の再読』三六八―七〇）。

コムストックは、警察と共に取締りを強化し、時には自ら学校や家庭を回り調べていくにつれて、次第に猥褻物販売に関わる背景の奥深さに気づいていったはずである。それは、エロティックな本や産児制限や自慰のための物品が、メールオーダーによってやり取りされている事実に気づいたからである。「その組織的なビジネスが組織的に運営される見事さにはただ目を見張るばかりだ」（『若者への罠』一三二）と驚嘆するが、この流通システムを根絶しない限りは街の浄化はありえない。ゆすりやたかりと化している警察は当てにできない状況で、コムストック自ら探偵のようにその流通システムを暴きだそうとする。

一八七二年一一月一八日、ＹＭＣＡ新会長のモリス・ジェサップ(3)らはコムストックの活躍を認め、これまで非公式の委員会「猥褻文書に関する委員会」を「悪徳撲滅委員会」として格上げし、公式な組織として認めることになった。一八七三年、ＹＭＣＡはコムストックを正式に雇用し、服地販売という本業からの収入を補う形で、年三〇〇〇ドル支払うことにする。これは本業の二倍の収入となりコムストックはＹＭＣＡの仕事に専念することになった。

こうして、ＹＭＣＡの人脈を通して議会へ働きかけ、コムストックの熱心で説得力あるロビー活動のお陰で、大統領としては特に悪名高きグラント元将軍の下、一八七三年三月三日、ほとんどまともな議論もなくコムストック法が成立、正式には「不道徳な目的に使用される猥褻文書および物品の売買・流通の禁止に関する法律」(4)が成立する運びとなる。コムストック法の要点は、連邦法の郵便に関する以下の一四八条の修正部分である。

猥褻な、淫らな、あるいは扇情的な書物、小冊子、絵画、新聞、印刷物、または卑猥な性質を有する他の出版物、避妊あるいは妊娠中絶のために考案されるか意図された物品ないし器具、淫らな、あるいは不道徳な使用ないしは性質のために意図または改造された物品あるいは器具、前述した物品等の入手あるいは製造される場所、方法、人物、手段についての情報を、直接的あるいは間接的に伝える、手書きまたは印刷されたカード、回覧、書物、小冊子、広告、通知、卑猥なあるいは下品な言葉が書かれた、もしくは印刷された封書または葉書、これらはいかなるものであれ郵送してはならない。(『神の園の草取り人』二〇七)

連邦議会を通ったとはいえ、実は議員の多くはほとんどその法案を読んでいなかったと言われ、また法そのものに産児制限についての条項のミスも指摘されている。しかしながら、この議案の通過と同時にコムストックは郵政省の特別執行官に任命され、郵便法を盾にしたいわば警察のような権限を行使できるようになった。

◉コムストックとYMCA

一八七三年、「コムストック法」(通称) が議会を通過し、その後一九世紀末から二〇世紀初頭にかけて、全米の四五州が「リトル・コムストック法」として州レベルの猥褻取締法を強化することになったが、その社会的背景となる要因の少なくとも二つは、宗教的理由であると言われている。福音主義キリスト教団体の宗教復興運動とニューヨークYMCAのキリスト教復興運動である。一般的に南北戦争後のアメリカは、社会進化論に基づく産業化の進展や新移民の増加による都市の発達と世俗化が指摘されるが、ヘレン・レフコウィッツ・ホロウィッツによれば、この時期こそ宗教と世俗化が激しく対立した時代である。国家の世俗化をひどく懸念する福音主義者の一群が、オハイオ州ジーニアに集まり、国教の確立こそ困難なものの、「イエスを国家の最高の権威」とするよう憲法修正を図ろうとする運動を開始した。これに長老派教会やメソジスト教会などの有力な一派も賛同し、著名な大学人まで巻き込む大きな運動となったのであった。結果的にこの運動は、安息日、結婚、公立学校での聖書教育などのプロテスタントの理念を保障することになった。

キリスト教復興運動のもう一つの要因として、ニューヨークのYMCAの活動が挙げられる。一八六六年二月に始まった若者に焦点を絞ったこの運動の背景には、当時のニューヨークという都市に生活する若者の生活事情が反映している。一五歳から三〇歳までの人口が一一万一〇〇〇人を超えるほどの数に上り、多くの店員や職人の監督および教育は昔のように雇用者が行える時代ではなくなっていた。彼らの多くは、ビリヤード場や賭博場、居酒屋やバー、あるいは酒と女とステージショーが楽しめるコンサート・サロンやウェイター・ガール・サロン（給仕兼売春）、あるいは密会宿や売春宿などに気晴らしに出かけた。ある報告によると、当時七三〇箇所の売春宿に住む三四一七人の「売春婦」の収入の総額は、年間三六四万ドル近かったと言われている。

以下は、当時のニューヨークの大通りのある一日の風景である。「ある通りでは下品な週刊新聞をわずか一〇セントで公然と売っている。また、五〇種以上ものみだらな本（それぞれ一つか二つの挿絵入り）が三五から四〇セント、さらにそれぞれに一〇〇種以上のカタログがあるという具合。客はただ店主にもっと高い物はないかと言うだけで、もっと猥褻な絵の入ったもっと俗悪な品が手に入る。こういった出版物の若者への悪影響は明らかである。つまり売春宿へとつながるからである」（『性の再読』三六〇）。写真がまだ十分普及していない時代の安価な大衆紙だが、YMCAにとっては「読者の性的関心を刺激するために一般向けに安価で売られている性的文学、文書、イラスト」が「猥褻物」の定義であった。まさにコムストックの得意な比喩のように、邪悪な「癌」や「ウイルス」が次々と増殖するように猥褻物は変化や新奇さを求め広がっていく。ある意味、この時点でのYMCAの浄化活動の基本概念はかなり素朴なものであったと思われる。すなわちアメリカの都市の発展に伴い、多くの若者がニューヨークのような都市へ集まってくる。しかし、都市では雇用形態や道徳意識も変化し、以前のような道徳（特に性道徳）の教育や躾はできなくなっている。街では簡単に猥褻な新聞・雑誌が手に入り、欲望をもてあました若者は売春宿へと向かう。その結果、恐ろしい性病という不治の病に罹り、人生を破滅させてしまう。現在から見れば、かなり偏向した素朴な物の見方といえるだろうが、当時、キリスト教徒である若者を、特に都市で保護する役割で発展していたYMCAは、このような状況を見逃すわけにはいかなかった。

一八四四年にロンドンで設立されたYMCAは、若者の健全な精神と知性と身体の育成を目指したが、それは設立者ジョージ・ウィリアムズ自身が、産業革命後に都会へやってきた典型的な若者であったからだ。当時の大都市では、多くの若者が職場に雑魚寝しながら仕事に従事していた。通りはもちろん安宿でさえ危険に満ちていたからであった。彼らは「まるで魂を抜かれ、仕事と寝床を行ったり来たりするだけ」の生活を送っていた（ベイレス『YMCAの一五〇年』一二）。そのような若者にとって健全に余暇を過ごせる場所などあるはずもなく、多くの仲間は酒場か売春宿に行くしかなかった。ウィリアムズは「服地・刺繡・その他の職に従事する若者の精神状態を向上させる目的」で最初のYMCAを作ったのであった。奇しくも、後にアメリカで一世を風靡するコムストックと同じ服地屋であったが、これは当時の繊維産業を中心に発展した都市の共通する背景といえよう。

アメリカ国内で初めてのYMCAは、一八五一年にボストンで、トマス・ヴァレンタイン・サリヴァン船長（牧師）によって設立されたが、彼は、ロンドンのYMCAで、若い船乗りが港に上がるときの「ホーム・アウェイ・フローム・ホーム」（故郷のような家）を提供したことに影響を受けての行動であった（YMCA「創立物語」）。一八五三年には商人や職人を中心にすでに一五〇〇人の会員を擁し、福音主義キリスト教の普及、発展を標榜していた。

コムストックが頭角を現した一八七〇年代のアメリカでは、新興の悪徳撲滅団体が、ボストン、シカゴ、サンフランシスコなど主要都市に組織され始めていたが、その中心的人物の多くは、宗教的な雰囲気の濃厚な地方の小さな町や農場で育った者たちだった。たとえば、ニューヨーク悪徳撲滅協会の初代会長となったサミュエル・コルゲート（一八二二―九七）は、石鹸と蝋燭工場を作り一代で財を成したウィリアム・コルゲートの息子であり、熱心なバプティスト信者であった（コムストック法の成立した一八七三年は、コルゲートが初めて歯磨き粉を売り出した成長著しい年であった）。シンシナティで悪徳撲滅協会を作ったウィリアム・J・ブリードはマサチューセッツの漁村からやって来てこれも一代で成功を収めた人物であったし、ボストンの監視監督協会を統括していたフレデリック・B・アレンは、トリニティ教会の聖職者であったという（『一九世紀アメリカの避妊と堕胎』二六一）。アメリカの都市人口が農村人口を上回ろうとしていた時代、保守的伝統的な生活を送る地方出身者や宗教的家庭で育った人々にとって、都市生活を送る人々の道徳的堕落には危機的なものを感じていたのであった。

一八六六年二月のニューヨーク。腐敗、堕落の危機に直面する若者を前にして、YMCA理事会はシーファス・ブレイナードとロバート・マクバーニーによって書かれた「ニューヨーク青少年健全化計画覚書」[5]を回覧し、ニューヨークの改革に乗り出すことになる。ここにコムストックが登場する基盤ができた。「YMCAが創設からもっとも影響力を持った時代は、明らかに一八七〇年代から一九三〇年代であり、その間、福音主義キリスト教の普及に邁進した」と言われるが、これはコムストックと彼の指揮する「悪徳撲滅協会」が活躍した時代ということができる。

この時期（一八六九年）に、ＹＭＣＡは屋内体操場を建設している。後に、一八九一年、ＹＭＣＡの体育指導者ジェイムズ・Ａ・ネイスミスによって、青少年の冬の室内競技としてバスケットボールが考案されたことは周知の通りである。これもＹＭＣＡの特徴の一つを明瞭に表すものであろう。前述の通り、青少年の健全な心身の育成を図るＹＭＣＡにとって、時代こそ異なれ、冬の運動不足になりがちな時期の生活指導は、早急に解決すべき問題であったはずだ。一つには欲望に導かれるまま女性のいる場所へと出入りする者が出る。幸運にもそこまで衝動的にならない青少年たちでも、いわゆる猥褻本や雑誌で自慰に向かう者が出る。コムストックがいかにこれを恐れていたかは、『若者への罠』に詳しい。エロティックな文章や絵が掲載されている雑誌や小説の類が街頭や通信販売で容易に入手でき、これにより悪の道へと導かれる、その悪癖が次第に健康を蝕み、「頬は蒼ざめ、つやはなく、目は窪み、精彩を欠き、不機嫌で、神経質でいらいらしている、いわば道徳的廃人」（『若者への罠』一三六）となってしまうと考えた。

性科学の未発達な時代の典型的なセクシュアリティ概念だが、コムストックの問題は、このような青年の傾向を、ひとえに環境にあると考えたことである。一九世紀アメリカの教育で寄宿舎の果たす役割は大きかったが、そこの生徒たちもこれと同じ状況に陥っていた。コムストックは、このような悪癖による若者の堕落と人生の破滅という悪循環を断ち切るため、猥褻物の流通それ自体を止める方法を模索し、その結果、郵便法による取締りに至るのである。この時代の社会全体の道徳的堕落を物語るのは、業者間で顧客の手紙の売買を行い客のリストを手に入れたり、郵便局長などが学校の生徒の名簿を業者に売り、それに基づき販売業者が寄宿舎など宛てに猥褻文書の広告を郵送、青少年への販売を促進していたという実情である。

一八六六年に召集された仮称「ニューヨーク清浄化委員会」のＹＭＣＡ理事会は、街頭に蔓延する「下劣な週刊誌」や「みだらな本」の流通・販売を何とか止められないか地方検事に相談する。しかし、一八六六年時点でのニューヨーク法では効果がない。弁護士ブレイナードを中心とする委員会は、ニューヨーク州議会に何度か働きかけ、一八六八年に、ＹＭＣＡの原案より少し軟化はしたものの、何とか新たな猥褻取締法を成立させることができた。このニューヨーク法では、「猥褻な物品、絵、広告、下品なまたは不道徳な記事、猥褻な売薬広告の販売や流通を規制する」と規定され、販売や贈与、郵便その他の方法による流通を規制し、猥褻物を広く取り締まることができるようになったのであった。さらに興味深いことは、「避妊または堕胎のためのいかなる物品や薬の販売、流通の禁止」を盛り込んだことである。

この運動の中心人物ブレイナードは、常に若者の将来を案じていたが、一八七二年一一月二日付の新聞『ウッドハル・アンド・クラフリン・ウィークリー』に、あの『アンクル・トムの小屋』で有名なハリエット・ビーチャー夫人の弟、ヘンリー・ウォード・ビーチャー牧師の不倫疑惑が掲載された。ヘンリー自身が名の通った牧師で、その不倫対象も特定されているようなスキャンダラスな話題に加え、発行者自身がヴィクトリア・ウッドハル（一八三八―一九二七）という話題の人物であった。フリーラヴを説くウッドハル姉妹の大げさなパフォーマンスで、ますます道徳的危機を感じたブレイナードは、もっとも誘惑されやすいのに、もっとも保護されていない、もっとも重要な階級である「若者」にもっと手厚い保護を検討していた。そのとき現れたのがアンソニー・コムストックである。

一八七二年はコムストックにとって特別な年となった。ヴィクトリア・ウッドハル、このオハイオの貧しい労働者の子は、持ち前の美貌と弁舌で、当時流行の霊媒師として中西部で流転の生活を送っていたが、再婚で目覚め、三〇歳でニューヨークに出る。鉄道王コーネリアス・ヴァンダービルト（一七九四―一八七七）の庇護のもと、ビジネスで成功、一八七二年の大統領選挙に名乗りまで上げてしまう。一八七一年の演説では、自分が「自由恋愛主義者」（free lover）であると宣言し、また「全国霊能者協会」の会長に選ばれもしている。ウッドハルのきわめて率直な物言いは、世間の批判を招いてもいたが、前出のＹＭＣＡのブレイナード同様、この「自由恋愛主義」に危惧を感じていたコムストックは、一八七二年一一月二日付の新聞記事自体を猥褻文書と判断し、地方検事や連邦警察に処分を求めた。裁判は翌一八七三年六月遅くに始まったが、弁護士のウィリアム・Ｆ・ハウは、最終的に、今回のスキャンダルを扱った『ウッドハル・アンド・クラフリン・ウィークリー』は「新聞」であると主張した。一八七二年の連邦法では、この記事は取り締まれない。したがってウッドハルには無罪の評決が下されたのであった。

ウッドハルとの裁判に負けたコムストックは、一八七二年の連邦法の限界を痛感し、前述の通り郵便法を利用し、一八七三年のコムストック法成立へと邁進したのであった。

◉青少年の堕落と保護

そもそも、アメリカにおける検閲・発禁の歴史は、一八二一年にマサチューセッツ州ボストンにおいて、イギリスのジョン・クレランド（一七〇九―八九）の『ファニー・ヒル』の原典を出版した際、イギリスのコモン・ローに基づき、猥褻文書として有罪となったことが始まりである（ソヴァ『禁書』四四）。その後、南北戦争を経て、一八六五年、猥褻文書の郵送を禁じ、一八七二年にはさらにこの法律を強化することになる。イギリスでは猥褻出版物取締法として「キャンベル法」が成立し（一八五七年）、その後「ヒックリン基準」によって「猥褻」の定義がまがりなりにも示され（一八六八年）、これがアメリカでも一八七九年に適応されることになった。イギリス高等法院のコクバーン主席判事によれば、「猥褻か否かの判断は、猥褻だと告発されたものが、そのような不道徳な影響を受けやすい精神を有し、かつこの種の出版物を入手する可能性のある者たちを、堕落せしめる傾向があるかどうかにかかっている」、という内容であった。これは、告発対象が少年・少女への悪影響があるかどうかという観点から判定していた解釈であり、この定義によれば、一行でもこの定義に当てはまれば、他の部分がいかに「清潔な」ものであっても猥褻と見なされることになった。この解釈は、一九三三年の『ユリシーズ』裁判まで効力を持つものであったという。

このヒックリン基準における「不道徳な影響を受けやすい精神」を有する者こそ、コムストックにとっては誘惑の多い都市の青少年であった。子供時代の宗教的環境と母の影響、我が子の喪失、養子の障害、病弱な姉妹等々、ある意味家族に恵まれなかったこの社会運動家にとって、社会生活の基盤である家族、特に子供の健全な育成こそが、健全な社会の要であった。「子供への悪影響」

を防ぐためには、おとり捜査であろうが、破壊的行為であろうが、自殺者が出ようが、手段を選ばず取り締まった。青少年の純潔を穢す原因となるものはことごとく排除しようとしたコムストックは、各家庭で目にする新聞、週刊誌、三文小説、広告はもとより、劇場、芝居、酒、ギャンブル、籤（くじ）、ビリヤード、郵便物、自由恋愛、芸術等々、性的暗示を読み取れるもの、性的誘惑の温床となりえる場所を徹底的に排除しようとした。現在からみると、むしろ逆に取り締まる本人の想像力の過激さに驚く。

一九世紀後半のニューヨークでは、堕落した警察よりも民間の悪徳監視団体に取締りを期待する風潮が強かったが、それは主に青少年を保護する目的であった。酒場やコンサート・ホール、劇場、賭博場などには、頻繁に「売春婦」なども出入りし、自分たちの商売を熱心に繰り広げる、また、移民や労働者層の貧しい家庭の子供たちは、収入のためにこのような場所で働き、結果的には身を売ったり、ホームレスが増えたりする原因を作っていた。そのような不正を取り締まるべき警察は、店の営業許可権を握り、店との癒着により、かえってこのような店の営業を保護する立場になってしまう。その結果生まれた言葉が、ニューヨークの「テンダーロイン」（Tenderloin＝上等の肉）である（『ウェブスター新英語辞典第三版』にも収録）。悪徳が横行しているにもかかわらず、警察官が賄賂で買収され贅沢な食事を食べることができた地域を意味するようになったのだった。ある教区牧師によれば、コムストックが「聖戦」を開始した当時のニューヨーク市には、二万人の「売春婦」がいて、一五―一六歳の子供の売春は特に問題になっていた[6]（「アンソニー・コムストックとその敵対者」四）。このような社会状況の中で発生してきたのが、民間人による「悪徳防止協会」

である。南北戦争後に道徳の荒廃を危惧する有識者たちによって、これまでの団体とは異なった男性会員を中心とした新しい組織が作られた。まず、一八六六年にヘンリー・バーグが立ち上げた「全米動物愛護協会」は、その後、一八七五年「幼児虐待防止協会」発足の契機となった。一八七三年には、コムストックの「悪徳撲滅協会」、一八七八年にはハワード・クロスビーの「防犯協会」、一八九二年には「ニューヨーク自警連盟」などが生まれた。当時のアメリカの代表的な悪徳防止関係の組織は、たとえば、前述の「キリスト教青年会」（一八五一　ボストン）、「禁酒党」（一八六九）、「女性キリスト教徒節酒同盟」（一八七四）、「全米酒場反対連盟」（一八九五）などであったが、前述の新興「悪徳防止協会」との違いは、旧組織が政治や法律の制度自体の改革をすることで社会改革を求めたのに対して、コムストックらの推進した新組織は、現状の法律の適切さは認めながらも、その行使力の弱さに道徳的退廃の原因を求めた点であった。このような環境は、後に産児制限に関する郵便物をも厳しい取締り対象とすることになるコムストックにとって、英雄さながらの活躍を期待できる大舞台を準備することになる。すなわち、女性会員がほとんどいないことで女性の立場を擁護できる者が組織内部に出にくいことと（その結果、産児制限等の女性の健康や権利に関する取締りが極端に厳しくなった）、警察が取り締まらないなら自分たちが実力行使をするという短絡的な行動が生み出されやすくなったということである。

コムストックらの立ちあげた新興悪徳防止協会は、すでに述べたように、労働者階級や移民の多く住むニューヨークのダウンタウンの悪徳を排除したいと考えた。そしてこれらの悪徳が他の地域（すなわち中産階級の住む所）にまで拡散しないように、まずコンサート・ホールや芝居小屋、歌劇場などで働く子供たちを保護しようとした。周知のように、一九世紀末のアメリカには新移民が大量に押し寄せ、彼らの多くが大都市へと入っていったが、貧しさから親は子供を幼いうちから働かせることになる。子供たちはいつしか周囲の悪徳に慣れ、今度は自分が売春婦になったりホームレスになったりする。特にコンサート・ホールは、一八六〇年代には、「ウェイター・ガール」という名称の女性たちを雇い、実業家や裕福な男性客に大人気となったが、これは事実上の「売春婦」であった(ギルフォイル「政治的監視の道徳的起源」六四三)。有名店の客層が街の実力者であるがゆえに、警察も手が出せず、警察自身も業者からの賄賂と癒着で堕落していた。コムストックたちは、社会改革を望む多くの人々の期待を背負って、自ら実力行使に出ることになる。彼らがまず攻撃対象としたのは、移民や労働者の通うコンサート・ホールである。すでにコムストックは、少年時代に違法な酒類販売をしている店を襲撃していた。一八歳のコムストックは、「最初の粛清運動」として、無免許営業の酒場の狂暴な犬を射殺し、さらに夜中にその飼い主の酒屋の酒をすべて床にぶちまけてしまったという。この時も、錯乱状態の大型犬に子供たちが噛まれるかも知れない、という不安に対して保安官は何もしてくれなかったからだ。

この当時の青少年保護の観点から、急増する堕胎の数もコムストックには看過できない現実であった。たとえば、コムストックの冷酷さを示す好例としてしばしば挙げられる通称「マダム・レステル」は、当時有名な堕胎医であり、曖昧な表現にしてはあるが自分の職業の新聞広告なども出し、かなりの収入を得ていた。コムストックは、得意のおとり捜査で、この高齢の女医に、妻のために産児制限をしたいと作り話を持ちかけ、ようやく薬を出してくれたところで逮捕した。夫に先立たれ、二度目の入獄には耐えられないと判断したのか、レステルは裁判の日の朝、首を切って自殺したのであった。当時の監獄の実態は現在からは想像し難いほど劣悪な環境であったという。これに対するコムストックの言葉「血なまぐさい人生には血なまぐさい終わりだ」は、この人物の冷酷な人柄を表わす言葉としてしばしば引用されるが、実は当時の若者の非合法な関係による妊娠と堕胎は大きな社会問題となっていた。

産児制限のための道具はかなり古い時代から使用されてきた歴史があるが、現在につながる堕胎は一九世紀に始まった新たな方法である。諸説あるが、この新しい堕胎の歴史は一八四〇年代に始まったと言われている（ベイゼル『危険な無辜』二一六）。初期は主に未婚女性だったが、一九世紀中ごろから既婚者が産児制限のため堕胎し始めた。主な堕胎法としては、内服薬、堕胎薬（胎児の毒殺）、水や器具を利用した堕胎などがある。一八七〇年代には『ニューヨーク・タイムズ』などの新聞に、堕胎医としてマダム・レステルなど有名人が取り上げられた。ただし、ここに取り上げられた堕胎医は主に移民や外国人であったと言われている。この時代が、堕胎がビジネスとしても成立し始めた時期といえるだろう。その結果、無知な若者たちの中で、ある者は人生を誤り、ある者は堕胎の後遺症で苦しみ、また死を迎えねばならない者も出たのであった。

産児制限のための製品や薬品が、大衆紙で流通するようになった一九世紀後半の段階で、快楽のための猥褻物の広告と同じ紙面に、一つの商品として並列されたことは、その後のサンガーその他産児制限活動家からみても不幸な出来事であった。母体保護や貧困者保護のためには不可避な処置であろうが、その身体的経済的保護という面が、性的快楽と同じセクシュアリティの概念の中で捉えられ、産児制限製品がかえって性的刺激を与えてしまうというレトリックが生じた。いわば性的表象に含まれてしまい、それはすなわち性的商品に難なく転化する。実際、街の風紀の乱れた地域では、まじめな生理学の本と避妊具が一緒に販売されていた。いずれにしてもコムストックにとって、避妊と堕胎、およびそれらを連想させる物品や絵画その他の表象はすべて不純で猥褻であり、不道徳を促す大罪に他ならなかった。

◉コムストック法の二重基準（ダブル・スタンダード）

コムストック法成立の主な理由を振り返ると、以下のようになろう。まず宗教の復興運動があった。信仰復興の時代に生まれた両親の清教徒的な環境の中で、福音主義の強い影響を受けたコムストックは、典型的なヴィクトリア朝的アメリカ人として生活しながら、アメリカの近代化と共に世俗化する都市の堕落と若年者への悪影響が増大する状況を懸念していた。原理主義的な道徳家であったコムストックは、本来取り締まるべき警察が、業者の賄賂によって違法な行為を見逃している現状を許せず、自らが行動を取り始める。奇しくもニューヨークYMCAも社会の浄化運動を開始しようとしていた。一八七二年、ウッドハル裁判で敗訴し、ますます青少年への悪影響とその堕落を憂慮したコムストックは、YMCAの力を借りながら議会への圧力をかけ、一八七三年、郵便法改正に成功し、「不道徳な目的に使用される猥褻文書および物品の売買・流通の禁止に関する法律」を成立させた。

直情的で頑固な印象しか与えないコムストックだが、しかしながら、その取締りは二重基準でもあった。コムストックの行動を支えた「ニューヨーク悪徳撲滅協会」のメンバーや支援者であった大手製造業者のサミュエル・コルゲートやグッドイヤー（タイヤ）、グッドリッチ（ゴム）、シアーズ・ローバック（百貨店）などは、他の業者と同じく避妊製品を販売していたが、どこも取締りを免れ訴追されていなかった。たとえば、一八七八年、自由恋愛擁護派として活躍していたサラ・B・チェイス医師は、避妊のためのゴム製品とスポンジ、および説明書を販売したために逮捕されたが、同じ時期にコルゲート社は、安全な避妊法として自社製のワセリンを売り出しており、社長自らが一八八七年から「ニューヨーク悪徳撲滅協会」の会長であったため、自由恋愛擁護派の雑誌『真実の追求者』によって批判されていたのだった。むろんコムストックは、これまでもきわめて厳格に性産業や産児制限業者を取り締まり、賄賂など受け付けなかったはずだ。しかし、その追求の手には限界があったと見るべきであろう。

コムストックの活躍したニューヨークでは当初、猥褻容疑で逮捕され裁判にかけられても、有罪になる確率は低く、またいったん有罪となっても多くが減刑されてしまっていた。特に産児制限で取り締まった場合、裁判官も陪審員も避妊具を販売しただけで罪を問うことには熱心ではなかったようだ。一八七三年、地元ニューヨークの有罪判決は六二パーセントで、コムストックとしてはかなり不満であったことは明らかだ。

近年の研究によると、コムストック法は、上・中流階級の生活と繁栄を守るための運動として利用されていたという。コムストック自身、富を持つだけでは人間（子供）の道徳心は守れない、ゆえに悪の誘惑によって自分たちの社会的地位を失う可能性がある、したがって具体的な対処法として「ニューヨーク悪徳撲滅協会」を支援し、特に労働者階級や新移民労働者のモラルを規制することで自己を守り、同時に社会的安定も図られる、と警告するが、これが上・中流階級のコムストックを支援する人々に対する最大の妥協点であったように思われる。

妊娠や堕胎に関する知識の不足による問題を抱えるのが主に労働者階級であり、後に、その解決策を求めて活動したのがサンガーであったが、コムストックはこの産児制限活動家と裁判で対峙することになる。産児制限の知識や情報を流布するため、これまで潜在化していた身体表現を多用し、生命の誕生をコントロールしようとするサンガーの活動は、コムストックにとって宗教的にも道徳的にも社会的にもまったく認められないものであった。しかし、サンガーの目指した活動は、子沢山の実母の不幸をみることから生じたリアリティのある行為であった。母親たちの健康と家族の安寧を考えた末の思いあまった結果とも言えた。他方コムストックは、若年者の堕落を憂慮するあまり、過激な検閲活動に至ってしまった。

コムストックが活躍の場を見つけた一九世紀後半のアメリカは、一方でヴィクトリア朝的価値観の中での理想的な家族像が求められながら、産業の発達と都市化により、女性、特に母親の役割が大きく変化した時代でもある。ニコラ・ベイゼルによれば、農業中心の時代には、労働力の補強のため子沢山が尊ばれ、日常生活における女性の中心的な役割は出産と育児であった。しかし、都市化が進み都市生活者が増加するにつれ女性の役割も変化し、たとえば外へ働きに出たり社会活動などども活発になる。特に中産階級以上で少子化が進み、子供への投資に見合う成果を求めるようになった。我が子が堕落すれば、投資額を回収できないし、また、移民などの貧しい層と接触することで

「ウイルスがはびこるように」悪徳が広がり子供たちが蝕まれる。それを避けるために、結果的に、コムストックらの悪徳撲滅協会の過激な取締りを許容する環境が生まれたのであった。

コムストックとサンガー、まったく異なる方法と方向ではあるが、両者が目指していた頂上は、ある意味同じ場所であったともいえよう。南北戦争後の「金ぴか時代」で崩壊した道徳観、大量の移民で激変する家族形態、腐敗と堕落が日常的な一九世紀転換期の都市生活の中で、二人は共にそれぞれの視線で、人々の「健全な」生命と生活を求めていたということはできるだろう。

しかしこれは、まさにミシェル・フーコーが『性の歴史Ｉ』の中で指摘した権力による「性の社会的管理化」でもあった。「人口問題」が顕在化し始めた一八世紀には、労働力確保のために国家が「全住民レベル」の生殖行為に介入し始め、一八―一九世紀にかけては「逸脱的性行動」が問題視されだし（少年の性行動もその対象）、一九世紀になると、一夫一婦制を基盤とした家族制度の中でさまざまな性的指導が行われ、健全な労働力の確保に努めることになった。すなわち一夫一婦制の婚姻制度こそが、性的欲望を管理し近代的家族を作り、社会的逸脱者を発生させない装置となる。その結果、逸脱者を管理する必要から、性科学と同時に優生学が生まれることになった。サンガーが後年、優生学へ傾斜していった背景には、このような国家による目に見えない権力（とその快楽）の浸透があり、その権力を下部から作り上げていったのは、他ならぬコムストックやＹＭＣＡ等の悪徳撲滅運動に励む小集団であったと言わなければならない。

◉本章は、「一九世紀転換期アメリカの検閲（一）：コムストック法とＹＭＣＡの時代」『国際関係研究』第三一巻一号（日本大学国際関係研究所、二〇一二年）に加筆修正を施したものである。

◉註

（1）ＮＹＳＳＶ（The New York Society for the Suppression of Vice）の年次報告書の表紙ロゴには、禁書を燃やす紳士と警察に逮捕される人物が描かれているが、これは一八七七年の第三回報告書からである。

（2）実は、近年出版されたコムストック研究書では、上記の二冊『暴かれた欺瞞』『若者への罠』は本人だけでなくゴーストライター、あるいはスピーチライターのような存在がいた可能性が指摘されている。ホロウィッツは、その文体に注目し、コムストックの書いたものが、一つには単純で粗野な文体、もう一つがＹＭＣＡや悪徳撲滅協会などのいわゆる説教じみたものが混じっていると考える。確かにコムストックの教育レベルで、ここで扱われる内容まで書けるか疑問視する者もある。むしろ、当時コムストックを支援していたＹＭＣＡのシーファス・ブレイナードやフランク・Ｗ・バラード（共に教養ある経験豊かな雄弁家）が手を加えたと見てもおかしくない。また、確かにＮＹＳＳＶの年次報告書の文体にも酷似しているのだ。

（3）Committee on Obscene Literature

（4）An Act for the Suppression of Trade in, and Circulation of Obscene Literature and Articles of Immoral Use

（5）A Memorandum Respecting New-York as a Field for Moral and Christian Effort Among Young Men

（6）亀井俊介『ピューリタンの末裔たち——アメリカ文化と性』によれば、一八八〇年代から一九一八年ごろまでは、非公式ではあるが警察と売春業者との馴れ合いでいわゆる「赤線地帯」を黙認し、ほとんど公然なものとなっていたという（一一二）。

第八章　冷戦期のチャップリン
――「発禁」作品としての『ニューヨークの王様』と「アメリカの嘆き」のレトリック

中垣　恒太郎

――政治に関しては、私はアナーキストだ。政府や規則、束縛は嫌いだ。檻に入れられた動物になるのは我慢できない。人間は自由であるべきだ。
（チャップリン、一九五七年九月一二日『ニューヨークの王様』公開時記者会見での発言）

「アメリカにおける検閲と発禁」を考える事例として、本章ではチャーリー・チャップリン（一八八九―一九七七）の米国での「発禁」作品『ニューヨークの王様』（一九五七）と、チャップリンの「国外追放」処分問題を取り上げる。喜劇役者としてチャップリンは国際的な高い評価と人気を得ていることから、一見、チャップリンと「発禁」とは結びつかないようにも思われるかもしれない。「発禁／国外追放」処分の観点からチャップリンの思想と作品を捉え直すことにより、一九五〇年代アメリカの特殊な時代思潮と、コスモポリタン（世界市民）を志向していたチャップリンのアメリカ観が浮かび上がってくる。

◉チャップリンとアメリカ

イギリスで制作され、チャーリー・チャップリン最後の主演作品となった『ニューヨークの王様』（一九五七）は、チャップリンを国外追放に追い込んだ「赤狩り時代」に対する痛烈なアメリカ文明批判が込められている。事実、一五年ほど後になるまでアメリカでの上映は果たされることがなく、事実上の「発禁」扱いを受けていた。『ニューヨークの王様』には冷戦期のアメリカが抱えていた問題が色濃く反映している。

同時に興味深いのは、『ニューヨークの王様』が制作発表された一九五〇年代は、今日につながるアメリカ大衆文化の原型がまさに形成された時代でもあったという事実である。ハリウッドを離れ、イギリスにおいてアメリカを舞台にした作品を制作する試みは、アメリカを外側から見ることによって得られた視点により、チャップリンにとって独自のアメリカ文化論をもたらした。中でも『ニューヨークの王様』は、まさに「『モダン・タイムス』（一九三六）の一九五〇年代版」という呼び声もあるように、TV、広告文化、映画、美容整形手術、ロックンロールに代表される当世アメリカの最新風俗を織り交ぜながら、消費文化の度合いを加速させていくアメリカ大衆文化の本質を抉り出し、諷刺している点に特色がある。

アメリカを離れ、慣れたスタジオやスタッフを失ったチャップリンにとって、イギリスでの『ニューヨークの王様』制作が難儀をきわめたであろうことは想像に難くない。事実、喜劇役者チャップリンの軽快なギャグを期待する観客、批評家からは、同時代の政治状況、自身のアメリカ国外追放を引き起こした「赤狩り」への諷刺が政治的にすぎる点が嫌悪されたばかりか、作品としての完成度の観点からも高い評価を受けることはできなかった。しかしながら、今日、先鋭的な作風で知られる映像作家のジム・ジャームッシュやマイケル・ムーアらが後年、この作品に対する賛辞の声をあげていったように、妥協なく自身の姿勢を貫き通したチャップリンの思想がこの作品には凝縮されており、かつ、アメリカ大衆文化、パックス・アメリカーナ（アメリカ帝国主義）の行く末を的確に見据えた『ニューヨークの王様』再評価の機運は今まさに高まっていると言える。

『殺人狂時代』（一九四七）以後、非米活動調査委員会（House Un-American Activities Committee）はどのようにチャップリンに関与していたのか。『ニューヨークの王様』を中心に、「冷戦期のチャップリン」のアメリカ観、イデオロギーに対する態度などを探っていきたい。本章では、『ニューヨークの王様』における「発禁」事情を再検討することにより、「冷戦期」におけるチャップリン評価からアメリカの文化事情を探るとともに、『ニューヨークの王様』におけるチャップリンのアメリカ観を再評価することを目的とする。

「自由・平等・民主主義」を理念として建国されたはずのアメリカ合衆国がなぜ、反共主義という形で抑圧と迫害をくりかえしていったのか。[1]アメリカ大衆文化には、ピューリタニズムの説教（エレミアの嘆きのレトリック）の流れを引く形で、アメリカの理想が実現されえていない事実を憂い嘆き、「理念の国アメリカ」を鼓舞する伝統がある。この観点に立つならば、「アメリカは、ともかく、諷刺に充分耐え得る強い国なのです」(『ニューヨークの王様』公開時記者会見での発言)と述べたチャップリン自身の言葉からも、『ニューヨークの王様』はまさしく、アメリカの理想と現実との乖離を嘆く「アメリカの嘆き」のレトリックによる産物であり、チャップリンこそが「アメリカの理念」の追求者であったのではないか。

◉マッカーシズムと冷戦期アメリカ

チャップリンはアメリカ文化のアイコンとしても機能しており、彼自身がイギリスからの「移民」としてアメリカに渡り、喜劇役者から新興の映画産業のビジネスのトップに君臨するばかりか、一九三〇年代の世界旅行時にはアインシュタインや、ガンジー、H・G・ウェルズらと文明論を交わすなど、世界を代表する文化人の一人として認められるまでになるなど、(2)チャップリンこそが「アメリカン・ドリーム」を体現した人物であった。にもかかわらず、一九五二年九月一七日にチャップリンが、自身のイギリス・ロンドンでの、ミュージックホール時代の役者体験を素材にした『ライムライト』(一九五二)のイギリス公開に合わせて、家族と共にニューヨークを離れた際に、チャップリンの再入国許可を取り消す合衆国司法長官の声明が発表され、事実上の「国外追放」の憂き目に遭っている。チャップリンがその後、米国の地を踏むに至るまでには、アカデミー賞授賞式に出席し、特別賞を授与された一九七二年まで二〇年間もの歳月がかかっている。

事実上の「国外追放」は、「合衆国の外国人および市民権法第一三七項(C)節」に基づくものであり、

「道徳や健康、精神病、あるいは、共産主義の唱道、共産主義者または共産主義的組織との結びつき」を理由として外国人の締め出しを認めている法律を根拠とするものである。出入国調査局に、チャップリンが再入国しようとする場合、審問のために勾留を求めることを時の司法長官ジェイムズ・P・マクグネラリーは命じている。

その背景として、一九五〇年二月にアメリカ合衆国上院にて、ジョウゼフ・レイモンド・マッカーシー（一九〇八―五七）上院議員（共和党）が、「二一五人の共産主義者が国務省職員として勤務している」と告発したことを契機に、ハリウッド映画界などをも巻き込み、大規模な「赤狩り」に発展した、いわゆる「マッカーシズム」の風潮が挙げられる。上院議員マッカーシーは、その告発対象をアメリカ陸軍やマスコミ関係者、映画関係者や学者にまで広げるなど、「マッカーシズム」は一九五〇年代初頭のアメリカの知識人たちを疑心暗鬼に陥れた。この際に、告発された映画人は、チャップリン以外にも、ジョン・ヒューストン、ウィリアム・ワイラーなどアメリカ人や外国人の関係者を含めた数百人に上る。エリア・カザン、ウォルト・ディズニー、ゲーリー・クーパーなどは告発者としてマッカーシズムに協力したことで知られる。

ハリウッドにおける「ブラックリスト」の始まりは一九三〇年代に遡るが、「赤狩り」の風潮が色濃くなってくるのは、第二次世界大戦後のことであり、「共産主義者」であるとの疑いをかけられた人々は、ハリウッドの労働組合に対する共産主義の影響を調査していた非米活動調査委員会によって一九四七年一〇月に召喚されている。この際に、召喚状が発せられた一〇人は「ハリウッド・テン」と呼ばれ、一九四八年に「議会侮辱罪」で有罪判決を受け、一九五〇年に半年ないし、一年程度の実刑を受けている。

当時のアメリカにおいても、共産党員であることは法的に違法ではなかったのだが、「全米俳優組合」は、一九四七年一一月一七日に「共産主義者ではない」ことを役員に誓約させている。さらに、一九四七年一一月二五日に、ニューヨークのウォルドルフ・アストリア・ホテルにて映画業界の重役たちによる会合が開かれ、「アメリカ映画協会」代表のエリック・ジョンソンはプレスに対し、いわゆる「ウォルドルフ・ステイトメント」と呼ばれる声明を発表した。「ハリウッド・テン」に名前を挙げられた者は、馘首(かくしゅ)もしくは停職処分となり、彼らが無罪と見なされるか、嫌疑が晴らされ、彼らが共産主義者ではないと自身で誓わない限り再雇用されることはないという内容を持つ声明であった。この声明により、ハリウッド・テンと呼ばれる一〇名はその後、長期間にわたり、アメリカの映画・テレビ業界で働くことができなくなってしまうことになる。その「ハリウッド・テン」の一人に脚本家（映画監督）のダルトン・トランボ（一九〇五―七六）がいる。また、「ハリウッド・テン」以外にも「ブラックリスト」に乗ったとされる人物として、映画監督・俳優のオーソン・ウェルズ、作家のアーウィン・ショー、ダシール・ハメット、リリアン・ヘルマン、アーサー・ミラーなどの名前も挙げられている。(3)

ウィリアム・ワイラー（一九〇二―八一）監督、オードリー・ヘプバーン主演による『ローマの休日』（一九五三）の制作秘話は「ハリウッド・テン」をめぐるもっとも有名な逸話の一つであろう。この映画の成功により、イアン・マクレラン・ハンターがアカデミー賞最優秀脚本賞を獲得しているが、実際の脚本は、ハリウッド・テンとして映画業界から追放処分を受けていたダルトン・

トランボによるものであり、ハンターは名義を貸しただけであったことが後に明らかになる。アカデミー賞選考委員会により、『ローマの休日』に対するアカデミー賞最優秀脚本賞がトランボに対して贈られるのは、一九九三年のことであり、すでにトランボは故人となっていた。作品にトランボの名前がクレジットされるのは、作品の制作五〇周年記念デジタル・リマスター版が発表される二〇〇三年まで待たなければならなかった。ロマンティック・コメディの傑作として知られる『ローマの休日』であるが、「赤狩り」の旋風が渦巻くハリウッドを離れたイタリアで制作できることをスタッフも喜んでいたと言われており、その意味でも、表面上、政治性が感じられないストーリーの背後に潜む「赤狩り」の影響がしばしば指摘されている。

◉チャップリンと非米活動調査委員会(HUAC)をめぐる攻防

元来、アメリカン・ドリームの体現者であり、民衆の擁護者であったはずのチャップリンが体制側から敵視されるに至るまでにはどのような経緯があったのか。先に「チャップリンとアメリカ」の節で参照した「赤狩り」の時代思潮とも呼応して、もっとも大きな転換点は赤狩りが映画業界を襲った一九四七年に発表された『殺人狂時代』に端を発している。従来の馴染みのキャラクターであった「放浪者」像と決別し、『殺人狂時代』で提示された連続殺人者ムッシュ・ヴェルドゥの姿は、チャップリンにとって戦後の新しい時代を展望する上で新境地になりえたはずであった。しかしながら、主題、手法などさまざまな観点において大胆な野心作であり、演出技法が冴えわたったスタイリッシュな傑作という高い評価を後年に得る一方で、大戦の記憶が覚めやらぬ時代思潮においては同時代アメリカの観客に受け入れられず、チャップリン映画としては惨憺たる興行成績となってしまった。[4]「一人の殺人は犯罪者を生み、戦争での一〇〇万の殺人は英雄を生む。数が〔殺人を〕神聖化するのだ」というラストシーンでの、処刑台に向かう直前のムッシュ・ヴェルドゥの台詞は、世界大戦の記憶、戦勝による興奮に沸いていた世論に対して冷や水を浴びせたばかりか、冷戦期に移行しつつあった体制側にとって、危険視されるに充分なほどの潜在的な国家批判として受けとめられた。

ニューヨークでのプレミア上映後の記者会見は異様な雰囲気で行われ、記者たちの質問は、チャップリンが共産主義者（あるいはその同調者）であるかどうかに終始した。折悪しく私生活での子供の認知訴訟問題に端を発したスキャンダルが泥沼化し、財産分与をめぐる裁判になっていたことから、私生活も含めて、国家に対し、不穏な存在として扱われる契機となってしまった。一九四二年一二月にチャップリンは、後で言う「ストーカー被害」にあっており、一九四三年六月にその女性から子供の認知訴訟を起こされている。カリフォルニア州では、離婚と父親の義務に関する法律において、疑わしい場合は女性の側に有利になる方針を採用しており、血液型鑑定によってチャップリンが父親ではないことを証明しようと試みるも、当時のカリフォルニアでは血液検査の導入がなされていなかったことから証拠として取り上げられることなく、その反証は無視されてしまっていた。以後、チャップリンが国外追放されるに至るまで、「共産主義者としての活動・信条」の疑いと、アメリカ社会に対する「反社会的な行動」としてのスキャンダルとの二点が常に問題視されることになる。『殺人狂時代』プレミア上映後の記者会見においても、チャップリンは共産主義者であることは否定しつつも、「大戦中、ソ連に対してシンパシーを感じていた」ことを明かしている。『殺人狂時代』以後、チャップリンの思想および素行に関する（とりわけ戦時中における）調査が本格的に開始され、悪名高い「ＦＢＩファイル」の形においても、チャップリンに対する「破壊活動調査」報告書がまとめられるに至る。

具体的な事実を概観しておくならば、『殺人狂時代』のニューヨーク・プレミア上映時における記者会見にて、戦時中に「ロシアに対するシンパシーを感じていた」と答えたことを裏づけるように、一九四二年頃、ロシアおよび労働組合にまつわる集会に対する関与が目立つ。一九四二年五月には、ロシア戦線救済アメリカ委員会の要請を受け、サンフランシスコの大衆集会で講演しており、同年七月には、マディソン・スクエアの大衆集会（産業別労働組合評議会による開催。六万人の労働組合員が集まった）で講演。さらに同年一〇月には、当時、左翼主義的組織と見なされていた「戦争のための芸術家戦線」集会の演説依頼に応え、同年一一月には、「我らが同盟国ロシアを讃える会」にて講演、一二月には「ロシアを支援する芸術家の集い」にて講演を行っている。

『殺人狂時代』に端を発し、さらに遡ってチャップリンの思想および素行に関する調査が進められていく中で、前述した「ハリウッド・テン」を含む映画人が非米活動調査委員会により、召喚状を受けている。チャップリンも同年に召喚されるのだが、調査委員会は彼の扱いに躊躇し、喚問を結果的に断念している。召喚状に対し、チャップリンは、「私は共産主義者ではないし、これまでいかなる政党にも組織にも加入したことはない」、「私は平和主義者です」、「民主主義の国というのは、自分の考えを自由に表現できる国のことだ――さもなければ、それは民主主義の国ではない」

という内容の電報を返したのみであった。しかしながら、調査委員会はこの電報により、それ以上の追求をあっさりと辞め、引き下がってしまっている。チャップリンの伝記研究者デイヴィッド・ロビンソンによれば、「チャップリンの卓越したパフォーミング・アーティストとしての側面が聴聞会で発揮されて、委員会の面目が丸つぶれになるのを恐れたのであろう」(『チャップリン』第一六章)という指摘がされているが、非米活動調査委員会はチャップリンが持っていた大衆に対する影響力の大きさを実際に恐れていた。

さらに、一九四七年一一月には、共産主義者の音楽家ハンス・アイスラーが米国から国外追放された事件が起こっている。チャップリンはこの事態に積極的に関与し、パリのピカソに電報を打ち、アイスラーの国外追放処分に抗議する決議を行うことを要請している。この要請を受けたピカソ、マティス、ジャン・コクトーなどが連名による決議文を発表したことにより、アイスラーの強制送還は見送られることになった。アイスラーは一九三八年に渡米していたが、亡命生活を経ていたために正式の「移民」であるとは見なされず、非米活動調査委員会は旅券法違反などを理由にアイスラーに対し、国外追放処分を下していた。しかし、結局のところ、一九四八年三月にはアイスラーは「自主的に」米国を出国してしまうことになる。この事態におけるチャップリンの関与も、チャップリンにとっては不利に働き、在郷軍人会が司法長官、国務長官宛にチャップリンの活動調査を要求した契機となったと見なされている。チャップリンが反体制破壊活動に加担しているかどうかの調査は一九四三年頃から進められていたが、アイスラーの国外追放をめぐる事件に対する関与を経て、一九四八年一一月には「国家の安全を脅かす危険人物リスト」に名前を載せられている。

現在は公開されているFBIファイルにおけるチャップリンの項目は一九〇〇頁を超える大部のものとなっており、一九四二年一二月三日に行われた「ロシア戦線救済委員会での演説」以後、共産主義のシンパであるとする「証拠」が集められていき、ある左翼組織がチャップリンに賛辞を呈したり、ある行事に参加したりするように彼を招待するだけで、ファイルにその情報が書き加えられていった。それればかりか、チャップリンがユダヤ人であったという俗説が採用され、別名が「イズレイル・ソンスタイン」であり、一八五〇年に東欧からロンドンにわたってきた移民とする説など、噂や妄想が混在しており、一九二二年にまで遡り、アメリカ共産党に一〇〇〇ドルの寄付を行った匿名の人物がチャップリンであるという噂なども含められている。(5)

こうした不幸な積み重ねを経て、チャップリンの「国外追放」は騙し討ちの形で決行される。結果的にチャップリンのアメリカでの最後の作品となる『ライムライト』は、イギリス・ミュージックホールを舞台に、老境の境地に達していたカルヴェロの役者人生を描いた物語であり、皮肉なことに『殺人狂時代』のような形での政治的メッセージが見られる作品ではまったくなかったにもかかわらず、米国在郷軍人会は『ライムライト』の上映を、ピケを張って阻止する運動を展開し、いくつかの劇場では上映中止に追い込まれている。

一九五二年八月二五日に移民局の役人がチャップリンのイギリス旅行についての情報をFBIに提供したことを契機に、九月一九日に司法長官マグラネリーによってチャップリンに対する再入国拒否の宣言がなされ、これが事実上の「国外追放」となった。チャップリンは一家と共に、『ライムライト』の舞台となったイギリス・ロンドンでのプレミア上映に参加するための旅の途上であった。問題なく帰国できるように入念に手配したうえでの渡航であり、また、この再入国拒否宣言も一九五二年一二月二四日施行予定の「新移民法」に基づく「国外追放」であったことから、すぐれた弁護士であれば、その日程以前に再入国させることもできたであろうと言われている。しかし、チャップリンはアメリカに戻ることを選ばずにアメリカ再入国許可証を返還している。(6)

その一方で、チャップリンが再入国許可証を返還後も、油断させておいて実は密かに米国に戻ってくるのではないかと移民局は警戒を強めていたという。FBIはチャップリンのアメリカの自宅を調査し、チャップリンと関わりのあった人物全員に対する審問を行っている。さらに三番目の妻で『モダン・タイムス』のヒロイン役を務めたポーレット・ゴダードの離婚調停などが再調査の対象になっている。チャップリンが米国を去って以降も、アメリカにおけるチャップリン排斥運動は加熱していき、一九五八年三月には、ヒックスヴィル公立図書館において、地元住民の反対により、四本のチャップリン映画の上映が中止されている。また、観光名所として有名であるハリウッドのチャイニーズ・シアターの劇場前庭において、チャップリンを含む映画俳優を記念した手形が刻印されていたが、地元住民の抵抗により、チャップリンの手形は撤去されてしまった。さらに合衆国国税庁が、過去の三年間に遡り、チャップリンに対する追徴課税を行うことを発表するなど、行政からも、世論からもチャップリンに対する弾圧はその後も加えられていった。スイスに移住後のチャップリンは、一九五四年五月には共産党世界平和組織から平和賞を授与され、同年七月にはジュネーブ会議に出席中の周恩来と会食するなど、国際的な評価を高める一方で、チャップリンおよび作品に対する米国内の迫害は七〇年代初頭まで続くことになる。

事実、チャップリンがイギリスで完成させ、アメリカを追放された私怨に満ちた作品という「一面的な」評価を長い間受け続けてきた『ニューヨークの王様』は、一九五七年九月一二日にイギリスで封切られるも、米国では「輸入差し止め」、すなわち、事実上の「発禁」処分を受けており、一九七二年三月に米国で『ニューヨークの王様』が封切られるまでには、長い空白時代が続くことになる。

◉『ニューヨークの王様』における一九五〇年代アメリカ消費文化

当時のハリウッドにおける映画制作の方法とも異なり、チャップリンは作品を発表する期間として最長で五年間に及ぶほどの充分な歳月を要していたが、中でも『ニューヨークの王様』は撮影が難航したことで知られる。長年にわたり育て上げてきたスタッフや、時間を気にせずに使うことができていた専属のスタジオも奪われてしまった。かつての撮影助手であったエプスタインを招き寄せるも、ロンドンでのスタッフは皆、はじめて組む相手であり、時間契約による撮影スタジオの制約から、一九五六年五月七日以降、わずか一二週間で撮影を仕上げなければならなかった。また、従来、作品の舞台となる地名を特定しない手法を採用してきたチャップリンであったが、そうした事情を背景に本作ではニューヨークを舞台に設定しているにもかかわらず、実際にニューヨークにてロケを行うことがかなわなかった。「演出技法が冴えわたったスタイリッシュな傑作」と後に再評価されることになる『殺人狂時代』や、生涯一役者としての面目を躍如させた人間ドラマ『ライムライト』に続く作品としては、技法、演出などのあらゆる観点から『ニューヨークの王様』は酷評され、ファンの間ですら長年、高い評価を得られないでいた。また、共産主義者の親を持つルパート少年を匿ったことにより、共産主義者の疑いをかけられるシャドフ王が、非米活動調査委員会に召喚され、偶然の連鎖から法廷にて、調査委員会の面々に放水する場面に代表されるように、チャップリンのアメリカに対する私怨が詰まった作品として『ニューヨークの王様』は一面的なレッテルを貼られてきた。さらに、チャップリン作品における最大の人気キャラクターであった「放浪者」が姿を消した代わりに、「王様」という設定を必要としたことも、「庶民の味方」としてのチャップリン・イメージに反するものであり、多くのファンから敬遠された要因であろう。

『ニューヨークの王様』の題名が示すように、作品の舞台はニューヨークであり、高層ビルの存在が象徴するように、世界の中心地としてさらなる発展を遂げつつある只中にあった。そしてチャップリン自身もかつてそうであったように、ニューヨークのエリス島およびサンフランシスコは移民にとっての窓口であり、自由と寛大さによって亡命者を受け入れる米国の玄関である。シャドフ王は亡命者としての自身を受け入れてくれた米国に感謝を示すインタヴューを受けながら、移民の入国手続きとして「指紋」を採取されているという皮肉めいた描写から物語ははじまる。

「ワンダフル・アメリカ！」というシャドフ王の感嘆が示すように、アメリカ文化を象徴する街ニューヨーク・シティは、まさに大衆消費文化の勃興を極めつつあった。一九五〇年代アメリカは後のカウンターカルチャーにも繋がる若者文化の発展期であり、郊外化やファーストフード店などをはじめとするライフスタイルの確立期でもあった。そして何よりもテレビ文化の誕生により、広告消費文化が飛躍的に発展を遂げた時期に相当する。チャップリン自身は一九五二年にアメリカを離れており、その変貌ぶりを直接、目の当りにすることができなかったはずであるが、アメリカ文化が変貌しつつあった姿を、シャドフ王という「訪問者」の視点を通して的確に捉えている点にこそ、アメリカ文明論としての『ニューヨークの王様』の真骨頂がある。

シャドフ王が米国に到着後まもなく目にする新しいアメリカ文化とは、たとえば、ロックンロールに耽溺する若者の姿であり、あるいは、ワイドスクリーンの登場により、映画の表現技法や「予告編」の在り方が変容しつつある姿である。そして何よりも新しい産業であるテレビの登場により、シャドフ王の意思にかかわらず、強引に広告消費文化の中にシャドフ王は巻き込まれていってしまうことになる。広告消費文化の中では、シャドフ王の王位も、テレビタレントの特性の一つとして相対化され、消費され得てしまうものだった。

シャドフ王は、「隠し撮り」の手法によって、テレビ文化の世界の中に強引に巻き込まれ、人気を高めていく。シャドフ王の承諾なしにパーティの様子が隠しカメラを通じて生放送で中継されてしまう場面に注目してみよう。テレビ文化の最初期から発達していた「ドッキリカメラ（隠しカメラ）」の手法に基づくものであり、同時に二〇世紀後半から二一世紀初頭にかけて洗練された形で隆盛していく「リアリティTV」の手法そのものである。「リアリティTV」とは、余計な編集や仕込みを極力排除し、ありのままの映像を伝える、文字通り「リアリティ」を追究した表現手法である。一九九〇年代に流行し、二一世紀はじめにかけて数多の類似番組が登場した。この系譜を辿るならば、いわゆる「ドッキリカメラ」の原型となる『キャンディッド・カメラ』の手法に遡ることができる。ラジオ番組（一九四七）での試みを経て、プロデューサー、アレン・ファント（一九一四

―九九）により、草創期のテレビ番組において一九四八年に導入され、人気を集めたものであるが、テレビ放送の発展史と共にこの手法もまた発展してきたことがわかる。『ニューヨークの王様』における隠しカメラの導入場面は、現在の「リアリティＴＶ」を思わせる洗練されたものであり、現代社会が隠しカメラに取り囲まれていてもおかしくない環境にあるという現代文明論としても機能している。そして、面白いと見なされることであれば、どんなことでも取り込もうとするテレビ文化の本質が諷刺されている。

　また、生中継であることにより、番組の提供者としての広告が唐突な形で挟み込まれるのだが、シャドフ王のみが「隠し撮り」されている事実を知らないという状況の中で生中継中に突然、広告が展開される。作品が構想され制作されていた一九五〇年代半ばの時代は、テレビ文化においては黎明期であったにもかかわらず、二〇世紀後半に至るまでのテレビ表現の本質として、「広告消費文化の発達」と「リアリティＴＶの手法」とをほぼ完璧に予見していたかのような、テレビ文化批評にまつわるチャップリンの洞察を『ニューヨークの王様』から読み込むことが可能であろう。事実、二〇世紀末から二一世紀にかけてのアメリカ映画において、たとえば、「リアリティＴＶ」の壮大な実験を夢想した『トゥルーマン・ショー』（一九九八）において、突然、登場人物によって広告が導入される場面は『ニューヨークの王様』を想起させるものであるし、落ちぶれたアメリカ人俳優が日本においてウイスキーのＣＭに出演する『ロスト・イン・トランスレーション』（二〇〇三）の場面を、『ニューヨークの王様』におけるシャドフ王の「王冠ウイスキー」のテレビＣＭ出演場面をめぐる「反復／オマージュ」と見なすこともできるだろう。さらに一九五〇年代当時、最先端の技術であった美容整形を素材にした『ニューヨークの王様』のギャグを、今日のアメリカ社会における美容整形ブームと照らし合わせてみるならば、『ニューヨークの王様』は冷戦期アメリカに対する私怨や一面的な諷刺・批判によって成立している作品などではなく、身体にまつわる消費文化としての美容整形をも含めて、一九五〇年代アメリカがまさしく広告消費文化の発展期にとって重要な時代であることを示した文明論として読むことができるだろう。そしてまた、一九五〇年代アメリカの姿を通して二〇世紀末アメリカ消費社会の行く末をこの作品が的確に展望していたことに気づかされる。(7) その意味で『ニューヨークの王様』はまさしく「予見」的な作品であり、二〇世紀を総括しうる現在でこそ再評価しうると言えるのではないか。

◉アメリカの理想の体現者としてのチャップリン

これまでも触れてきたように、チャップリン自身が貧しい役者出身の「移民」としてアメリカに渡ってきた出自を持ち、その後、アメリカン・ドリームの体現者として、映画産業の成功者としてのトップの位置に立ったばかりか、世界に名だたる文化人としての地位を得るに至る。ロンドンの貧窮院での貧しい生育背景を持つチャップリンを成功者に押し上げた土壌こそがアメリカならではのものであった。

一方、亡命者であり、「訪問者」としてのシャドフ王の目からは、冷戦期アメリカの「赤狩り」の風潮は、滑稽で不可解なものとして映っていたはずであるが、シャドフ王もまた、この政治的熱狂の中に否応なく巻き込まれることになる。シャドフ王はそもそも原子力の平和利用を提唱する立場であったことにより、政治的に亡命を余儀なくされたという設定が施されている。原子力を用いたユートピア構想は、同時代の原子力に対する期待の高さを反映したものであることを示すものであるのだが、前節で見てきたような一九五〇年代アメリカの消費文化に対してなされていた鋭い洞察とは異なり捻りがなく、陳腐にすら映る。

また、『ニューヨークの王様』における名場面の一つに数え上げられるルパート少年による演説もまた、まさしく共産主義者によるアジテーション演説のコピーそのものである。[8] しかしながら、「大企業による富の集中」、「企業連合が自由を奪う」、「個人はスーパーと競争できない」といった、一見、陳腐で常套的なアメリカ資本主義批判は、二一世紀に入り、グローバル化の名の元に、アメリカ型資本主義的価値観が一元化している世界情勢の中で捉え直してみるならば、現在においてこそ問い直されるべき課題ではあるだろう。

たとえその演説がコピーにすぎないものであったとしても、情熱的に理念を語っていたルパート少年は物語が後半に進むにつれて活力を失っていく。両親を助けるために、両親の友人の名を売り、心に深い傷跡を残すという悲しい結末が用意されている。「マッカーシズム」の悲劇がこの結末に凝縮されている。シャドフ王をテレビタレントに仕立て上げたアン・ケイの言葉によれば、アメリカの政治的狂乱は「当分の間だけ」続くものであり、「すぐに元に戻る」であろうという希望がラストシーンに託されているものの、ルパート少年の悲劇がもたらす後味の悪さは重いものであり、シャドフ王もアメリカに見切りをつけて飛行機にて旅立つところで物語は幕を閉じる。

そもそもチャップリンがアメリカを「国外追放」され、非アメリカ的分子と見なされる論拠として、チャップリン自身がアメリカを生活と創作活動の拠点に選びつつも、アメリカ国籍を終生取得しようとはしなかった事実が挙げられる。チャップリンは「コスモポリタン（世界市民）」を標榜しており、イギリスに生まれたことにより、取得していたイギリス国籍以外の国籍を取得する意思を持たなかった。

ここで本章で注目する「アメリカ的価値観」について確認しておきたい。アメリカ文化には、国家としてのアメリカに対して独特の捉え方をしてきた伝統がある。これはアメリカがもともとは移民からなる国であり、自由・平等・民主主義という理念に基づいて建国された実験的な国家であったという事情による。ヨーロッパの階級主義から抜け出し、ピューリタンと称するキリスト教徒たちが自分たちの理想の国家を作り上げるために、さまざまな困難を乗り越えて海を渡ったことに端を発し、その後連綿と続くパイオニア・スピリッツ、フロンティア・スピリッツ、未来に対する希望こそが今日のアメリカに繋がる基礎を作り上げてきたわけである。もちろん「良くも悪くも」という但し書きを必要とするように、今日の世界における政治経済状況における独善的なまでのアメリカ中心主義の背景ともなるわけであるが、一七世紀においてピューリタンの牧師たちは「丘の上の町」を目指し、他の模範となるように自らを鼓舞しつつも、その崇高な理想が現実の世界においては果たされていないことを嘆いた。アメリカ合衆国はそもそも理念の国としての実験国家を目指し、ピューリタンによる「約束の地（プロミスト・ランド）」の実現を願い、建国された。文学史家サクヴァン・バーコヴィッチによって提唱された「エレミアの嘆き」のレトリックを援用し、アメリカ文化研究者、鈴木透は、実験国家としてのアメリカ合衆国が、アメリカという叙事詩を織り紡ぐ際に、ピューリタニズムのレトリックが及ぼした影響の大きさを強調する。二〇〇八年の大統領選挙演説をはじめ、現代にまで「アメリカの嘆き」のレトリックは受け継がれており、バラク・オバマもまた歴代大統領の演説の伝統を継承しつつ、アメリカが本来あるべき姿を見失っている現実を憂い、あるべき姿に戻るための「変革」を説くことにより、当選を果たした。

チャップリンはもちろんアメリカ生まれではなく、ロンドン出身で、かつ、後にアメリカを追放されてしまうように、生涯、アメリカ国籍を取得せず、「コスモポリタン（世界市民）」を標榜していた。しかし同時に、彼ほどアメリカの理念を崇高なまま捉えていた人物もいなかったのではないか。自由・平等・民主主義、そして未来に対して楽観的なまでに明るい希望を持ち得ることがアメリカの「あるべき姿」としてチャップリンには映っていたにちがいない。初期作品の『移民』（一九一四）から、本章にて取り上げている『ニューヨークの王様』に至るまで、一貫してチャップリンのアメリカ観は、アメリカの理念をたたえ、かつ理念とはまったく異なる現状を嘆く、まさに「アメリカの嘆き」のレトリックの伝統に連なるものと言える。初期作の「移民」では、「自由の国アメリカ」を目指してきた「移民」たちが激しい船の揺れに耐えながらようやく憧れの地にたどりつくと、そこでは厳格な入国審査と貧困の現実が待ち受けている。一方、最後の本格的監督・主演作になる『ニューヨークの王様』では、一般に「赤狩り」により国外追放されたチャップリンの反アメリカ観が発露した私怨として見なされてきたが、一九五〇年代に台頭してきたばかりのテレビ文化・広告消費文化に対する諷刺を読み込むならば、二〇世紀アメリカ大衆文化の特質と行く末を的確に捉えているという意味において、チャップリンのアメリカ観が顕著に現れた作品として再評価し得るであろう。チャップリンの登場と前後して、映画の表現手法、そしてアメリカ合衆国の政治・経済・文化をも含む国力もまた飛躍的に発展を遂げることになるが、初期作品の「移民」から、『モダン・タイムス』を経て、後期の『ニューヨークの王様』に至るまで、チャップリンのアメリカに対する諷刺は厳しいものである。貧しいロンドンの下層階級から「移民」としてアメリカに渡り、アメリカン・ドリームの頂点と称すべき大成功をおさめたチャップリンならではのアメリカ観がここには示されている。

◉正統的なアメリカ文明論としての「発禁」作品『ニューヨークの王様』

チャップリンの息子でありルパート少年を演じたマイケル・チャップリンは、父との共演を果たした『ニューヨークの王様』制作時期における父チャップリンの姿を公私の両面から知る立場から、父チャップリンにとって、アメリカは「すべてを与えてくれた国」であり、「心底憎めない」存在であったであろうと回想している(メモリアル・エディション「特典映像」)。

チャップリンの作品およびチャップリン自身が再びアメリカの地を踏むのは一九七二年のアカデミー賞特別賞授賞式まで待たねばならず、ヴェトナム戦争の泥沼化およびカウンターカルチャーによる反体制の時代思潮を経て、一九七〇年代初頭にチャップリン作品のリバイバル運動がアメリカ、日本を含む世界中で沸き起こる。『ニューヨークの王様』もまた、一九七二年三月まで公開されず、事実上、国内では「発禁」扱いが続いており、当時の熱心なチャップリン・ファンはこの作品を観るためにカナダに渡る者もあったという。

反共主義のアメリカの時代思潮を徹底的に批判したとされる『ニューヨークの王様』は、後年、ジム・ジャームッシュら後世の創作家たちから、作品に込められた「勇気」をこそ絶賛されているように、体制に屈することがなかった創作家による信念を示した作品である。同時に、単なる私怨ではなく、「自由・平等・民主主義」の国であるはずのアメリカが、言論の弾圧により、その理想を失ってしまっていることによる「堕落」を嘆くという「嘆きのレトリック」を踏襲しているという意味において、チャップリンこそが実はアメリカの理想の体現者なのであり、『ニューヨークの王様』こそがアメリカの正統的なアメリカ文明論たりえているのである。

「コスモポリタン（世界市民）」を標榜していたチャップリンにより、「訪問者」としての視点を仮託されたシャドフ王の視点を通して、二〇世紀アメリカ消費社会の行く末が展望されている。民主主義とアメリカン・ドリームを体現する文化的アイコンとしてのチャップリンを生み出したアメリカは、皮肉にも冷戦期にその存在を抹殺してしまった。アメリカの理想と現実の乖離に対する「嘆きのレトリック」に根差した手法により、『ニューヨークの王様』は卓越したアメリカ文明論として機能している。「発禁」扱いを受けるほどまでにその諷刺は鋭いものであったと同時に、アメリカ国籍を選ばずとも、アメリカの理想に対するチャップリンの思いの強さもまた激越なものであったのだ。

◉註

（1）「エレミアの嘆きのレトリック」とは、アメリカ移住をモーセに率いられたイスラエルの民の出エジプトになぞられるように、旧約聖書の人物に喩え、キリスト教の救済の歴史の中に位置づける発想である。旧約聖書のエレミアのように、現実世界の堕落ぶりを嘆き宗教的理念との乖離を確認するレトリックである。

（2）『モダン・タイムス』はチャップリンが、アインシュタイン、ガンジー、H・G・ウェルズなどの世界的文化人との会談を含め、第二次世界大戦の兆しを示しつつあった、世界の政治経済の動向を見聞してまわった世界旅行によって得た洞察に裏打ちされている。「コメディアンが見た世界」と題された論文に近い文章をチャップリンは一九三三年から三四年にかけて雑誌『レディース・ホーム・ジャーナル』に発表している。世界旅行以降の作品から文明批評の傾向が強められていく。

（3）アーサー・ミラーは自身の劇作『るつぼ』（一九五三）にて魔女狩りの歴史を素材に、同時代のマッカーシズムを激烈に諷刺・批判するなど体制側に対し、挑発的な姿勢を貫いたが、五六年から六一年までの間、結婚していたマリリン・モンロー（一九二六―六二）が「アメリカ民主主義」を標榜することにより、夫であったミラーを「赤狩り」の脅威から守っていたことがアメリカ大衆文化研究者・亀井俊介により、指摘・分析されている。

（4）当時、少数派ながら『殺人狂時代』を徹底的に擁護し、チャップリンのために脚本執筆を試みた存在としてアメリカの作家・映画批評家ジェイムズ・エイジー（一九〇九―五五）を挙げることができる。エイジーとの共作は陽の目を見ることがなかったが、今日、進展しているチャップリンの遺稿研究においても、『殺人狂時代』以降、アメリカ追放に至るまでのチャップリンの思想・活動を分析するうえでエイジーとの交流活動は注目されている。

（5）ＦＢＩのチャップリン・ファイルの最後は、チャップリンの死後に起こった「遺体盗難事件」にまつわる文書で終えられている。チャップリン自身がユダヤ人であった事実はないが、当時、くりかえし「ユダヤ人であるか」ということについて記者会見などで問われていた際に、チャップリンは「残念ながらその恩恵に属していない」と回答し、ユダヤ人であることを否定することによって自身もユダヤ人差別に与しかねない問題を回避しようとしていた逸話を残している。

（6）チャップリンは事実上の「国外追放」後、アメリカへの再入国許可証を返還した際の経緯に対して、「私は強力な反動的グループによる虚偽と悪意のあるプロパガンダの対象にされてきた。そのグループは、自らの影響力とアメリカのイエロー・ジャーナリズムの助けで、リベラルな考えの人々を選び出して迫害することを許す不健康な空気を作り出している。こういう状況のもとでは、私が映画の仕事を続けるのは実質的に不可能であり、それゆえ、私はアメリカに居住することはあきらめた」と回想している（ロビンソン『チャップリン』第一八章）。

（7）チャップリン自身は、このように急激に変貌しつつあったアメリカの姿に対して好意的であったわけではなく、むしろアメリカの光景の中では、保守的とされる中西部を好んでいた。巨大な生産組織、新聞、テレビ、商業宣伝などに象徴されるアメリカの消費／物質文化よりも、「私が望むのはより素朴でもっと人間らしい生き方」であり、「あの豪華な大通りや高層建築ではない」（『自伝』第八章）という言葉を残していることからも、旧き良きアメリカの光景や人々との触れ合いを愛していたようだ。

（8）ルパート少年を演じたチャップリンの息子マイケルによれば、台詞を言う時の口調と感情を、父であり、監督であるチャップリンにより演出された逸話を回想している。内容については理解していないまま何度も練習させられたという。

◉参考文献・図版出典一覧（各部・各章別）

◉まえがき

Haight, Anne Lyon, Chandler B. Grannis. *Banned Books—387 B.C. to 1978 A.D*. New York: Bowker, 1978.

【第一部　イギリスにおける検閲と発禁】

◉第一章　検閲と発禁の歴史

Altick, Richard D. *Victorian Studies in Scarlet*. New York: Norton, 1970. リチャード・D・オールティック、村田靖子訳『ヴィクトリア朝の緋色の研究』図書刊行会、一九八八年。

Arber, Edward, ed. *A Transcript of the Registers of the Company of Stationers of London* (v. 2). London: Privately Printed, 1875. https://archive.org/details/transcriptofregi01statuoft

Brown, Julia Prewitt. *A Reader's Guide to the Nineteenth-Century English Novel.: An Informal Introduction to the World That Shaped the Novels of Austen, Dickens, Thackeray, Hardy, Eliot, and Brontë*. New York: MacMillan, 1985. ジューリア・プルウィット・ブラウン、松村昌家訳『十九世紀イギリスの小説と社会事情』英宝社、一九八七、八八年。

Craig, Alec. *The Banned Books of England and Other Countries*. London: George Allen & Unwin, 1962.

Curwen, Henry. *A History of Booksellers, the Old and the New*. London: Chatto & Windus, 1873.

Feather, John. *A History of British Publishing*. London: Croom Helm, 1988. New York: Routledge, 1996. ジョン・フェザー、箕輪成男訳『イギリス出版史』玉川大学出版部、一九九一年。

Jeager, Muriel. *Before Victoria: Changing Standards & Behaviour 1787-1837*. London: Chatto & Windus, 1956.

Kern, Stephen. *Anatomy and Destiny: A Cultural History of the Human Body*. New York: Bobbs-Merrill, 1975. スティー

ヴン・カーン、喜多迅鷹・喜多元子訳『肉体の文化史——体構造と宿命』法政大学出版局、一九八九年。
Lee, Sidney, Leslie Stephen, ed. *The Dictionary of National Biography (v. 13)*. Oxford: Oxford UP, 1888. http://onlinebooks.library.upenn.edu/webbin/metabook?id=dnb
Manchester, Colin. "A History of the Crime of Obscene Libel." *The Journal of Legal History*. 12. 1 (1991): 36-57.
Marcus, Steven. *The Other Victorians*. 1964. New Jersey: Transaction, 2009. スティーヴン・マーカス、金塚貞文訳『もう一つのヴィクトリア時代』中央公論社、一九九〇年。
Melton, James Van Horn. *Rise of the Public in Enlightenment Europe*. 2001. Cambridge: Cambridge UP, 2009.
Moulton, Ian Frederick. *Before Pornography: Erotic Writing in Early Modern England*. Oxford: Oxford UP, 2000.
Perirn, Noel. *Dr. Bowdler's Legacy*. 1969. Boston: David R. Godine, 1992.
Rolph, C. H. *Books in the Dock*. London: Andre Deutsch, 1969.
Siebert, Frederick Seaton. *Freedom of the Press in England 1476-1776*. 1952. U of Illinois P, 1965.
Sova, Dawn B. *Banned Books: Literature Suppressed on Sexual Grounds*. New York: Facts on File, 2006.
Warton, Joseph & others, ed. *The Works of Alexander Pope, Esq.*, Vol. 3, 1792. London, 1797.
太田一昭編『エリザベス朝演劇と検閲』英宝社、一九九六、九七年。
角山榮・川北稔編『路地裏の大英帝国——イギリス都市生活史』平凡社、二〇〇一年。

◉第二章　猥褻出版物禁止法（一八五七）の誕生と抵抗勢力

British Parliamentary Papers. 126. Session 2. 1857.
Green, Jonathon. *The Encyclopedia of Censorship*. New York: Facts On File, 1990.
Hansard Parliamentary Debates, 3rd Series. Vols. 145-446. London, 1857.
Manchester, Colin. "Lord Campbell's Act: England's First Obscenity Statute." *Journal of Legal History* 9-2 (1988): 223-

41.
Manchester, Colin. "A History of the Crime of Obscene Libel." *Journal of Legal History* 12-1 (1991): 36-57.
Roberts, M. J. D. "Morals, Art, and the Law: The Passing of the Obscene Publications Act, 1875." *Victorian Studies*, Summer (1985): 609-20.
角山榮・川北稔編『路地裏の大英帝国――イギリス都市生活史』平凡社、二〇〇一年。

【第二部　政治・宗教・思想統制と発禁】

◉第三章　『チェス・ゲーム』上演禁止と劇場閉鎖

Bawcutt, N. W. *The Control and Censorship of Caroline Drama: The Records of Sir Henry Herbert, Master of the Revels 1623-73*. Oxford: Clarendon P, 1996.
Chakravorty, Swapan. *Society and Politics in the Plays of Thomas Middleton*. Oxford: Clarendon P, 1996.
Clare, Janet. *'Art Made Tongue-tied by Authority': Elizabethan and Jacobean Dramatic Censorship. 2nd ed*. Manchester: Manchester UP, 1999.
Heinemann, Margot. *Puritanism and Theatre: Thomas Middleton and Opposition Drama under the Early Stuarts*. Cambridge: Cambridge UP, 1980.
Howard-Hill, T. H. *Middleton's "Vulgar Pasquin": Essays on A Game at Chess*. Newark: U of Delaware P, 1995.
Limon, Jerzy. *Dangerous Matter: English Drama and Politics in 1623/24*. Cambridge: Cambridge UP, 1986.
Middleton, Thomas. *A Game at Chess. Ed. T. H. Howard-Hilll*. Manchester: Manchester UP, 1993.
――. *A Game at Chess: A Textual Edition Based on the Manuscripts Written by Ralph Crane*. Ed. Milton Arthur Buettner. Salzburg: Salzburg UP, 1980.
――. *A Game at Chess by Thomas Middleton 1624*. The Malone Society Reprints. Oxford: Oxford UP, 1990.

——. *A Game at Chess*. Ed. J. W. Harper. London: Ernest Benn, 1966.

——. *The Bridgewater Manuscript of Thomas Middleton's A Game at Chess (1624)*. Ed. T. H. Howard-Hill. Lewiston: Edwin Mellen, 1995.

O' Callaghan, Michelle. *Thomas Middleton, Renaissance Dramatist*. Edinburgh: Edinburgh UP, 2009.

Patterson, Annabel. *Censorship and Interpretation: The Conditions of Writing and Reading in Early Modern England with a New Introduction*. Madison: U of Wisconsin P, 1984.

Redworth, Glyn. *The Prince and the Infanta: The Cultural Politics of the Spanish Match*. New Haven: Yale UP, 2003.

Samson, Alexander, ed. *The Spanish Match: Prince Charles's Journey to Madrid, 1623*. Aldershot, Hampshire: Ashgate, 2006.

Schanzer, Ernest. *The Problem Plays of Shakespeare: A Study of Julius Caesar, Measure for Measure, Antony and Cleopatra*. London: Routledge & Kegan Paul, 1963.

Taylor, Gary and John Lavagnino, eds. *Thomas Middleton: the Collected Works*. Oxford: Clarendon P, 2007.

——, eds. *Thomas Middleton and Early Modern Textual Culture: A Companion to the Collected Works*. Oxford: Clarendon P, 2007.

有路雍子・成沢和子『宮廷祝宴局——チューダー王朝のエンターテインメント戦略』松柏社、二〇〇五年。

太田一昭編『エリザベス朝演劇と検閲』英宝社、一九九六、九七年。

◉第四章　新聞税（知識税）と思想弾圧

Ayer, A. J. *Thomas Paine*. 1988. London: Faber, 1989.　A・J・エイヤー、大熊昭信訳『トマス・ペイン——社会思想家の生涯』法政大学出版局、一九九〇年。

Brewer, John. *The Sinews of Power: War, Money and the English State, 1688-1783*. London: Hyman, 1989. ジョン・ブリュ

ア、大久保桂子訳『財政＝軍事国家の衝撃――戦争・カネ・イギリス国家 1688-1783』名古屋大学出版会、二〇〇三年。
Cannon, John. *Parliamentary Reform, 1640-1832*. London: Cambridge UP, 1972.
Checkland, Sydney. *British Public Policy 1776-1939: An Economic, Social and Political Perspective*. Cambridge: Cambridge UP, 1983.
Chip, Will [Hannah More]. *Village Politics: Addressed to All Mechanics, Journeymen, and Labourers in Great Britain*. 1792. Rep. in *Fact into Fiction: English Literature and the Industrial Scene, 1750-1850*. Ed. Ivanka Kovačević. [Leicester]: Leicester UP, 1975. 157-68.
Collet, Collet Dobson. *History of the Taxes on Knowledge: Their Origin and Repeal*. 1933. Ann Arbor, Mich.: Gryphon, 1971.
Conway, Moncure Daniel. *The Life of Thomas Paine*. 1892. London: Routledge, 1996.
Dagnall, H. *The Taxes on Knowledge: A Brief History, 1712-1861*. Edgware, Middlesex: H. Dagnall, 1992.
Dean A. C. "Corn Law Agitators: The Way to Manufacture Petitions." *Northern Star and Leeds General Advertiser*. March 30, 1836, 6.
Dictionary of Nineteenth-Century Journalism: In Great Britain and Ireland. Ed. Laurel Brake. Gent: Academia, 2009.
Emsley, Clive."The Social Impact of the French Wars." *Britain and the French Revolution 1789-1815*. Ed. H. T. Dickinson. London: Macmillan Education, 1989. 155-75.
Evans, Eric J. *Britain before the Reform Act, 1815-1832*. 2nd ed. Harlow: Longman, 2008.
――. *The Forging of the Modern State: Early Industrial Britain, 1783-1870*. 3rd ed. Harlow: Longman, 2001.
Gilmartin, Kevin. *Print Politics: The Press and Radical Opposition in Early Nineteenth-Century England*. Cambridge: Cambridge UP, 1996.

Greenwood, Jeremy. *Newspapers and the Post Office, 1635-1834*. Reigate: Postal History Society, 1971.
Hitchens, Christopher. *Thomas Paine's Rights of Man: A Biography*. London: Atlantic, 2006. クリストファー・ヒッチンス、中山元訳『トマス・ペインの「人間の権利」』ポプラ社、二〇〇七年。
Mori, Jennifer. *Britain in the Age of the French Revolution 1785-1820*. Harlow: Longman, 2000.
Neal, John. *The Pentrich Revolution*. 1895. [Pentrich]: Pentrich Church Restoration Appeal Committee, 1966.
Oats, Lynne and Pauline Sadler. "Political Suppression or Revenue Raising? Taxing Newspapers during the French Revolutionary War." *Accounting Historians Journal* 31.1 (2004): 93-128.
O'Brien, Conor Cruise. *Edmund Burke*. 1997. London: Vintage, 2002.
O'Brien, P. K. "Public Finance and the Wars with France 1793-1815." *Britain and the French Revolution 1789-1815*. Ed. H. T. Dickinson. London: Macmillan, 1989. 165-87.
Paine, Thomas. *The Rights of Man*. Intro. George Jacob Holyoake. London: Dent, 1915. トマス・ペイン、西川正身訳『人間の権利』岩波書店、一九七一年。
Sabine, B. E. V. *A History of Income Tax*. London: Allen, 1966.
Simon, Brian. *The Two Nations and the Educational Structure, 1780-1870*. London: Lawrence, 1964.
Smith, Anthony. *The Newspaper: An International History*. London: Thames, 1979. アンソニー・スミス、仙名紀訳『ザ・ニュースペーパー』新潮社、一九八八年。
Stevens, John. *England's Last Revolution: Pentrich 1817*. Buxton: Moorland, 1977.
Stevenson, John. *Popular Disturbances in England, 1700-1832*. 1979. 2nd ed. London: Longman, 1992.
"The 'Six Acts,' 1819." *English Historical Documents*. Ed. David C. Douglas. Vol.7. London: Routledge, 1995. 335-431.
[Wall, Charles Horace]. "Present Condition of the People, Class I: Labourers in Cities and Towns." *Fraser's Magazine for Town and Country* 9 (1834): 72-87.

Wilkinson, George Theodore. *An Authentic History of the Cato-Street Conspiracy.* 1820. NY: Arno, 1972.

小松春雄『評伝トマス・ペイン』中央大学出版部、一九八六年。

芝田正夫『新聞の社会史――イギリス初期新聞史研究』晃洋書房、二〇〇〇年。

清水一嘉・小林英美編『読者の台頭と文学者――イギリス一八世紀から一九世紀へ』世界思想社、二〇〇八年。

富田俊基『国債の歴史――金利に凝縮された過去と未来』東洋経済新報社、二〇〇六年。

星名定雄『郵便と切手の社会史――ペニー・ブラック物語』法政大学出版局、一九九〇年。

図版出典

一一五頁　Cruikshank, George. *Liberty Suspended! With the Bulwark of the Constitution!* London: Sidebotham, 1817. Etching. © Trustees of the British Museum

一一八頁　Cruikshank, George. *A Free Born Englishman! The Admiration of the World !!! And the Envy of Surrounding Nations !!!!!* London, 1819. Lithograph. © Trustees of the British Museum

【第三部　猥褻と発禁】

●第五章　ロレンスは猥褻な作家か？

Becket, Fiona. *The Complete Critical Guide to D. H. Lawrence.* London: Routledge, 2002.
Bloom, Harold, ed. *D. H. Lawrence: Modern Critical Views.* New York: Chelsea House, 1986.
Draper, R. P., ed. *D. H. Lawrence: The Critical Heritage.* London: Routledge & Kegan Paul, 1986.
Ellis, David. *D. H. Lawrence: Dying Game 1922-1930.* The Cambridge Biography, Vol. 3. Cambridge: Cambridge UP, 1998.

Fernihough, Anne, ed. *The Cambridge Companion to D. H. Lawrence.* Cambridge: Cambridge UP, 2001.

Gertzman, Jay A. *A Descriptive Bibliography of Lady Chatterley's Lover: with Essays toward a Publishing History of the Novel.* Connecticut: Greenwood, 1989.

Lawrence, D. H. *Lady Chatterley's Lover.* Florence: Tipografia Giuntina, 1928.『オリジナル版』

——. *Lady Chatterley's Lover.* New York: William Faro, 1930.『ロス版』

——. *Lady Chatterley's Lover.* London: Martin Secker, 1932.『公認英国版』

——. *The First Lady Chatterley.* London: William Heinemann, 1972.

——. *Lady Chatterley's Lover.* Ed. Michael Squires. Cambridge: Cambridge UP, 1993.『ケンブリッジ版』

——. *The First and Second Lady Chatterley Novels.* Ed. Dieter Mehl and Christa Jansohn. Cambridge: Cambridge UP, 1999.

——. *The Letters of D. H. Lawrence.* Ed. James T. Boulton and Lindeth Vasey. Vol. 5. Cambridge: Cambridge UP, 1989.

——. *The Letters of D. H. Lawrence.* Ed. James T. Boulton and Margaret H. Boulton with Gerald Lacy. Vol. 6. Cambridge: Cambridge UP, 1991.

——. *The Letters of D. H. Lawrence.* Ed. Keith Sagar and James T. Boulton. Vol. 7. Cambridge: Cambridge UP, 1993.

Messenger, Nigel. *How to Study a D. H. Lawrence Novel.* London: Macmillan, 1989.

Nakabayashi, Masami. *The Rhetoric of the Unselfconscious in D. H. Lawrence: Verbalising the Non-Verbal in the Lady Chatterley Novels.* Maryland: UP of America, 2011.

Nehls, Edward, ed. *D. H. Lawrence: A Composite Biography.* 3 vols. Madison: U of Wisconsin P, 1957-59.

Roberts, Warren, and Paul Poplawski, eds. *A Bibliography of D. H. Lawrence.* Third Edition. Cambridge: Cambridge UP, 2001.

Squires, Michael, and Dennis Jackson, eds. *D. H. Lawrence's "Lady": A New Look at Lady Chatterley's Lover.* Athens: U of

Georgia P, 1985.
Turner, John. 'D. H. Lawrence in the Wilkinson Diaries.' *The D. H. Lawrence Review* 30. 2 (2002): 5-63.
Worthen, John. *D. H. Lawrence: A Literary Life.* London: Macmillan, 1989.
――. *D. H. Lawrence: The Life of an Outsider.* London: Allen Lane, 2005.
伊藤整訳『チャタレイ夫人の戀人』上巻・下巻（ロレンス選集一・二）小山書店、一九五〇年。
伊藤整『裁判』上巻・下巻　晶文社、一九九七年。
倉持三郎『「チャタレー夫人の恋人」裁判――日米英の比較』彩流社、二〇〇七年。
増口充訳『初稿 チャタレー卿夫人の恋人』彩流社、二〇〇五年。
武藤浩史訳『チャタレー夫人の恋人』ちくま文庫、二〇〇四年。（ケンブリッジ版の翻訳）

◉第六章　ありのままを書くジョイス

Bryer, Jackson R. 'Joyce, Ulysses, and the Little Review.' *South Atlantic Quarterly* 66. (1967) : 148-64. Duke U.
Ellmann, Richard. *James Joyce.* New York: Oxford UP, 1982.
――, ed. *Letters of James Joyce.* Vol. 2 & 3. London: Faber and Faber, 1966.
Fargnoli, A. Nicholas and Gillespie, Michael Patrick. *James Joyce A to Z. The Essential Reference to the Life and Work.* New York: Oxford UP, 1995. A・N・ファーグノリ、M・P・ギレスピー、ジェイムズ・ジョイス研究会訳『ジェイムズ・ジョイス事典』松柏社、一九九七年。
Gilbert, Stuart, ed. *Letters of James Joyce.* London: Faber and Faber, 1957.
Hyam, Ronald. *Empire and Sexuality: The British Experience.* Manchester: Manchester UP, 1990. ロナルド・ハイアム、本田毅彦訳『セクシュアリティの帝国――近代イギリスの性と社会』柏書房、一九九八年。
Joyce, James. *The Critical Writings of James Joyce.* New York: Cornell UP, 1989.

——. *Stephen Hero.* London: Granada Publishing Limited, 1977.
——. *Ulysses. 1922*. London: Oxford UP, 2008.
Marshik, Celia. *British Modernism and Censorship.* Cambridge: Cambridge UP, 2006.
Middleton, Tim, ed. *Modernism; Critical Concepts in Literary and Cultural Studies 1935-1970.* Vol. 2. London: Routledge, 2003.
Moscato, Michael and Leslie Le Blanc, eds. *The United States of America v. One Book Entitled* Ulysses *by James Joyce: Documents and Commentary: a 50-year Retrospective.* Frederik: University Publications of America, 1984.
Morrison, Jago and Susan Watkins, eds. *Scandalous Fictions: The Twentieth-Century Novel in the Public Sphere.* New York: Palgrave Macmillan, 2006.
Mullin, Katherine. *James Joyce, Sexuality and Social Purity.* Cambridge: Cambridge UP, 2003.
Parkes, Adam. *Modernism and the Theater of Censorship.* New York: Oxford UP, 1996.
Pound. *The Selected Letters of Ezra Pound to John Quinn, 1915-1924.* Ed. Timothy Materer. Durham: Duke UP, 1991.
川口喬一『昭和初年の「ユリシーズ」』みすず書房、二〇〇五年。
佐藤治夫「猥褻出版物禁止法（一八五七）の誕生と抵抗勢力」英米文化学会『英米文化』第三八号、五一―三〇、二〇〇八年。
三島聡『性表現の刑事規制――アメリカ合衆国における規制の歴史的考察』有斐閣、二〇〇八年。
結城英雄『ジョイスを読む――二十世紀最大の言葉の魔術師』集英社、二〇〇四年。

【第四部　アメリカにおける検閲と発禁】

●第七章　コムストック法とＹＭＣＡの時代

Bates, Anna Louise. *Weeder in the Garden of the Lord.* Lanham: UP of America, 1995.

Bayless, Pamela. *The YMCA at 150: A History of the YMCA of Greater New York, 1852-2002*. New York: the YMCA of Greater New York, 2002.

Beisel, Nicola. *Imperiled Innocents: Anthony Comstock and Family Reproduction in Victorian America*. Princeton: Princeton UP, 1997.

Blanchard, Margaret A. and John E. Semonche. "Anthony Comstock and His Adversaries: The Mixed Legacy of this Battle for Free Speech."*Communication Law and Policy.* 2006. Lawrence Erlbaum Associates. 2 Apr. 2011<http://www.lexisnexis.com /en-us/Inacademic/images/ImgAcademicProductName.gi>.

Boyer, Paul S. *Purity in Print: Books Censorship in America from the Gilded Age to the Computer Age*. Wisconsin: U of Wisconsin P, 2002.

Brodie, Janet Farrell. *Contraception and Abortion in 19th-Century America.* Ithaca: Cornell UP, 1994.

Broun, Heywood and Margaret Leech. *Anthony Comstock: Roundsman of the Lord.* New York: Literary Guild of America, 1927.

Comstock, Anthony and J. M. Buckley. *Traps for the Young.* 1883. New York: Funk & Wagnalls, 2005.

——. *Fraud Exposed or How the People Are Deceived and Robbed, and Youth Corrupted.*1880. Whitefish: Kessinger, 2007.

Gilfoyle, Timothy J. "The Moral Origins of Political Surveillance: The Preventive Society in New York City, 1867-1918." *American Quarterly* 38.4 (Autumn, 1986): 637-52.

Green, Jonathon and Nicholas J. Karolides. *Encyclopedia of Censorship.* New York: Facts On File, 2005.

Horowitz, Helen Lefkowitz. *Rereading Sex: Battles over Sexual Knowledge and Suppression in Nineteenth-Century America.* New York: Alfred A. Knopf, 2002.

Sova, Dawn B. *Banned Books: Literature Suppressed on Sexual Grounds.* New York: Facts On File, 1998.

Trumbull, Charles Gallaudet. *Anthony Comstock, Fighter: Some Impressions of a Lifetime Adventure in Conflict with the*

Powers of Evil. New York: Fleming H. Revell, 1913.
YMCA, "The Story of Our Founding." 24 Sept. 2011 <http://www.YMCA.net/ history/founding. html>.
フーコー、ミシェル、渡辺守章訳『性の歴史Ⅰ　知への意志』新潮社、一九八六年。
亀井俊介『ピューリタンの末裔たち――アメリカ文化と性』研究社、一九八七年。

◉第八章　冷戦期のチャップリン

Bercovitch, Sacvan. *The American Jeremiad.* Madison: University of Wisconsin Press, 1978.
Bernstein, Matthew. *Controlling Hollywood: Censorship and Regulation in the Studio Era.* New Brunswick: Rutgers UP, 1999.
Billingsley, Kenneth Lloyd. *Hollywood Party: How Communism Seduced the American Film Industry in the 1930s and 1940s.* Roseville: Prima Lifestyles, 1998.
Chaplin, Charlie. *My Autobiography.* 1964. New York: Penguin, 1993. 中野好夫訳『チャップリン自伝（上・下）』新潮文庫、一九八一、九二年。
Doherty, Thomas. *Hollywood's Censor: Joseph I. Breen and the Production Code Administration.* New York: Columbia UP, 2007.
Freedland, Michael. *Hollywood on Trial: Mccarthyism's War against the Movies.* London: Robson, 2008.
Halberstam, David. *The Fifties.* New York: Ballantine, 1994. デイヴィッド・ハルバースタム、金子宣子訳『ザ・フィフティーズ』新潮社、一九九七年。
Krutnik, Frank, et al eds. *Un-American Hollywood: Politics and Film in the Blacklist Era.* New Brunswick: Rutgers UP, 2008.
Lewis, John. *Hollywood V. Hard Core: How the Struggle over Censorship Saved the Modern Film Industry.* New York: New

York UP, 2000.

Maland, Charles J. *Chaplin and American Culture: The Evolution of a Star Image.* Princeton: Princeton UP, 1989.

Robinson, David. *Chaplin: His Life and Art.* New York: McGraw-Hill, 1985. デイヴィッド・ロビンソン、宮本高晴・高田恵子訳『チャップリン（上・下）』文藝春秋、二〇〇二年。

Wranovics, John. *Chaplin And Agee: The Untold Story of the Tramp, the Writer, and the Lost Screenplay.* Basingstoke: Palgrave, 2006.

大野裕之『チャップリン再入門』日本放送出版協会、二〇〇五年。

上島春彦『レッドパージ・ハリウッド――赤狩り体制に挑んだブラックリスト映画人列伝』作品社、二〇〇六年。

亀井俊介『アメリカでいちばん美しい人――マリリン・モンローの文化史』岩波書店、二〇〇四年。

北野圭介『大人のための「ローマの休日」講義――オードリーはなぜベスパに乗るのか』平凡社新書、二〇〇七年。

鈴木透『実験国家アメリカの履歴書――社会・文化・歴史にみる統合と多元化の軌跡』慶應義塾大学出版会、二〇〇三年。

陸井三郎『ハリウッドとマッカーシズム』筑摩書房、一九九〇年。

ロビンソン、デイヴィッド、大野裕之監修『ニューヨークの王様』チャップリン・メモリアル・エディションDVD、紀伊國屋書店、二〇〇九年。

あとがき

発禁問題研究分科会が発足したのは、かれこれ九年前に遡る。英米文化学会の分科会としての活動が理事会で認められたあと、さっそく発起人の佐藤治夫先生の研究室に集まって、どんなテーマを扱うのか、どんな方向でやっていくのか、お互いに思いつくままに話し合った。

まえがきにも述べられている通り、発禁という問題をテーマにしたものの、よくよく考えてみれば途方もない問題であり、切り口はいくつもあって、どのようなアプローチで始めたらいいのかということでずいぶん迷いもあった。集まった私たちのほとんどが文学関係を専門としていたので、何度か会合を持った末に、各自が専門とする作家なりを取り上げながら、検閲に関わる部分を中心にまずは書いてみようということになった。ただ、互いにいろいろな都合に制約され、集まりを持つのは年に二、三回のペースだった。

会合では毎回一、二名が、それまでにまとめた内容を発表し、意見交換を行った。そのような作業を繰り返し、最終的に、各自がそれぞれ原稿をまとめることとなった。

だが、書き上げた原稿を持ち寄ったものの、今度は一冊の本としてまとめるにあたって、分科会内では聖書も当然取り上げるべきではないかという意見もあったし、シェイクスピアなどを始めとした英米の著名な作家も取り上げるべきではないかという意見も出た。ただ、際限なく広がるテーマであるということの発禁問題の奥深さを十分認識した上で、結局は分科会のメンバーの原稿をまとめていこうということになった。ここに至るまでには長い間の紆余曲折があったが、最終的にこのような形に収めることができて、長い旅をやっと終えたという気持ちである。と同時に、まだ旅半ばといった気持ちが片隅に残っていることも確かである。

最後に、出版に至るまで助言を重ねていただいた出版担当理事の方々および査読をしていただいた査読委員の方々、そして、これはまさに正当な事前検閲を行って出版の許可を与えていただいた理事会に対しては心から御礼申し上げます。また、本書の出版にあたり編集を引き受けていただいた彩流社の真鍋知子さんには心より感謝申し上げます。

執筆者一同

◉執筆者紹介（執筆順）◉

市川 仁（いちかわ・ひとし）中央学院大学法学部教授
著書：『イギリス大聖堂・歴史の旅』（共著、丸善株式会社、2005）、『スコットランド文学　その流れと本質』（共著、開文社出版、2011）
訳書：『D. H. ロレンス全詩集【完全版】』（共訳、彩流社、2011）

佐藤 治夫（さとう・はるお）
著書：*A Comprehensive Concordance to* The Faerie Qveene *1590*（共編、研友社、1990）

門野 泉（かどの・いずみ）清泉女子大学名誉教授
著書：『英国演劇の真髄――ユーモア・ウィット・エキセントリシティ』（編著、英光社、2009）、『ヴィクトリア朝文化の諸相』（共著、彩流社、2014）、『ロンドンの劇場文化――英国近代演劇史』（共著、朝日出版社、2015）

閑田 朋子（かんだ・ともこ）日本大学文理学部教授
著書：『エリザベス・ギャスケルとイギリス文学の伝統』（共著、大阪教育図書、2010）、『ヴィクトリア朝の都市化と放浪者たち』（共著、音羽書房鶴見書店、2013）、『ヴィクトリア朝文化の諸相』（共著、彩流社、2014）

中林 正身（なかばやし・まさみ）相模女子大学学芸学部教授
著書：*The Rhetoric of the Unselfconscious in D. H. Lawrence: Verbalising the Non-Verbal in the Lady Chatterley Novels* (University Press of America, 2011)
訳書：A. D. ミルズ『イギリス歴史地名辞典』（共訳、東洋書林、1996）、ジョン・ワーゼン『作家ロレンスは、こう生きた』（南雲堂、2015）

小田井 勝彦（おだい・かつひこ）専修大学法学部非常勤講師
著書：『アジアから見た日本【改訂新版】』（共著、南雲堂、2015）
訳書：ジョン・マクガハン『男の事情　女の事情』（共訳、国書刊行会、2004）
論文：「ブルームはなぜパントマイムソングを書かなかったのか――背景にある政治と劇場事情」『専修人文論集』第95号（2014）

宗形 賢二（むなかた・けんじ）日本大学国際関係学部教授
著書：『比較文学の世界』（共著、南雲堂、2005）、『映画で読み解く現代アメリカ——オバマの時代』（共著、明石書店、2015）
論文：「日本における早川雪洲の受容と国民感情——『チート』を中心として」『Expressions 国際文化表現研究』第12号（2016）

中垣 恒太郎（なかがき・こうたろう）大東文化大学経済学部教授
著書：『マーク・トウェインと近代国家アメリカ』（音羽書房鶴見書店、2012）、『アメリカン・ロードの物語学』（共編著、金星堂、2015）
論文：「チャップリンと1910年代アメリカ——『放浪者』像の生成」『アメリカ文学』（日本アメリカ文学会東京支部会報）第76号（2015）

◉人名索引◉

【ア行】

【カ行】

【サ行】

【タ行】

【ナ行】

【ハ行】

【マ行】

【ラ行】

【ワ行】

◉書名・雑誌名・新聞名索引◉

【ア行】

【カ行】

【サ行】

【タ行】

【ナ行】

【ハ行】

【マ行】

【ヤ行】

【ラ行】

【ワ行】

◉事項索引◉

【ア行】

【カ行】

【サ行】

【タ行】

【ナ行】

【ハ行】

【マ行】

【ラ行・ワ行】

英米文学にみる検閲と発禁

2016年7月31日　発行　　　定価はカバーに表示してあります

編　者　英米文化学会
発行者　竹内淳夫

発行所　株式会社　彩 流 社
〒102-0071　東京都千代田区富士見2-2-2
電話　03-3234-5931　FAX　03-3234-5932
http://www.sairyusha.co.jp
sairyusha@sairyusha.co.jp

装丁　ナカグログラフ（黒瀬章夫）
印刷所　モリモト印刷株式会社
製本所　株式会社難波製本

落丁本・乱丁本はお取り替えいたします

ISBN978-4-7791-2240-8 C0098

『チャタレー夫人の恋人』裁判

978-4-7791-1249-2 C0098(07.03)

日米英の比較　　倉持三郎著

1957年3月、最高裁判決で有罪確定 —— 米英の無罪判決との差はなぜ生じたのか。チャタレー裁判を中心に、日米英の「わいせつ文書」裁判をヒックリン判定基準の角度から改めて検証する。

A5判上製　2800円＋税

D.H.ロレンス全詩集【完全版】

978-4-7791-1596-7 C0098(11.01)

D.H.ロレンス著　青木晴男／大平 章／小田島恒志／戸田 仁／橋本清一編訳

ロレンスは、44年の生涯で毎日のように詩を書いていた。愛の詩集を中心に赤裸々に語り続けたロレンスの内面を知る貴重な作品。未発表の作品を含む約千点の作品を1冊にすべて収録する画期的な書。

菊判上製　8000円＋税

性と検閲

978-4-7791-2158-6 C0074(15.08)

日本とフランスの映画検閲と女性監督の性表現　　園山水郷著

検閲の歴史において問題とされてきたのは「性」表現。映画の検閲はどのような歴史をたどってきたか。性はなぜタブーとされるのか。問題作はなぜ問題とされたのか。本書は日本とフランスの映画における「検閲」を取り上げ、徹底検証する。

四六判並製　2000円＋税

ポルノ・ムービーの映像美学

978-4-7791-2226-2 C0074(16.06)

エディソンからアンドリュー・ブレイクまで　視線と扇情の文化史　　長澤 均著

ポルノ・ムービーの誕生から、倫理コードとの知られざる攻防、どのように映画史のなかで発展していったのか。「視線」と「扇情」をキーワードにポルノ・ムービーの100年にわたる光芒史を体系化する野心作。コムストック法にも言及。

A5判並製　3000円＋税

英文学にみる動物の象徴

978-4-7791-1422-9 C0098(09.02)

英米文化学会編　小野 昌／佐藤治夫監修

虫、モグラ、怪物リヴァイアサン、寄生虫、鯉、オオアオサギ、巨鳥エピオルニス ......7篇の論考による仮想動物園。ハーン、アトウッド、ルドルフォ・アナヤ、ウェルズ、『ハリー・ポッター』等々、《動物》の比喩表現、象徴を読み解く英文学誌。

四六判上製　3000円＋税

ヴィクトリア朝文化の諸相

978-4-7791-2033-6 C0022(14.08)

英米文化学会監修　上野和子／大東俊一／塚田英博／丹羽正子編著

大英帝国が絶頂期を迎えたヴィクトリア時代（1837-1901）。小説・詩・演劇・美学・思想・大衆文化の観点から、ヴィクトリア朝文化の特質を多角的に探究する。英国文化への理解が深まる1冊。

四六判上製　3200円＋税